Américo Simões
Inspirado por Rochester

Segredos

Barbara

Revisão: Sumico Yamada Okada
Capa e diagramação: Meco Simões
Foto capa: Getty Images

Dados Internacionais de Catalogação na Publicação (CIP)
(Câmara Brasileira do Livro, SP, Brasil)

Garrido Filho, Américo Simões
Segredos/ Américo Simões. - São Paulo: Barbara Editora, 2018.

ISBN: 978-85-99039-84-7

1. Romance espírita. CDD-133.93

Índices para catálogo sistemático:
1. Romances espíritas   133.93

BARBARA EDITORA
Rua Primeiro de Janeiro, 396 – 81
Vila Clementino – São Paulo – SP – CEP 04044-060
Tel.: (11) 2309 90 50
(11) 9 5905 58 42

E-mail: editorabarbara@gmail.com
www.barbaraeditora.com.br

Todos os direitos reservados.
Nenhuma parte desta obra pode ser reproduzida ou transmitida por qualquer forma
e/ou quaisquer meios (eletrônico ou mecânico, incluindo fotocópia e gravação) ou
arquivada em qualquer sistema de banco de dados sem permissão expressa da Editora
(lei n° 5.988, de 14/12/73).

Essa é uma obra de ficção baseada em fatos reais. Quaisquer opiniões ou pontos de
vista expressos pelos personagens são características da personalidade de cada um e
não necessariamente representam as opiniões e pontos de vista do autor, da Barbara
Editora, sua matriz, funcionários ou qualquer uma das empresas filiadas.

Primeira Parte

Prólogo

Às margens de um trecho do rio Nilo, ergueu-se a morada da família de Imhotep, herdeiro de um dos arquitetos mais célebres do Egito Antigo, responsável pela construção de pirâmides e estátuas colossais a mando do faraó.

Imhotep casou-se com Nekhbet, dez anos mais jovem do que ele, moça simples, de família simples e muito direita. Ela tinha catorze anos e ele 24 quando o enlace aconteceu.

Os dois tiveram quatro filhos: Radamés, Kissa, Bes e, por último, Halima, a caçula e xodó do pai. Era o que se podia chamar de família perfeita e abençoada pelos deuses.

Com eles morava Nailah, irmã de Nekhbet, que não tivera a mesma sorte no amor e, por isso, dedicou sua vida aos sobrinhos.

Aos 14 anos de idade, Radamés casou-se com Amunet, com quem teve um casal de filhos: Tor e Hator.

Amunet era filha de um sitiante com residência às margens do Nilo e se casou com Radamés, não só porque ele se apaixonou por ela a olhos vistos, mas também para lhe garantir um futuro promissor.

Nesse ínterim, Kissa se apaixonou por Farik, o escriba de confiança de Imhotep e, com ele teria se casado se ele, subitamente, não tivesse ido embora do local, de uma hora para outra, sem lhe dar explicações, sequer um adeus.

Kissa chorou noites a fio e, como revolta, seduziu um marinheiro que fazia parte da tripulação de uma barcaça real que aportou nas imediações de sua casa, por apenas uma noite.

Grávida do sujeito, Kissa escondeu o fato até não poder mais, e quando foi questionada pelo pai, contou-lhe a verdade, despudoradamente. Meses depois nascia Sagira que foi acolhida por Imhotep, com o mesmo carinho com que recebeu os outros netos.

Bes foi o próximo a se casar. Conheceu aquela que viria ser sua esposa, numa viagem a Tebas com seu pai. O nome da jovem era Nathifa, filha de um comerciante muito honesto da cidade, que teve grande gosto em ver a filha casada com um sujeito cujo pai tinha posses e dignidade. Com Nathifa, Bes teve um filho chamado Kanope e poderia ter outros mais.

Halima, a filha mais nova de Imhotep, por quem ele morria de amores, era uma garota simples que, desde maiorzinha, passara a ajudar todos que precisassem dela. Sempre que podia, desenhava, preenchendo um papiro após outro com lindas gravuras de paisagens e arte egípcia.

Quando Acaran, o novo escriba contratado por Imhotep chegou à morada, imediatamente ele se apaixonou por Halima e decidiu se casar com ela, num futuro próximo, com a bênção dos deuses.

Capítulo 1

Numa tarde bonita do primeiro mês da estação de cultivo, Halima estava mais uma vez de frente para o Nilo, desenhando gravuras, quando seu pai a surpreendeu com sua chegada:

– Olá, filha.

– Papai! – ela rapidamente largou o que fazia para saudá-lo com grande alegria.

– Que bonito! – elogiou Imhotep suas gravuras. – É uma artista nata!

– Obrigada, papai.

– Posso ficar ao seu lado, um pouquinho para admirar sua arte?

– Lógico que sim. Ficarei lisonjeada com sua presença.

E assim fez o pai da menina, feliz por estar na sua companhia.

Depois de muitas pinceladas, a garota voltou-se para Imhotep e perguntou:

– O que achou?

– Lindo, filha. Perfeito!

Um sorriso bonito se abriu na face da jovem que abraçou o pai e lhe foi sincera mais uma vez:

– Eu o amo tanto, papai. O senhor é um homem maravilhoso.

Muito emocionado, Imhotep respondeu:

– Eu também a amo, filha. Muito!

Lágrimas surgiram nos olhos dos dois. Um minuto depois, Halima comentava:

– A mamãe teve grande sorte em se casar com o senhor. Porque o senhor é um homem bom, honesto e amoroso. Deu-lhe filhos sadios e tranquilidade ao longo da vida. Tudo o que mais quero é um casamento feliz como o do senhor e da mamãe.

– E você terá, Halima, basta escolher o homem certo para se casar.

– Como saberei qual é o homem certo, papai?

– Seu coração lhe dirá. Mas eu já posso ajudá-la.

– Pode?

– Sim, pois sei de um homem que muito a ama e vive bem próximo de você. Ele também é um sujeito e tanto. Com ele, tenho certeza de que você será feliz e estará sempre protegida.

– Quem é ele, papai?

– Você realmente não sabe de quem estou falando?

– Eu deveria?

– Sim, porque é tão transparente. Todos em casa já notaram, pelo modo gentil e paciencioso com que ele sempre a trata. Falo de Acaran, filha. Acaran. Ele está apaixonado por você.

O rosto da jovem murchou.

– O que foi?

– Eu não gosto dele, papai. Não para me casar. Admiro-o como escriba, sem dúvida, é um excelente profissional, mas como homem... Ele é quase dez anos mais velho do que eu.

– E daí, filha? Eu também sou dez anos mais velho do que sua mãe e, nem por isso, ela deixou de se apaixonar por mim.

– Eu sei, mas é porque o senhor é um homem apaixonante.

– Acaran também é, se você lhe der uma chance, poderá confirmar o que lhe digo.

– Eu gostaria, papai, mas não possso, porque o homem com quem eu sonho em me casar, ainda virá pelo Nilo, numa linda barcaça, pronto para conquistar o meu coração.

– Você é quem sabe, Halima. Só não espere a vida inteira por isso. Pois ele pode nunca chegar, e você descobrir, a duras penas, que tudo não passou de um sonho em vão.

O comentário assustou a jovem. Para ela, a vinda do seu grande amor não era um sonho, haveria de acontecer como ela tanto desejava e visualisava em pensamento. Ele surgiria, lindo e reluzente ao sol, sorrindo timidamente para ela, mas lhe dizendo tudo pelo olhar: "Eu a amo, eu a amo, eu a amo...".

Halima ficou tão entregue aos seus pensamentos que levou alguns segundos para perceber que o pai estava passando mal.

– Papai! O que houve? Fala comigo, por favor!

Massageando com força a região do peito, Imhotep respondeu, arquejando:

– Uma pontada bem aqui, um mal-estar... Já passou, minha querida, não se preocupe.

– É melhor irmos para casa.

Disposto a não preocupar a filha, Imhotep fingiu estar cem por cento bom:

– Estou bem, acredite...

Nem bem disse aquilo, nova pontada atingiu-lhe o peito, nublando sua visão, fazendo-o perder os sentidos.

– Papai! – berrou Halima. – Papai!

A jovem rapidamente correu em direção a casa, gritando por ajuda. Logo, seus dois irmãos a ouviram e correram ao seu auxílio. Assim, conseguiram levar Imhotep para o leito do seu quarto, onde foi examinado por um médico, assim que chegou à propriedade.

Desde então, a família se mantinha triste e apreensiva com seu estado de saúde. Os empregados também, pois Imhotep sempre fora muito bom e querido por todos.

Nos dias que se seguiram, sacerdotes visitavam o doente na esperança de ajudá-lo com a força dos deuses, mas Imhotep parecia mesmo bem próximo do seu fim. Tendo consciência disso, ele chamou a esposa para ter um particular.

– Estou aqui, Imhotep – disse Nekhbet, procurando se fazer forte na frente do marido.

O cônjuge voltou-se para ela, com lágrimas nos olhos e disse:

– Nekhbet, minha mulher adorada. Você me deu quatro filhos lindos, me foi sempre fiel e dedicada, por isso e por muito mais, sou-lhe eternamente grato.

– Imhotep, você me faz a mulher mais feliz do Egito...

– Ouça-me, Nekhbet, por favor. Não temos muito tempo. Minha morte se aproxima.

– Você não há de morrer. Não pode!

– Mas todos hão de morrer um dia, Nekhbet, não há escapatória. A minha vez chegou.

– Mas...

– Ouça-me, com atenção, por favor.

A mulher suspirou e procurou se concentrar.

– Depois de minha morte, cuide da nossa prole por mim. Continue sendo justa com todos, como sempre fomos. Jamais deixe de ser generosa para com nossos familiares e empregados. Contudo, seja severa em relação ao respeito que todos devem ter por você. Jamais permita que a desrespeitem.

– Farei o que me pede, Imhotep. Mas num futuro bem distante do nosso. Porque você ainda há de viver por muito tempo.

– Não, minha querida. Não viverei, eu sinto. Temos de ser realistas. Os deuses me chamam. Assim é a vida... Não há como escapar.

– Mas não quero me separar de você, Imhotep... Eu o amo, todos o amam. Você é de extrema importância para nós.

– Oh, minha querida...

Ela se debruçou sobre o leito, deitando a cabeça sobre o peito do marido e chorando tristemente. Ele, fazendo-lhe uma carícia, disse, ternamente:

– Você foi uma esposa maravilhosa para mim, Nekhbet... Um presente dos deuses.

O choro dela se intensificou e ele, fazendo-a olhar novamente para ele, disse, com notória autoridade:

– Você é muito jovem para ficar viúva pelo resto da vida.

– Não diga tolices, Imhotep.

– Não são tolices. Você deve se casar novamente se assim sentir em seu coração.

– Imhotep, por favor.

– Deve se casar, sim! Tem a minha permissão, o meu consentimento, a minha bênção para isso.

– Imhotep...

O marido a interrompeu, fazendo um sinal para Radamés, o filho mais velho do casal, se aproximar. Quando o moço se ajoelhou junto ao leito do pai, Imhotep também lhe foi franco e direto:

– Meu bom e estimado Radamés. Quando os pais morrem, muitas famílias se dispersam... Não permita que isso aconteça com a nossa, meu amado e estimado filho. Nada nessa vida é mais forte do que os laços de sangue. Por isso, peço-lhe de coração, mantenha todos unidos. Sendo você o primogênito, entrego-lhe essa missão nas mãos.

– Está bem, papai. Farei o possível para cumprir o que me pede.

– Pois faça o impossível se precisar, para que meu pedido se realize.

– Está bem, papai. Prometo.

– Bom Radamés, sinto muito orgulho de você, meu querido.

Com grande esforço para não chorar, o rapaz beijou o pai na testa e se retirou do quarto, antes que explodisse em lágrimas. Quando na sala, Amunet, sua esposa, procurou consolá-lo.

Meia hora depois, sobre a plataforma de madeira junto ao Nilo, Halima contemplava os últimos raios de sol, incidindo sobre o rio. Seu olhar estava tão triste quanto os dos demais membros da família, por verem Imhotep tão mal de saúde.

Acaran, o escriba de confiança da família, aproximou-se da jovem, com cautela, e seu silêncio inapropriado lhe disse mais do que palavras.

– Ele morreu, não foi? – murmurou ela tristemente.

Com grande pesar, Acaran lhe confirmou.

– Eu sinto muito.

Halima abaixou o rosto e chorou, tão silenciosa quanto a quietude do lugar àquela hora do dia.

– Eu o amava tanto, tanto... – desabafou, minutos depois. – Ele foi um grande pai para todos nós.

– Sim, Halima, um homem excepcional. Antes de morrer, ele encarregou Radamés de cuidar de tudo após sua morte.

Ela, espremendo os olhos até doer, comentou, imprimindo profunda certeza na voz:

– Sem o papai aqui, nada mais será como antes...

– Ora, Halima, como pode saber?

– Eu sinto. E essa realidade me assusta, Acaran.

– Você pode contar comigo para o que der e vier. Comigo ao seu lado, Halima, você nunca estará desamparada.

– Eu sei. Você é sempre tão bom para mim...

Naquele instante, mais uma vez, Acaran sentiu vontade de lhe dizer o quanto a amava. Do que seria capaz de fazer em nome do amor que sentia por ela. Amor que tinha a força do sol e o poder dos deuses que protegiam o Egito e seu rio sagrado, a força das tempestades de areia e do infinito. Por ora, enfim, restou-lhe apenas o silêncio, mas, cedo ou tarde, ele haveria de se declarar para ela, não havia mais por que adiar, afinal, ela já não era mais menina, podia ser dele, assim que consentisse. E ele faria dela uma esposa feliz.

Amparada por Acaran, Halima finalmente chegou a sua morada. Ao avistar a mãe, correu até ela e a abraçou fortemente. Ambas choraram, sentidas, uma no ombro da outra.

– Minha filha, minha filha... – repetia Nekhbet, desesperada. – Imhotep a amava tanto. Você fora sempre a mais paparicada por ele.

– Oh, mamãe... Eu não compreendo. O papai era ainda muito moço para morrer. Por que será que teve de acontecer assim tão de repente?

– Porque assim quiseram os deuses, Halima. O desejo deles é sempre mais forte do que tudo.

– Pois penso que os deuses deveriam ser mais generosos com homens como Imhotep. Poucos foram como ele, poucos serão como ele.

– Sim, meu amor. Imhotep era mesmo um exemplo de homem em todos os sentidos. Fora um bom filho para seus pais, um excelente marido para mim, um pai maravilhoso para você e seus irmãos. Como sogro, como genro e como egípcio, Imhotep foi sempre um exemplo de virtude, caráter e patriotismo. Você tem razão, Halima, poucos foram e serão como Imhotep.

Novamente as duas se abraçaram e choraram.

– Posso vê-lo? – pediu Halima a seguir.

– Sim, minha querida. Nesse momento os sacerdotes estão orando por sua alma. Logo, o corpo será transportado para uma câmara de embalsamamento, onde ele será mumificado, para ser sepultado, mais tarde, com todas as honrarias que merece.

Diante do cadáver, Halima e Nekhbet, entrelaçadas uma a outra, admiraram, por entre lágrimas, o homem que haveriam de amar eternamente. Logo, Radamés, Amunet e os dois filhos do casal se juntaram as duas.

Kissa, enlaçada à filha de colo, também se achegou a eles que se deixaram envolver, no minuto seguinte, pela oração que os sacerdotes faziam em prol da alma do morto.

Somente quando os rituais tiveram fim é que, Nekhbet caminhou até o leito e, pela última vez, acariciou o rosto do marido.

– Segue seu caminho até Osíris, Imhotep – disse ela com voz embargada –, e será totalmente recompensado por sua infinita bondade neste mundo.

Só então o corpo foi levado para uma câmara de embalsamamento, onde se daria o processo de mumificação.

Não muito longe dali, Nathifa, esposa de Bes, grávida do segundo filho do casal, sentia forte dor na região da barriga, o que a fez se envergar e amarrar o cenho. Logo, avistou uma mancha vermelha se espalhando sobre o lençol e teve a desagradável consciência de algo úmido e pegajoso por entre suas pernas. Ao vê-la naquele estado, uma criada correu em busca do marido da jovem.

Quando Bes ali chegou, devastado pela dor da morte do pai, chocou-se ao ver a esposa naquelas condições.

– Nathifa, meu amor, o que houve?

Ela, com certa dificuldade, respondeu:

– Oh, Bes, meu querido... Acho que perdi o bebê.

– Não pode ser.

– Veja!

Ela lhe mostrou o lençol manchado de sangue e disse:

– Assim que soube da morte do seu pai, fiquei tão entristecida que não tive forças para ir até você, consolá-lo, nessa hora tão difícil. Foi um choque para mim, que adorava Imhotep como a um pai, você sabe.

– Sim, meu amor, é lógico que sei.

– Pois bem, deitei-me um pouco, procurando me recuperar e quando achei que estava melhor, senti forte dor na barriga.

– Vou mandar chamar um médico agora mesmo para examiná-la. Com a graça de Ísis, nada de mal acontecerá ao nosso bebê.

Nathifa permaneceu estirada na cama, com os pés elevados, à espera do médico que lhe pareceu uma eternidade para chegar. Quando finalmente apareceu, foi extremamente direto:

– Infelizmente você perdeu sua cria.

Os olhos da moça se fecharam, enquanto lágrimas e mais lágrimas rolaram por sua face angustiada. Ao reclinar-se nas almofadas de cetim sobre sua cama, os sentimentos de solidão e perda tornaram-se quase insuportáveis. Foi como se tivesse perdido um filho já com vida há anos.

Bes, quis logo saber o porquê da perda e a resposta do médico cortou-lhe o coração:

– A morte do seu pai, Bes, foi ela certamente quem abalou sua esposa a ponto de fazê-la abortar a criança.

– Um baque?!

– Sim, um baque! Eu sinto muito. Tanto pela perda do seu filho quanto pela morte do seu pai.

Assim que o médico partiu, Nailah aproximou-se do sobrinho, pegou sua mão, procurando dar-lhe algum conforto.

– O bebê, titia... Nosso segundo filho... – murmurou Bes, ainda mais entristecido. – Já estava com cinco meses...

– Bes, meu querido, você e sua esposa ainda são jovens, sendo assim, ainda podem conceber outros filhos. Anime-se!

– Se o papai pudesse ver o que aconteceu, não se perdoaria.

– Foi uma fatalidade, Bes.

– Sim, sim... A senhora tem razão. Uma fatalidade! Só não esperava viver duas num dia só.

– Ninguém espera, meu querido. Da vida só queremos os momentos bons, jamais os ruins.

– Antes a vida fosse feita somente de momentos bons, titia.

Nailah beijou a mão do rapaz e carinhosamente sugeriu:

– Fique agora com sua esposa. Ela precisa de você mais do que nunca. E você também precisa dela. Vou ficar com sua mãe e Kissa. Ambas estão de dar dó.

– Vá sim, titia. Elas precisam imensamente da senhora. Eu permanecerei ao lado de Nathifa.

E assim que a tia partiu, Bes voltou aos seus aposentos, onde sua esposa se mantinha acamada.

– Olá, Nathifa – disse ele, com a doçura de sempre dispensada à mulher amada. – O médico me disse há pouco que, o baque que você levou ao saber da morte do meu pai, foi o responsável pela perda do nosso bebê. Se o espírito do papai souber que isso aconteceu por causa da sua morte, ele certamente não mais encontrará a paz.

– Seu pai não teve culpa alguma, Bes. Foi a morte, foi ela a única culpada pelo que nos aconteceu.

Ele se ajoelhou rente ao leito, tomou-lhe as mãos e disse, com voz profunda e gutural:

– Não se preocupe. Nós logo teremos outro filho. Ainda somos jovens e saudáveis para isso.

– Sim, meu amor. Estou certa disso.

Ele a abraçou forte e beijou:

– Eu a amo tanto, Nathifa. Tanto...

– Eu também o amo muito, Bes. E não se esqueça, jamais, de que foi graças ao seu pai que nos conhecemos em Tebas. Se ele não o tivesse levado, em sua viagem de negócios, nós não teríamos nos conhecido e nos casado.

– Tem razão, meu amor.

E os dois ficaram ali, imersos naquele clima sepulcral, até uma criada aparecer, trazendo Kanope no colo, o único filho do casal até então. Com a criança presente, Bes e Nathifa se sentiram menos oprimidos com o que haviam passado há pouco.

Naquela noite, nenhum membro da família conseguiu se alimentar direito. Em torno da mesa do jantar, quase nenhuma palavra foi dita. Só mesmo as crianças conseguiram dissipar um pouco a tristeza reinante.

13

Capítulo 2

Quarenta dias foram necessários para que o processo de mumificação do corpo de Imhotep ficasse completo. Nesse período, a tumba em que ele seria sepultado foi devidamente preparada para receber seu corpo e todos os seus pertences, como mandava a tradição dos deuses egípcios.

As chamas, anunciando seu funeral, subiram a mais de cinco metros de altura, podendo assim, serem vistas ao longe, permitindo que todo povoado adjacente às margens do Nilo soubesse de sua morte e pudesse comparecer ao sepultamento que foi, em si, esplêndido.

Músicos entoavam uma bela canção, ajudando a preparar o espírito de Imhotep para sua jornada após a morte. Ao mesmo tempo em que era bonito de se ver, era triste e melancólico.

Junto à tumba, onde o corpo mumificado de Imhotep seria sepultado, cada qual dos presentes se ajoelhou para reverenciar o falecido.

Nekhbet e Radamés soluçavam; Bes e Kissa, mortalmente pálidos, também se vertiam em lágrimas, enquanto Halima assistia a tudo, calada, chorando por dentro. Ao seu lado permanecia Acaran, também prestando homenagens ao morto, penalizado por sua morte e pelo sofrimento da jovem que tanto amava.

Depois da cerimônia da Abertura da Boca, realizada pelos sacerdotes, o sarcófago foi conduzido por uma guarda de honra até o interior da tumba, onde foi devidamente alojado num caixão de pedra e recebeu as orações finais.

O próximo passo foi apagar as pegadas dos que ali entraram, lacrar o local, devidamente, o que causou mal-estar nos familiares, pois ali se encerrava, de vez, qualquer contato com o morto.

Nesse momento, Nekhbet cambaleou para trás e foi Nailah quem a amparou.

– Mantenha-se firme, minha irmã. Você ainda tem uma família para cuidar.

– Sim, Nailah, obrigada por me lembrar e por me apoiar num momento tão doloroso como esse. Você foi sempre tão devota a mim e a Imhotep. Em meu nome e no dele, agradeço-lhe por tudo que fez por nós.

– Não há pelo que me agradecer, Nekhbet. Tudo o que fiz foi em retribuição ao carinho com que sempre me trataram nesta casa. Sem vocês, solteirona como sou, teria acabado na rua da amargura.

E as duas irmãs abraçaram-se emocionadas.

Naquela noite, a família toda se reuniu na sala central da morada. Radamés se mantinha estirado num divã, com a cabeça pousada no colo de Amunet, cercado pelos filhos Tor e Hator. Kissa permanecia abraçada à filha, enquanto Nailah, em silêncio, repetia suas orações.

Bes então se voltou para Nekhbet e perguntou, com certa aflição:

– Sem Imhotep nesta casa, mamãe, o que será de nós?

– Acalme-se, Bes. Eu ainda estou aqui, esqueceu? Ainda sou, de certo modo, o esteio desta família. Continuarei honrando o nome do seu pai, da mesma forma que vocês e seus filhos farão no futuro.

As palavras pareceram confortar o rapaz.

Não muito longe dali, Acaran encontrava Halima sentada num canto discreto do jardim da casa, com seus olhos tristes, perdidos nas estrelas. Com ponderação, ele achegou-se a ela e disse:

– Vim saber se você está bem, Halima. Se precisa de alguma coisa... Desde o funeral, você não mais falou com ninguém.

– Para não desmoronar de tristeza, Acaran... Por isso me mantenho em silêncio e distante de todos.

– Entendo.

– Eu jamais havia encarado a morte tão de perto, entretanto, agora posso dizer, mais do que nunca, o quanto ela é desprezível. Simplesmente horrível.

– Eu sei... Infelizmente todos nós temos de passar pela glória do nascimento e pela tristeza da morte. Assim é a vida, Halima.

– Por que, Acaran? Por que tem de ser assim?

– Porque assim decidiram os deuses, minha querida.

– É revoltante. Meu pai, um homem cheio de vida, trabalhador e amoroso, acabar morto como um animal qualquer...

– Penso, Halima, que os deuses permitem ao homem viver muitas glórias, mas antes que as glórias subam a sua cabeça, eles puxam seu

15

tapete, para que ele jamais se esqueça de que é um mero mortal e inferior aos deuses.

– Mesmo assim, Acaran... A morte continua sendo, a meu ver, inadequada e desprezível.

Um minuto de silêncio e Halima fez novo desabafo:

– Vou lhe confessar algo, hoje me sinto muito mais assustada do que no dia em que o papai morrreu.

– Deve ser por causa da morte que ainda paira sobre nós, Halima. É ela quem nos transmite essa sensação desagradável.

– É sempre assim?

– Infelizmente, é.

– Então, nunca mais desejo ver a morte de perto.

– Antes pudesse ser da forma que queremos, Halima. Antes tudo na vida pudesse ser como queremos, minha querida.

E novamente o escriba sentiu vontade de declarar seu amor pela garota. Um amor profundo e verdadeiro, puro e ingênuo, um amor de outras vidas que, até então, continha em seu interior, por medo, talvez, de não ser aceito por ela.

Um mês havia se passado desde o sepultamento de Imhotep e novas compras precisavam ser feitas em Tebas, por um dos membros da família.

Diante do impasse de quem iria ou não fazer as compras no lugar do falecido, Nekhbet decidiu ir ela mesma, já que nos últimos anos acompanhara o marido nas viagens.

Com ela, levaria Nathifa que, depois da perda do bebê, andava triste e sem entusiasmo pela vida. Nada melhor do que uma viagem para alegrar e cicatrizar o coração ferido de uma mulher.

Nekhbet deixou os filhos sob a guarda de Nailah, em quem confiava e seus filhos respeitavam-na plenamente. Nailah, por sua vez, sentiu-se mais uma vez orgulhosa de si mesma, por saber que a irmã podia contar com ela, sempre.

No dia da partida, Halima acompanhou a mãe e a cunhada até a plataforma junto ao Nilo, onde ambas tomaram a embarcação que seguiu majestosamente pelas águas brilhantes do rio, impulsionada pelos braços fortes de ágeis remadores.

A garota permaneceu ali, acenando para a mãe até perdê-la de vista. Só de pensar que ela agora estava sozinha naquelas terras, sem a presença dos pais, Halima sentiu seu coração se apertar.

Havia certamente a tia, que sempre fora como uma mãe para todos, mesmo assim, ela ainda se sentia insegura, sem saber ao certo por que.

Podia contar com Acaran que, tantas vezes se mostrou pronto a ajudá-la em qualquer circunstância, ainda assim, forte tensão se agitava em seu peito, como se fosse o prenúncio de algo ruim que estava por vir. Mas o quê? O que poderia ser pior do que a morte do seu próprio pai?

Com o passar dos dias, a falta de notícias de Nekhbet começou a preocupar a família, em especial, Bes, cuja esposa acompanhara sua mãe na viagem a Tebas.

– Eu deveria ter ido junto – repreendia-se o rapaz a todo instante. – Onde já se viu ter deixado mamãe e Nathifa seguirem sozinhas para aquele cidadão?

– Precisávamos de você aqui, Bes – lembrou-lhe Radamés, pacientemente. – Para mantermos o cultivo em alta.

– Tem razão, meu irmão.

– Ore para a poderosa Isis e nada de mau acontecerá com nossa mãe e sua esposa.

E Bes aceitou a sugestão do irmão que, sempre fora muito religioso e sensato em suas ações.

Uma semana depois, um marinheiro apareceu trazendo uma carta. Acaran estava na cozinha, bebendo um refresco, quando recebeu o papiro com o selo de Nekhbet.

– Uma carta de sua mãe, descrevendo os últimos acontecimentos – explicou o escriba a todos que se encontravam ali.

– Leia para nós, Acaran! – pediu Bes, ansioso. – Mal posso me conter de ansiedade.

O escriba passou os olhos pelos hieróglifos e explicou:

– Sua mãe escreve para informar a todos que irá se demorar por Tebas por mais algumas semanas.

– Por quê? – agitou-se Bes.

– Diz aqui que é porque ela tem negócios novos a realizar por lá.

– Mamãe, fazendo novos negócios em Tebas?! – estranhou Bes, enviesando o cenho. – Estranho... Muito estranho...

Acaran tomou a palavra:

– Não se amofine, Bes. Não vejo razão para preocupação.

– Bes, meu sobrinho, ouça Acaran – aconselhou Nailah, diplomaticamente. – Ele sempre foi muito sensato no que diz.

– Sim, sempre! – concordou Bes, procurando respirar fundo para relaxar a tensão. – Vou seguir seu conselho, titia. Obrigado.

Os olhos de Nailah e Acaran se encontraram por alguns segundos e a mulher pôde ver, no fundo deles, que o escriba também estranhara as palavras de Nekhbet.

Minutos depois, Acaran foi procurar Halima para lhe dar a notícia.

– Mamãe, fazendo novos negócios em Tebas?!... – a garota também se surpreendeu. – Jamais pensei que pudesse...

– Isso mostra que somos bem mais capazes do que pensamos, Halima.

– Sim, talvez...

– É bom descobrirmos que podemos ser mais do que somos, não acha? Capazes até, de superar a morte de nossos entes queridos, concorda?

– E você acha que minha mamãe já superou a morte do meu pai?

– Não por completo, mas está se esforçando para isso.

– Pois eu, por mais que eu tente, não consigo me conformar com a morte dele, Acaran.

– Mas você precisa reagir, Halima, porque sua vida continua e deve ser vivida plenamente, assim almejam os deuses. Deixar de viver pelos que já se foram, não é agir corretamente para com os deuses. A vida é uma preciosidade que deve ser valorizada a cada segundo.

– Eu sei, Acaran, mas não é fácil...

– Se eu pudesse espantar do seu coração toda a dor que a amofina, eu certamente faria, Halima, juro que sim!

– Eu sei, e, por isso, sou-lhe muito grata, obrigada.

E novamente o sujeito se segurou para não tomá-la em seus braços e beijá-la, transparecendo todo o amor que sentia por ela, que ia fundo em seu coração, desde que a viu pela primeira vez.

Por fim, noutra manhã esplendorosa de sol, o principal serviçal doméstico, voltou ofegante das margens do rio, trazendo uma ótima notícia a todos:

– A senhoria! – exclamou. – Dona Nekhbet está chegando!

Todos se alvoroçaram.

– Minha irmã, de volta! – exclamou Nailah, eufórica. – Que surpresa mais agradável!

– Foi mesmo para nos fazer surpresa que ela não nos informou quando chegaria – considerou Radamés, abrindo sorrisos gloriosos.

– Arrumem-se todos – empolgou-se Nailah. – Receberemos Nekhbet e Nathifa às margens do Nilo.

E automaticamente a família toda se embelezou para saudar o retorno da matriarca.

Todos já se encontravam junto ao rio quando a barcaça, singrando pelas águas do Nilo, aproximava-se. Nekhbet reclinava-se em almofadas de seda, enquanto um meio sorriso bailava em seus lábios.

Ao seu lado estava Nathifa, em pé, que com certa tensão, falou:

— Estamos chegando... Finalmente, chegando.

— Sim, Nathifa... – confirmou a sogra, admirando a família ao longe, aguardando por sua chegada. – Já estava morrendo de saudades da minha casa, dos meus filhos, de tudo, enfim.

— E eu de Bes... – enfatizou a nora, lançando discretamente os olhos para um rapaz, parado a poucos metros de onde as duas mulheres se encontravam.

Foi com lágrimas que Nekhbet saudou sua família:

— Meu adorado Radamés... Quanta saudade, meu filho!

Mãe e filho se abraçaram e depois foi a vez de Nekhbet abraçar Kissa e Halima.

— Minhas adoradas filhas, quanta falta vocês me fizeram...

Kissa e Halima, muito emocionadas, também, retribuíram o abraço caloroso da mãe.

A seguir, Nekhbet abençoou Nailah, sua querida irmã e seus netos adorados. Depois foi a vez de Amunet e, por último, Bes, que aquelas alturas já havia coberto a esposa de beijos e abraços calorosos.

Só então, todos ali notaram a presença de um jovem robusto, de tez luminosa, olhos felinos e um sorriso bonito e angelical. Ninguém poderia calcular sua idade com precisão, poderia ser bem mais velho do que aparentava. Quem seria?

— Ah, desculpe-me – Nekhbet apressou-se em dizer. – Quero apresentar a todos, Haji.

Todos se detiveram no rapaz e Nekhbet voltou a falar:

— Não é segredo para ninguém, que meu estimado Imhotep, pouco antes de morrer, disse-me que eu era muito jovem para ficar viúva. Mesmo não querendo, ele insistiu para que eu recomeçasse a minha vida ao lado de um novo marido e, bem, quando conheci Haji e percebi que ele havia se interessado por mim, resolvi levar adiante o conselho que Imhotep me deu. Eu e Haji nos casamos. Em Tebas.

O rosto de cada um dos familiares deu verdadeiros sinais de apoplexia. Subitamente estavam todos em choque.

19

Capítulo 3

Mais do que a beleza dos olhos, nariz e boca do rapaz, foi sua própria essência, irradiando simpatia e simplicidade ao mesmo tempo que, rapidamente chamou a atenção de todos.

– Olá – disse Haji finalmente. – É muito bom estar aqui, conhecendo a família de minha esposa... Sua mãe me falou muito bem de vocês.

Sua voz era grave, com um leve sotaque cuja procedência ninguém ali soube ao certo precisar. Quando ele sorriu novamente, tornou-se evidente, especialmente para as mulheres que, seu sorriso era mesmo perfeito, lindo e estupidamente atraente. Ele era, num todo, um rapaz bonito, quase um deus, tamanha beleza.

Havia algo nele de familiar, percebeu Nailah de imediato. Só não soube precisar o quê...

Diante do silêncio desagradável que se estendeu a seguir, Nekhbet bateu as mãos para despertar todos novamente para a realidade.

– Sigamos para casa, a viagem me deixou exausta e faminta.

Todos balançaram a cabeça em sinal de concordância, com um meio sorriso pairando na face e seguiram a matriarca, feito cordeirinhos.

A suntuosa residência da família impressionou Haji de imediato. Havia inúmeros cômodos com paredes pintadas num tom bonito de azul e amarelo, com desenhos em tons diversos para alegrar os ambientes. Além do pátio, cercado por um belo jardim com acácias, tamareiras, palmeiras reais e sicômoros, havia uma piscina aos fundos para a família se refrescar.

– Que linda morada minha esposa tem – elogiou o rapaz, enquanto lançava olhares admirados para todos os cantos.

– E agora ela também lhe pertence, Haji – respondeu Nekhbet, olhando ternamente para ele. – Porque agora você é meu marido, meu homem, meu guia.

Um sorriso envolto de certa timidez brilhou na face do rapaz.

Ao avistar sua senhoria, Selk, a criada mais devotada a Nekhbet, ajoelhou-se diante dela e beijou-lhe os pés.

– Selk, minha estimada Selk, que bom revê-la! – exclamou Nekhbet, verdadeiramente feliz por reencontrar a mulher.

A serviçal voltou a beijar-lhe os pés e declarou, emocionada:

– Esta casa sem a senhora, é um vazio só. Muito me estima sua volta, minha senhoria.

– Pois muito me estima revê-la, também, Selk, minha fiel Selk.

Com a ajuda de Nekhbet, a criada se levantou. Puxando Haji pela mão, Nekhbet o trouxe para junto dela e disse:

– Selk, minha querida, quero lhe apresentar o meu novo marido.

A criada, mal olhando para o recém-chegado, por pura submissão, fez uma reverência e disse:

– Muito me honra conhecer o novo marido de minha senhoria.

Haji fez ar de lisonja e pousando a mão sobre o ombro da criada, respondeu:

– Prazer em revê-la, Selk... – Haji imediatamente se corrigiu, rindo: – Desculpe-me! Acho que o cansaço da viagem está começando a embaralhar minhas ideias. Eu quis dizer: prazer em conhecê-la Selk.

A mulher, ligeiramente rubra, fez nova reverência e se afastou.

Nailah, Amunet, Kissa e Halima ficaram novamente impressionadas com o sorriso bonito estampado na face de Haji, um sorriso tão lindo quanto ele num todo.

Radamés e Bes também admiraram o sorriso do rapaz, bem no ponto em que o ciúme novamente incendiava seus corações. Eles odiaram Haji por ter se casado com a mãe e ainda mais por sua beleza chamar tanto a atenção das mulheres.

Acaran também sentiu seu peito se inflamar de ciúme, ao perceber que sua adorada Halima também olhava para o sujeito com olhos encantados da mesma forma que ele olhava para ela.

Assim que pôde, o escriba foi ter uma palavra com a garota.

– Você gostou do Haji, Halima?

– Sim, Acaran. Temos todos de gostar, afinal, ele agora é novo esposo de minha mãe.

– Você também se encantou por ele, não é?

– Também?! O que quer dizer com "também"?

– Digo "também", porque a meu ver, todas as mulheres ficaram impressionadas com sua beleza.

– Ele é bonito, de fato.

– Sim, pelo menos em relação a mim, ele é bem mais bonito... E mais jovem também.

– São belezas diferentes, Acaran.

– Ainda assim, ele a atrai muito mais do que eu, não é mesmo?

– Acaran!

Ele pareceu não ouvi-la, continuou, enfurecido:

– Só não se esqueça, Halima, que Haji é de sua mãe. Ele é o marido dela, agora. Você pode adorá-lo, até mesmo amá-lo, mas ele nunca poderá ser de nenhuma das mulheres desta casa, porque ele é exclusivamente de Nekhbet! De Nekhbet!

– Acaran! – tornou a jovem assustada. – Você nunca me falou com tanta aspereza. Na verdade, nunca falou assim com ninguém antes desta casa...

– Estou irritado, Halima. Desculpe-me.

Sem mais, ele partiu, estugando os passos e foi preciso mergulhar a cabeça no Nilo, aquela tarde, para voltar a se acalmar. Por mais que soubesse que Halima e Haji jamais poderiam se casar, ainda assim ele se manteve enciumado pelo modo que ambos se olharam.

– Halima... – murmurou, ao retirar a cabeça de dentro da água. – Não posso perdê-la. Não, não mereço! Já perdi tantas coisas na vida, perdê-la seria para mim a derrota final.

Acaran não percebeu que Nailah estava nas proximidades e, por isso, pôde ouvir seu desabafo. A testa da mulher se franziu, interrogativa e a preocupação voltou a se insinuar em seu coração.

Depois de toda bagagem e mercadorias compradas por Nekhbet terem sido retiradas do barco e devidamente instaladas em seus lugares, Bes foi atrás da mãe para ter uma conversa em particular com ela.

– Mamãe!

– Sim, Bes, o que é?

Ele levou algum tempo para dizer o que muito queria.

– Diga Bes, o que há?

Finalmente ele tomou coragem:

– O que deu na senhora? Onde estava com a cabeça quando... Eu nem consigo terminar a frase.

– Seja claro, Bes, por favor!

– Como pôde se casar novamente?

– Ora, filho, tornei-me uma viúva, não uma morta. Era meu direito recomeçar a vida ao lado de um outro homem. Foi seu próprio pai quem me aconselhou.

— Mas seu novo marido tem idade para ser seu filho, mamãe!

— Seu pai era dez anos mais velho do que eu, quando se apaixonou por mim. Se ele pôde se casar com uma mulher bem mais jovem do que ele, por que eu não poderia me casar com um homem 18 anos mais novo do que eu? Só por que sou mulher, é isso?

A mãe deu um passo à frente e fez um agrado no rapaz:

— Está com ciúmes da sua mãe, Bes?

Ele pareceu não gostar da pergunta. Fechou o cenho e partiu, pisando duro.

Nekhbet permaneceu parada no mesmo lugar, com os olhos voltados para a porta por onde o filho havia passado. Já esperava por aquela reação por parte de alguns membros de sua família, era natural, por ciúmes dela e em respeito à memória de Imhotep. Mas eles haveriam de aceitar sua decisão de ter se casado novamente, e o jovem que ela escolhera para ser seu segundo marido. Seria assim e ponto.

Nesse ínterim, Amunet perguntava a Radamés, o que ele estava sentindo em relação à chegada de Haji àquela casa.

— Estou me sentindo pessimamente mal, Amunet. Como se minha mãe tivesse traído meu pai e a todos nós.

— Mas foi seu próprio pai quem aconselhou sua mãe a se casar novamente.

— Mesmo assim, ela não deveria ter seguido seu conselho. Em respeito a sua memória e a todos desta casa. E tem mais, jovens não se apaixonam por mulheres mais velhas, pelo menos até onde sei...

— Sua mãe ainda tem o corpo bem feito... – retrucou Amunet. – Apesar de ela ter dado à luz a você e seus irmãos, seu corpo se manteve bonito com o passar do tempo. – Fez uma pausa e acrescentou: – Além disso, ela tem uma bela voz e todos a acham extremamente inteligente.

— E desde quando um homem se interessa pela inteligência de uma mulher, Amunet? Nunca!

— Mas certamente algo em Nekhbet atraiu Haji.

— Sim, com certeza. E não foi seu corpo, nem sua inteligência, nem sua bela voz. Foram puramente suas posses, seu status, a segurança financeira que ele teria se casando com ela.

— Mas todos os bens de seu pai e de sua mãe já foram passados para os filhos, não foram?

– Sim. Papai fez questão de fazer isso em vida. Mas parte da herança ainda pertence a minha mãe e, caso ela morra, antes de seu segundo marido, ele também terá direito à herança. Ela própria pode deixar tudo para ele, se fizer por escrito.

– Nekhbet não faria isso!

– Como não? Se foi capaz de se casar com um rapazola como Haji, é bem capaz de outras audácias.

– É, você tem razão. Mas me diga, se Nekhbet tivesse escolhido um marido da mesma idade que ela ou um pouco mais velho do que ela, você aceitaria de bom grado esse enlace? Acha que Bes também faria?

– Sinceramente? Acho que nem assim eu e Bes aprovaríamos o seu casamento. Ainda que meu pai tenha lhe pedido para se casar novamente, ela, em respeito a sua memória, deveria ter guardado luto dele até o fim da vida.

Kissa, por estar junto dos dois, deu seu parecer:

– De qualquer modo, meu irmão, Haji agora é o marido de nossa mãe, e teremos de aceitá-lo por bem, no seio da nossa família.

– Sou da mesma opinião que a sua, Kissa – afirmou Amunet, prudentemente.

Tudo o que Radamés respondeu, foi:

– Prometo que vou tentar, mas não sei se vou conseguir.

– Com o tempo você se acostumará, meu marido. Acredite!

E Amunet procurou acalmá-lo por meio de um gesto carinhoso.

Noutro cômodo da casa, Nathifa tentava abrandar a fúria do marido:

– Acalme-se, Bes. Acalme-se! O que está feito está feito. Aceite Haji como seu padrasto e ponto final. Será melhor assim! Aquietará sua alma.

– Não me conformo com esse casamento, Nathifa! Você estava lá, por estar, deveria ter impedido minha mãe de cometer essa burrada.

– Eu tentei, Bes, juro que tentei, mas sua mãe não me deu ouvidos. Aconselhei-a procurar outro sujeito, um homem da sua idade, mas ela se encantou por Haji de uma forma... Parecia-me enfeitiçada por ele.

Bes bufou e a esposa novamente o aconselhou:

– Agora, acalme-se, por favor.

– Não vou conseguir.

– Tente! Pelo menos, tente.

E para amansá-lo, Nathifa envolveu o marido num abraço carinhoso e o beijou. Ele não podia ver que nos olhos da esposa, a chama da inquietação e da preocupação, ardiam feito brasas.

Minutos depois, quando Nailah finalmente pôde ficar a sós com Nekhbet, a mulher também lhe falou francamente:

– Nekhbet, minha querida irmã, responda-me, por favor! Olhe bem dentro dos meus olhos e diga, com todas as palavras. Onde você estava com a cabeça quando decidiu se casar com aquele moço? Ele tem idade para ser seu filho.

– Apaixonei-me por ele, Nailah.

– E ele por você, Nekhbet?

– Sim, Nailah. Por mim, também!

– Não seja tola, minha irmã. Ele não passa de um garoto.

– Ele gostou de mim, sim!

– Isso é o que você quer acreditar. Você é uma velha perto dele.

– Não sou, não! Não me ofenda! Sou ainda bem moça e bem conservada.

Nailah não se deixou intimidar, continuou opinando sem receio:

– Só pode ter sido por interesse financeiro... Não vejo outra razão para ele ter se interessado por você.

– Nailah, minha irmã, estou desconhecendo sua pessoa. Nunca me falou assim antes.

– Mas agora é preciso, Nekhbet. Você me parece cega!

– Isso não é cegueira, é paixão. Algo que você nunca poderá compreender, pois nunca viveu uma tão intensamente.

A mulher bufou e Nekhbet completou, com voz apaixonada:

– Escolhi Haji, também, porque vi nele pureza e a ingenuidade de uma flor.

– Ninguém é tão puro e inocente assim, minha irmã.

– Haji é.

– Nem uma criança é, Nekhbet!

– Por Haji ponho as minhas mãos no fogo!

– Pois vai se queimar.

– Agora estamos casados e será assim até que a morte nos separe.

– A presença de Haji nesta casa já está causando mal-estar em seus filhos.

– Que mal-estar, o quê, Nailah! Quando eles quiseram se casar, aceitei suas esposas, sem oposição alguma. Agora, eles terão de fazer o mesmo por mim, aceitando Haji também de bom grado. Lembrando sempre que,

25

me casei pela segunda vez porque assim desejou o pai deles. Por mim, talvez, eu nunca mais ousasse me envolver com outro homem...

– Não sei mais o que pensar...

– Acalme-se. Bes e Radamés logo se acostumarão com a presença de Haji nesta casa. É só uma questão de tempo, você verá!

– Que a poderosa Ísis a ouça, Nekhbet. Pelo bem de todos, até mesmo do rapaz.

– Nailah, minha irmã... O que teme? Diga, vamos!

– Temo pelo pior.

– Pior?!

– Sim, Nekhbet, pelo pior. O que você sabe realmente a respeito deste rapaz?

– De Haji?

– Sim! Não responda, eu mesmo digo por você: pouco, muito pouco, aposto! Sendo assim, como pode conhecer sua índole? Pode ser má, pondo em risco a vida de seus filhos e netos.

– Ora, ora, ora, Nailah, não exagere!

– Não é exagero, algum, Nekhbet! É um alerta! Um jovem de corpo e rosto bonito pode, muito bem, esconder um espírito maléfico. Por isso, eu a previno, Nekhbet. Cuidado! Olhos atentos! Dia e noite, noite e dia!

E sem dizer mais nada, respirando pesadamente, Nailah partiu, deixando Nekhbet duplamente perplexa com sua reação. Ela previu, sim, que a chegada de Haji àquela casa causaria algum alvoroço, mas não um daquele nível.

O jeito era esperar, pacientemente, até que todos se acostumassem com a presença de Haji, como parte da família, o que não tardaria a acontecer, afinal, eles não tinham outra escolha, Haji agora era seu marido e, assim seria até que a morte os separasse.

A seguir, Nekhbet foi atrás de Selk pedir a ela que, juntamente com as criadas, preparassem um jantar muito especial para aquela noite. Seria o ideal, em sua opinião, para deixar todos mais à vontade com sua nova realidade.

Por exigência da mãe, todos os membros da família chegaram pontualmente à sala de jantar para cear aquela noite. Nekhbet, ao pedir que cada um ocupasse um lugar à mesa, Haji, sem saber, sentou-se no lugar que fôra sempre ocupado por Imhotep, causando espanto e indignação por parte de Bes e Radamés.

– Levante-se! – ordenou Bes a Haji, sem nenhum tato.

O clima entre todos se tornou tenso.

– Ora, Bes, por quê? – surpreendeu-se Nekhbet com a ordem do filho.

– Porque esse era o lugar do meu pai à mesa, mamãe. O chefe dessa família, o dono dessa casa, o proprietário de toda esta terra.

Haji imediatamente se levantou e pediu desculpas.

– E-eu – gaguejou, sem graça. – Perdão.

Nekhbet, imediatamente pousou a mão sobre o braço do novo marido e disse:

– Haji, por favor, fique!

– Mas... – balbuciou o rapaz.

– Você é agora o meu marido e como tal, é também o chefe desta casa e dessas terras... – concluiu ela, severa.

No mesmo instante, ergueu-se a voz ultrajada de Bes:

– Mamãe!

– É isso mesmo o que você ouviu, Bes! De agora em diante esse lugar à mesa será ocupado por Haji, meu marido, e não se fala mais nisso.

– Isto é um ultraje! – explodiu Bes, tomado de indignação. – Eu desta ceia não participo. Nem eu nem minha esposa.

E voltando-se para Nathifa, estendeu-lhe a mão e a puxou para fora do recinto.

– Bes! – ecoou forte a voz de Nekhbet pelo aposento. – Volte aqui! Estou ordenando.

Mas o filho não atendeu ao pedido da mãe. Solidário ao irmão, Radamés também se retirou, mas sem exigir que a esposa o acompanhasse.

Haji voltou a falar:

– Desculpe-me por ter estragado tudo. A culpa foi toda minha.

Nekhbet, muito amorosamente, respondeu:

– O problema não é você, Haji, são meus filhos... Foram mimados demais.

E abrindo um sorriso, disposta a não deixar que nada mais atrapalhasse a ceia que planejara para unir toda família, Nekhbet falou, animada:

– Vamos cear. Descontrair o clima. Hoje é uma noite especial. Como que para celebrar o meu segundo casamento.

Halima e Kissa sorriram e propuseram um brinde. Nailah brindou com todos, ainda que se sentisse desconfortável com tudo aquilo.

Acaran, em solidariedade a Bes e Radamés, e em respeito à memória de Imhotep, também pensou em se retirar do recinto, mas seu gesto poderia ser encarado por Nekhbet como um despautério. E isso só serviria para

27

atrapalhar seus planos de casamento com Halima, dentro em breve.

A noite já ia alta e Haji se mantinha do lado de fora da casa, apreciando o luar, quando se lembrou de que já passara da hora de se recolher. Ao entrar na casa, Nailah agarrou-o pelo braço e o encaminhou para um lugar discreto.

Antes de dizer o que pretendia, certificou-se se não havia alguém nas imediações para ouvi-los. Voltou a cabeça para trás, olhou para os lados e só então falou:

— Vá embora daqui, Haji, enquanto é tempo!

O rapaz se espantou diante do conselho e da rispidez com que a mulher lhe disse aquilo.

— Tempo para quê, Dona Nailah?

— De impedir que o mal arrebate a todos.

— Do que a senhora está falando?

— Eu sinto algo de maligno no ar, algo indigno se alastrando por esta casa.

— Maligno?!...

— Sim.

— Desde quando a senhora sente isso?

— Desde que você chegou a esta casa.

Ele refletiu antes de responder:

— Não posso ir embora, estou casado com sua irmã. Além do mais, eu a amo.

Nailah foi severa e incisiva mais uma vez:

— Você não ama Nekhbet e sabe muito bem disso.

As palavras de Nailah novamente impressionaram o rapaz.

— A senhora não está dentro de mim para saber o que se passa em meu coração.

— Pois eu sei, Haji, porque sinto. Você não ama Nekhbet. Finge amá-la porque é conveniente a você.

— A senhora está enganada, muito enganada!

— Eu jamais me engano, Haji. Jamais!

— Pois desta vez se enganou!

— Não brinque com o perigo, Haji. Ouça meu conselho: parta daqui, enquanto é tempo.

Sem mais, Nailah partiu, deixando o rapaz parado no mesmo lugar, observando a mulher grandalhona se afastando, pisando duro, agitando-se toda. Só então ele notou Kissa, parada junto a uma das portas que dava para a varanda. Ela se aproximou dele e, gentilmente, disse:

– Penso que minha tia está novamente com inveja de minha mãe, por ela ter se casado e pela segunda vez. As solteironas, não todas, certamente, são capazes das piores artimanhas para acabar com a felicidade de uma mulher que conseguiu um marido ou dois, ou três. Minha tia não conseguiu um sequer.

Ele prestou bem atenção a ela que continuou, decidida:

– Se por inveja, já foi difícil para tia Nailah aceitar o casamento da minha mãe com meu pai, imagine só como deve estar sendo difícil para ela, agora, ver Nekhbet casada com você, um rapaz lindo e viril, bem mais jovem do que ela.

– Então foi por isso que ela veio me dizer tudo aquilo há pouco?

– Sim.

– Entendo.

– E lhe digo mais, Haji. Ela quer afastá-lo de minha mãe, porque percebeu, claramente, o quanto ela está apaixonada por você. Minha mãe o ama muito, Haji, eu sei, eu sinto...

– Também sei que ela me ama.

– Então, por favor... – pontuou Kissa, seriamente. – Não a decepcione. É só o que lhe peço.

Sem mais, a jovem partiu, deixando Haji, mais uma vez, envolto em pensamentos confusos.

Ao chegar ao seu quarto, Haji deitou-se na cama e despertou Nekhbet com um beijo carinhoso.

– Desculpe, não queria acordá-la – sussurrou ao vê-la desperta, retribuindo seus carinhos.

Depois de mais alguns elogios trocados, os dois viveram mais uma noite de amor intensa e esfuziante, onde qualquer carência afetiva foi suprida ou amortizada.

Capítulo 4

No dia seguinte, logo pela manhã, Nekhbet foi tomar seu banho com a ajuda de Selk e mais uma criada. A ideia de ficar bela e perfumada para o novo marido tornou o banho ainda mais prazeroso e estimulante para Nekhbet. Haji teria novamente prazer em tocá-la e amá-la, como deseja e merece toda mulher.

Ao seu lado, ela se sentia mais jovem e mais cheia de vida. Depois de conhecê-lo, tudo parecia melhor. Ela simplesmente o adorava com seus olhos lindos e penetrantes, repletos de ingenuidade e chama do viver.

Ela amara Imhotep de paixão, entregara-se para ele com toda sinceridade e vontade que uma mulher pode fazer por seu marido. Por Haji, no entanto, ela seria capaz de fazer muito mais, porque tinha verdadeira adoração por ele.

Jamais pensou que Imhotep a aconselharia a se casar novamente. Sua atitude a surpreendeu tanto quanto o destino ao pôr Haji em seu caminho, desempedido para se casar com ela.

O susto inicial, provocado por seu casamento inesperado com um rapaz, 18 anos mais jovem do que ela, em breve passaria. Haji, então, seria definitivamente aceito no seio da família e nunca mais a paz entre todos ali seria perturbada.

Tão imersa ficara Nekhbet em seus pensamentos que nem se deu conta de que as criadas já haviam terminado de esfregar seu corpo e banhá-la com água nova contida nas ânforas.

Com a ajuda das duas, ela vestiu um lindo roupão de fino linho egípcio, na tonalidade branca, que foi amarrado devidamente um pouco abaixo dos seios.

Depois, ela seguiu para o cômodo adjacente onde se perfumou e pintou os olhos por si só, como sempre gostara de fazer desde menina. Ao término, ao ir chamar as criadas no cubículo ao lado, para que a ajudassem a vestir a peruca que as mulheres egípcias tinham por hábito usar na época, Nekhbet se ateve ao que elas conversavam.

– O que será que ele viu nela? – perguntava a serviçal, com profundo desdém à colega de trabalho. – Não foi beleza.

– Fale baixo – Selk repreendeu a moça. – Onde já se viu falar uma coisa dessas de sua senhoria?! Cale-se!

– Não queira tapar o sol com a peneira, Selk. Dona Nekhbet tem idade para ser mãe dele!

– Seja justa, mulher. Nossa adorada senhoria tem traços bonitos e aqueles olhos...

– Olhos?! Não os acho nada atraentes.

– Porque você é mulher. São os homens que admiram os traços femininos, não as mulheres.

– De qualquer modo, ainda acho muito estranho um rapagão, bonito como ele, ter se interessado por uma velha como ela. Lindo como é, ele poderia ter qualquer jovem ao seu dispor.

– Mas ele preferiu Nekhbet, certamente por amá-la.

– Ou...

– É melhor você não dizer mais nada.

Os comentários da criada deixaram Nekhbet fula da vida.

– Invejosa – murmurou consigo mesma. – Não passa de uma invejosa...

Todavia, ela procurou se controlar e chamou pelas duas mulheres que, prontamente foram ajudá-la a vestir a peruca. Só mesmo quando a sós com Selk, em quem confiava plenamente, é que Nekhbet falou:

– Você é sempre tão boa para mim, Selk...

– Porque a senhora é como uma mãe para mim, Dona Nekhbet. Jamais me esqueço de quando a senhora e o senhor Imhotep me acolheram nesta casa quando mais precisei.

– Fizemos o que fizemos por gosto, minha querida. De imediato, percebemos que você era uma criatura honesta e trabalhadora. Merecedora de todo o nosso respeito.

– Obrigada – agradeceu a criada, fazendo-lhe uma nova mesura.

Nekhbet aproveitou a deixa para perguntar à mulher o que tanto desejava:

– Você me foi sempre tão sincera, Selk... Por isso me diga, você também me acha uma estúpida por eu ter me casado com um homem bem mais jovem do que eu?

– Não, senhora... Não...

– Selk, seja franca comigo, por favor.

– Estou sendo.

– Nailah, minha irmã, considera-me uma tola por eu ter me casado com Haji. Achou-o muito jovem para mim. Mas quando me casei com Imhotep, eu era dez anos mais jovem do que ele. Penso que as mulheres têm os mesmos direitos dos homens, afinal, há deusas gozando dos mesmos benefícios da eternidade, que os deuses masculinos, não é mesmo?

– Tem toda razão, minha senhora. Nunca havia pensado nisso.

– Pois bem, Nailah e outros mais não acreditam que Haji tenha se casado comigo, porque realmente se apaixonou por mim. Pensam que ele se casou por interesse, mas isso não é verdade, eu teria notado, por meio dos seus olhos, de suas atitudes, de seus gestos.

Nekhbet fez uma pausa e prosseguiu:

– Haji perdeu o pai muito cedo, viveu na rua por muito tempo, pedindo esmolas até conseguir trabalho. É esforçado, sabe? Tão esforçado quanto simples. Quando o vi, a princípio, não senti nada por ele. Ofereceu-se para me ajudar nas minhas atividades por Tebas, só depois é que notei o modo carinhoso e cheio de interesse com que ele se dirigia a mim. Algo então se acendeu em meu peito. A vida renasceu dentro de mim. Foi bom demais, Selk. Bom demais!

– Sim, senhora...

– Ser amada novamente e por um jovem lindo como Haji... – Nekhbet suspirou. – Foi uma bênção de Ísis. Uma verdadeira bênção!

Houve uma pausa até a criada falar:

– Dona Nekhbet, a senhora há de ser muito feliz com seu novo marido. Ísis assim deseja!

Naquele instante, Nekhbet se sentiu menos oprimida diante das críticas ferinas que ouvira de alguns desde que voltara de Tebas, casada com um rapaz 18 anos mais jovem do que ela.

Ao se reencontrar com o novo marido, Nekhbet, toda cheirosa, maquiada e bem vestida, abraçou-o e perguntou, ao pé de seu ouvido:

– Você me ama mesmo, Haji?

– Sim, Nekhbet, é claro que sim! Você bem sabe que por você, sou capaz de dar a minha vida, já lhe disse isso antes, não? Por que a dúvida?

Ao invés de responder a pergunta, Nekhbet simplesmente disse:

– Peço-lhe, por Ísis, que tenha paciência com meus filhos. Eles precisam de um tempo para se acostumarem à ideia de que a mãe deles, agora, tem um novo marido e que, nesta casa, há um novo homem.

— Por você, Nekhbe, tenho toda a paciência do mundo.

— Eu o amo tanto, Haji. Tanto...

Ela o beijou, assistida ao longe por Selk que, teve a absoluta certeza, naquele instante, que o amor entre Haji e Nekhbet, era o mais lindo e verdadeiro que já vira em toda a sua vida. Certamente que seria invejado por muitos, especialmente por aqueles que não tiveram a mesma sorte.

Selk novamente pensou na inveja e, no quanto as pessoas sofriam por ela. Quanta desgraça já não havia ocorrido no mundo, por causa daquele maldito sentimento, que parecia envenenar o ser, como se fosse o pior veneno da humanidade.

Sem mais, a criada foi cuidar dos seus afazeres, procurando sempre cumpri-los com eficiência.

Amunet também presenciara o belo momento entre Nekhbet e Haji e, assim que pôde, foi conversar com Kissa sobre as impressões que teve do rapaz naquele instante.

— A princípio, como muitos dessa casa, também não consegui acreditar que um jovem tão lindo como Haji pudesse realmente ter se interessado por uma mulher bem mais velha do que ele, mas depois de vê-los juntos, como vi há pouco, percebi que ele realmente gosta dela. Beijou-a com paixão, ternura e vontade...

— Muitos jovens se apaixonam por pessoas mais velhas, Amunet. Isso acontece e muito.

— São raros. Geralmente são os homens e mulheres mais velhos que se apaixonam pelos mais novos, não o contrário. Acaran, por exemplo, ama Halima desde que aqui chegou, mas ela não sente nada por ele, por ele ser mais velho do que ela.

— Mas eles ainda vão acabar juntos.

— Duvido.

— Vão sim!

— Que nada! Sabe quando Halima vai se casar com Acaran, Kissa? Somente no dia em que ela se vir com medo de ficar solteirona pelo resto da vida. Quando perceber, de uma vez por todas, que o homem lindo que ela tanto sonha chegar a essas terras, para conquistá-la, não apareceu, nem nunca aparecerá.

— Não seja tão pessimista, Amunet.

— Sou realista, Kissa. É diferente.

— Algumas coisas impossíveis podem se tornar possíveis, Amunet.

33

O destino sempre nos surpreende.

– Será?

Amunet fez uma pausa e com impacto, falou:

– Algo é certo nisso tudo: Radamés está odiando tudo isso. Atrevo-me a dizer que seria capaz de esganar, com as próprias mãos, o pescoço do *bonitinho*.

Kissa se arrepiou inteira.

– Que horror!

– É verdade e penso que Bes seria capaz de fazer o mesmo. Ele também odiou o casamento da mãe.

– Isso é verdade, mas nem Bes nem Radamés seriam capazes de fazer uma barbaridade dessas. São meus irmãos, os conheço bem.

– Conhece mesmo, Kissa?

A pergunta surpreendeu e assustou a moça. Amunet continuou:

– Penso que ninguém é capaz de conhecer o outro de verdade, nem que conviva com ele por cem anos.

Kissa se mostrou mais uma vez impressionada com as palavras da cunhada. Sem mais, cada qual foi cuidar dos seus afazeres com seus respectivos filhos que, pelados brincavam ao sol.

Nenhuma das duas mulheres notou a presença de Nathifa junto à porta, com bordas alegremente pintadas com imagens de patos e pétalas de lotus. Dali, ela pôde ouvir atentamente o pequeno diálogo das cunhadas, o que a deixou mais uma vez com a mente mergulhada nas trevas da preocupação.

– Nathifa! – chamou-a Bes, pegando a moça desprevenida.

– Bes?!... – assustou-se ela, levando rapidamente as mãos ao peito.

– Está tudo bem? – perguntou ele, olhando atentamente para ela.

– Está! Está sim! E com você? Tudo bem? – Obviamente que ela mentiu, sua súbita palidez e tremedeira revelavam seu verdadeiro estado emocional.

– Não, Nathifa, não está nada bem. Depois da burrada da minha mãe, nada mais voltará a ficar bem.

– Não seja pessimista, Bes, por favor!

Bes riu, sarcástico:

– Minha mãe nunca fora tão estúpida em toda a vida.

– Não fale assim dela, não é certo, é sua mãe.

– Falo, falo sim! Só mesmo uma estúpida, para não perceber que o rapaz só se casou com ela por interesse financeiro.

– Você acha mesmo, Bes?

– Sim, Nathifa, tenho absoluta certeza.

Sem mais, o rapaz enlaçou a esposa pelas costas e a encaminhou até o quarto do casal.

Ao adentrar seu quarto, Amunet encontrou o marido, cabisbaixo, parado em pé junto à janela que dava para o Nilo. Enlaçando-o pelas costas, ela murmurou ao seu ouvido:

– Radamés, meu amor, acabo de ver Haji sendo muito amoroso com sua mãe.

– E daí?

– E daí que penso que ele se casou mesmo com ela por amor e não por interesse como chegamos a pensar no início.

O moço segurou a esposa pelos ombros e disse, seriamente:

– Amunet, não se deixe enganar. Haji pode até parecer amoroso e gentil com minha mãe, o marido mais dedicado a uma mulher, mas no fundo, ele só se casou com ela para sair da miséria em que vivia. Foi só por interesse, nada além de interesse.

– Depois do que vi, Radamés, tenho lá minhas dúvidas. De qualquer modo, o tempo nos dirá. Vamos aguardar. E agora deite-se aqui e lhe farei um cafuné.

Obedientemente, o marido atendeu ao pedido da esposa e, assim, pôde afastar da cabeça, pelo menos por ora, o que tanto o perturbava.

Nesse ínterim, em seu quarto, Nathifa guardava algumas roupas num baú quando, subitamente, cambaleou e teria ido ao chão se Bes não tivesse sido rápido em ampará-la.

Imediatamente, ele a fez se deitar e mandou um criado chamar um médico para examinar a esposa. Não demorou muito para que o profissional aparecesse e constatasse:

– Bes, meu caro, sua esposa está novamente grávida.

Um sorriso bobo tomou conta do rosto do rapaz que, imediatamente olhou para Nathifa, abrindo-lhe um largo e franco sorriso.

– Que notícia mais maravilhosa, meu amor. – Ele se curvou sobre ela e a beijou. – Ah, Nathifa... Estou tão feliz!

A moça, com lágrimas, admitiu:

– Cheguei a pensar que jamais poderíamos ter uma nova criança, Bes...

– Que nada, meu amor, você é ainda muito fértil.

– Sim, mas...

– Impressão minha ou você não ficou feliz com a vinda dessa criança?

– É lógico que fiquei!

– Não me parece.

– É que...

– Diga, o que é?

– É que tenho medo de perdê-la novamente.

– Eu sei. Mas isso não acontecerá. Ísis nos protegerá.

Ele novamente a beijou e sorriu, feliz e radiante:

– Agora, alegre-se! E vamos comemorar!

Logo, a notícia se espalhou por entre os familiares, culminando num brinde amistoso em homenagem ao filho que Bes e Nathifa em breve teriam.

– Ao meu filho que está por vir! – falou Bes, alto e bom som, enquanto erguia o caneco de cerveja.

Radamés complementou suas palavras:

– Sim, meu amado irmão! Ao seu filho, meu sobrinho, brindemos a sua vinda! Que os deuses o abençoem e que ele traga muitas alegrias para nossa família.

– Que assim seja, Radamés. Que assim seja!

E com grande entusiasmo os dois entornaram a bebida encorpada.

Haji assistia a tudo de longe, evitando se misturar para não criar novas desavenças. Foi então que seus olhos se cruzaram com os de Halima que, muito cuidadosamente o observavam. Ele procurou sorrir para ela e ela, ainda que tímida, retribuiu o sorriso carinhoso.

Capítulo 5

No dia seguinte, Haji acordou disposto a brincar com os pequeninos da casa. Brincou de cavalinho com Sagira, Tor e Kanope que eram os maiorezinhos da casa, enquanto Hator assistia a tudo, do colo de Amunet. Não demorou muito para o rapaz convidar Halima para tomar parte das brincadeiras. Com ela junto deles, todos puderam desenhar no chão com gravetos e em alguns papiros com o material de arte que ela própria cedeu a todos.

— Halima, pequena, você desenha e pinta um bocado, parabéns! — elogiou Haji, verdadeiramente admirado com o talento da jovem.

Foi uma tarde muito agradável para a criançada e para o próprio Haji que, ao lado da garotada, transformava-se num criança, sempre disposto a pular, saltar, cantar e desenhar.

Naquele instante, Nailah compreendeu por que Nekhbet vira transparecer nos olhos do rapaz, ingenuidade e bondade. Ainda assim, ela tinha dúvidas de que ele realmente era tão ingênuo e puro como parecia.

Quando Bes e Radamés se opuseram às brincadeiras, porque não queriam ver seus filhos brincando com o sujeito, Kissa os persuadiu a mudar de ideia:

— Bes, meu irmão... Radamés, meu irmão... Haji está tentando ser gentil. As crianças estão adorando. Deem a ele uma chance, por favor.

Bes e Radamés se entreolharam e ainda que não quisessem, acabaram aceitando, por ora, o pedido da irmã.

Nathifa, de longe, observava Haji com certa discrição. Porém, quando ele olhou para ela, exclusivamente para ela, a moça se encolheu toda, levantou-se de onde se encontrava sentada e seguiu para o interior da casa, levando consigo, Kanope. Apenas Amunet notou o seu desconforto diante do fato e, desde então, ficou a se perguntar, por que Haji causava mal-estar em Nathifa?

Ao cair da noite, ao se reunirem para a ceia, Haji estava tão bem vestido, tão lindamente asseado, que todas as mulheres pararam o que faziam para admirá-lo.

Kissa achegou-se a ele e o elogiou:

– Pelo visto, a brincadeira com as crianças lhe fez muito bem. Você está com uma aparência ótima,

– Obrigado, Kissa. Você também está muito bem.

Ao sentirem o cheirinho do assado que seria servido no jantar, Haji farejou o ar e sorriu:

– Hum... O cheiro está bom.

– Sem dúvida – concordou Kissa também apreciando o aroma.

– É tão bom sentar-se a uma mesa com comida farta... Até bem pouco tempo atrás, eu não sabia o que era isso. Fui sempre tão pobre, que certa vez cheguei a roubar um pão para matar a minha fome. O pior é que fui pego roubando e perseguido pelo que fiz. Se não fosse a simpática Izônia, uma senhora que morava no casebre vizinho a que eu, meu irmão e minha mãe morávamos, defender-me com unhas e dentes, eu teria sido apanhado e levado uma surra.

"Sei que roubou o pão para matar sua fome, Haji", disse-me ela, carinhosamente naquele dia. "Da próxima vez, peça!"

"Mas eu pedi. Ninguém me deu. O jeito foi roubar!"

Ela me abraçou e me aconselhou mais uma vez:

"Da próxima vez, insista."

"Eu insisti, mesmo assim, ninguém me deu ouvidos."

"Eu sei. Acontece!"

Izônia era como uma segunda mãe para nós, uma mulher realmente adorável.

Quatro anos depois, fui eu quem avistou um menino passando pelo mesmo que passei e o defendi, porque sabia, de imediato, que ele só roubara por estar realmente com fome. Cheguei a ouvir seu estômago roncando, tal qual o meu, no dia em que ousei fazer o mesmo.

– Eu sinto muito, Haji.

– Só mesmo quem nasceu na pobreza, como eu, é capaz de dar tanto valor a um pedaço de pão, ainda que murcho ou duro. É capaz também de compreender o que leva um garoto pobre, como eu, na época, a furtar por fome.

– Eu o entendo... Acho que sim – admitiu Kissa, penalizada.

– Obrigado. Ao contrário do meu irmão que, sempre quis vencer na vida, eu nunca realmente me importei com a pobreza. Tampouco em admitir que fui um garoto de rua, criado com muito custo por uma mãe que, por muitas vezes me fez ter pena dela, por se esforçar tanto para ter com o que alimentar a mim e ao meu irmão a cada dia.

Nesse instante, os olhos de Haji colidiram com os de Nathifa que, dessa vez, não evitou o seu olhar. Sustentando-o, por pena.

A seguir, todos se dirigiram para a grande sala onde fariam a refeição. Bes e Radamés, como de hábito, não estavam presentes, preferiam fazer a refeição noutro local.

Depois da ceia, Halima decidiu ir até seu lugar favorito junto ao Nilo, de onde podia ter uma bela visão da lua redonda, brilhando no céu, cercada lindamende por inúmeras estrelas.

Ali, ela deixou sua mente vagar. Pensou na mãe, que amava de paixão, e na sua ousadia de se casar com um rapaz com idade para ser seu filho. Pensou também no quanto ela estava feliz e realizada com o casamento.

Ruídos inesperados despertaram a jovem de suas divagações.

– Quem? Quem está aí? – perguntou ela, pondo-se imediatamente de pé.

Logo avistou Haji, seguindo na sua direção, prateado pela luz intensa do luar.

– Não quis assustá-la – disse ele, gentil como sempre.

– Tudo bem... – a resposta dela soou distraída.

– Você não tem medo de ficar aqui, sozinha, a essa hora da noite? – perguntou ele, aproximando-se dela.

– Não, sinceramente não. Está uma noite tão bonita...

– Mesmo em meio a tanta beleza existe o mal, Halima.

– Não aqui, Haji. Aqui é um lugar de paz. Tudo o que sempre tivemos nessa morada foi paz, nada além disso.

– Posso me sentar junto a você?

– Pode.

Os dois ficaram em silêncio, admirando o rio, até ela lhe perguntar:

– Você, por ter nascido e crescido em Tebas, já teve a oportunidade de ver o faraó?

– Já.

– De perto?!

– Só de longe. Um dia, quem sabe, o vejo de perto.

– Vivendo aqui?! Acho muito difícil o faraó aparecer por essas bandas.

– O verei em Tebas.

– Como assim?

– Acompanhado de sua mãe ou de um de seus irmãos, durante uma viagem de negócios.

– Ah, sim, é claro!

Ela hesitou antes de perguntar:

– Você não acha isso aqui monótono demais para você?

– Monótono?!

– Sim... Para uma pessoa que sempre esteve acostumada a viver numa cidade tão grande e agitada quanto Tebas, morar num lugar tão simples e sossegado como este, às margens do Nilo, deve ser maçante.

– Por amor a sua mãe, Halima, sou capaz de me adaptar a essa mudança radical, sem problema algum. Acredite.

Ela o olhou mais atentamente e comentou:

– Meus irmãos não acreditam que você ame nossa mãe.

– Ora, se eu não a amasse, não teria me casado com ela.

– Eles acham que seu casamento com ela foi por puro interesse...

– Este é o problema de todo pobre como eu. Basta se casar com uma pessoa mais endinheirada que, todos pensam que foi por interesse financeiro.

– Por Nekhbet ser muito mais velha do que você, eles não acreditam que você possa ter realmente se interessado por ela por amor.

– Ainda que Nekhbet seja dezoito anos mais velha do que eu, ainda assim a acho muito atraente.

– Mesmo?

– Sim, Halima. Não tenho por que mentir.

– Pensei que os jovens só gostassem dos jovens.

– Uns sim, outros não... Sua mãe me disse que seu pai era dez anos mais velho do que ela, quando se casaram, o que prova que há jovens que se atraem por pessoas mais velhas.

– Verdade...

Os olhos dos dois se detiveram, mais uma vez, um ao outro, envoltos de silêncio até ele dizer:

– Você é tão bonita...

– Você acha?

– Sim, Halima. Sua beleza me surpreendeu assim que pousei meus olhos em você, pela primeira vez. De toda a família, você é a mais bela.

– Falando assim, fico encabulada... De qualquer modo, obrigada.

– O que é belo, deve ser elogiado e admirado, Halima. Esta é uma grande verdade da vida.

– Você também é muito bonito. Jamais vi um homem tão lindo e atraen...

40

Ela cortou a frase ao meio e, novamente, ambos se silenciaram por instantes.

– O Nilo... – comentou ela, então, rompendo o repentino e desconfortável silêncio. – Ele é o que podemos chamar de coração do Egito.

– Sim, Halima, dele depende toda a civilização egípcia.

– Incrível, não? O povo todo depender de um rio... Um único rio.

– Porque dependemos da água que ele nos oferece. Sem água, não podemos sobreviver. Nada pode crescer ou florescer.

– Sem dúvida.

Nova pausa e ela comentou:

– Adoro ver os barcos e barcaças indo e vindo pelo rio. Quando criança, meu pai costumava se sentar aqui, do meu lado, para me fazer companhia; enquanto eu admirava as embarcações. Um dia, então, ele me levou para dar uma volta de barco e passei tão mal, que nunca mais quis pôr os pés em um. Vomitei, fiquei zonza, foi um horror.

– Mas se você não velejar novamente, não poderá conhecer Tebas.

– É tão importante que eu, um dia, conheça Tebas?

– Sim, é claro que sim! Tebas é o que há de mais bonito e interessante no Egito atual. Todo mundo, sem exceção, deve conhecer a cidade, pelo menos uma vez na vida.

– O que vale mais a pena, Haji? Conhecer Tebas ou as pirâmides? Sempre pensei que as pirâmides fossem mais importantes.

– Bem... – Haji pareceu momentaneamente em dúvida quanto ao que responder. – São, também, sem dúvida, mas... – O rapaz ainda se mantinha formando opinião.

– Do jeito que você fala de Tebas, você simplesmente amava morar lá.

– E amava mesmo. Cresci lá, sempre ao lado do meu irmão com quem explorávamos as ruas e brincávamos... – Ele suspirou. – Mas agora tudo isso é passado. Estou casado com sua mãe e devo honrar meu casamento com ela, aqui. Nas terras que são de sua propriedade.

– Quer dizer então que, minha mãe hoje tem mais valor para você do que a cidade que tanto ama? – Ela não lhe deu tempo para responder. – Sim, é óbvio! – adiantou-se ela, sorrindo. – Caso contrário, você não teria aberto mão de morar lá, para morar aqui com ela, não é mesmo?

– Sim, sem dúvida.

– É... Pelo visto você realmente ama minha mãe.

– Sim, Halima, eu a amo. E seremos muito felizes lado a lado.

– Faço votos que sim.

E um sorriu afetuosamente para o outro.

Enquanto isso, na casa, Amunet encontrava a sogra de frente para o jardim, admirando o local.

– Minha sogra... Está tudo bem?

Os olhos de Nekhbet se estreitaram, ao observar o rosto da nora.

– Estava aqui observando as flores... Pensando no quanto são bonitas sob a luz intensa do luar.

– Sim, de fato.

Amunet também tomou um minuto para admirar o jardim e disse:

– A senhora está muito feliz, não está?

– Feliz, Amunet?! Sim, muito!

– Também estou feliz pela senhora, acredite!

– É mesmo, Amunet? Não me condena como muitos desta casa, por eu ter me casado com um homem bem mais jovem do que eu?

– Não! Penso que fez certo, sim! Minha avó dizia que amor não tem idade.

– Dizia?!

– Sim! Ela também se casou com um homem bem mais novo do que ela.

– Interessante.

– Além do mais, vi ontem, sem querer, como Haji é amoroso com a senhora. Ele realmente a ama.

– Sim... – Nekhbet se emocionou diante da observação. Ainda mais com o que Amunet lhe disse a seguir:

– Imhotep estava certo, Nekhbet. Você é jovem demais para terminar a vida, viúva. Fez ele muito bem em aconselhá-la a se casar novamente. O casamento a rejuvenesceu. Qualquer um pode notar.

Nekhbet, olhos emocionados, respondeu:

– Sabe, Amunet, eu tentei resistir aos encantos de Haji, juro que tentei, mas não consegui. Não que ele tenha me forçado a fazer algo contra a minha vontade ou tentado me seduzir. Não faria. Sua ingenuidade não permitiria. O que houve, de fato, foi que seu simples interesse por mim, fez com que eu me sentisse querida e jovem outra vez. Algo que muitas mulheres desejam, mas poucas têm a sorte de encontrar.

Ela tomou ar e concluiu:

– Haji ainda vai acabar conquistando meus filhos com o tempo, você verá! Se até mesmo as crianças ele já conquistou...

– Bes e Radamés implicam com ele por ciúmes da senhora e também pela memória do pai que tanto amavam e respeitavam. Mas com o tempo, como a senhora mesma disse, eles o aceitarão. Têm de aceitar.

E novamente a sogra sorriu, agradecida pelo apoio da nora.

Capítulo 6

Novo dia e Haji, mais uma vez, dedicou-se aos pequeninos da casa, alegrando todos com suas meninices. Enquanto isso, Radamés e Bes administravam a propriedade da família, vistoriando o trabalho dos empregados na lavoura que, passava pelo melhor mês de plantio. Acaran, por sua vez, os assessorava em tudo o que precisavam no momento, enquanto Nailah administrava os trabalhos domésticos da casa e indicava o que deveria ser preparado para as refeições.

Ao sair para dar uma volta, Haji reencontrou Halima sentada no banco de madeira, por entre as moitas de capim, em frente ao Nilo, seu lugar favorito de apreciar o rio.

– Olá, posso me achegar? – perguntou ele, ofertando-lhe um sorriso amigável.

– Oh, sim, por favor.

Lado a lado, os dois ficaram temporariamente em silêncio, até ele comentar:

– Pelo visto, este é o seu lugar favorito, não é mesmo?

– Sim. Porque aqui me sinto em paz. Longe, bem longe dos meus temores.

Ele olhou bem para o perfil dela e questionou:

– E quais são seus temores, Halima?

Ela pareceu ponderar antes de responder, com precisão:

– O meu maior temor é não encontrar jamais o homem certo para eu me casar. O homem com quem eu possa realmente ser feliz, como foi meu pai e minha mãe.

– Você é uma moça tão linda...

– De que vale a minha beleza se tudo que consegui atrair até hoje foi um velho?

– Um velho?!

– Sim, Acaran. Ele me deseja como esposa dele, mas eu...

– Mas ele não é velho.

– Para mim, é!

Ele pousou a mão sobre a dela, apoiada sobre o joelho esquerdo e disse, impostando ainda mais carinho na voz:

– Não se preocupe. Você há de encontrar um homem que possa fazê-la muito feliz. Que a ame de verdade e intensamente, como você tanto deseja. Vou orar por você. Acredite.

– Se os deuses fossem justos, não teriam me deixado sem opção.

– Não pense assim.

– Por muitas vezes eu penso, sim!

– Eu sei. Conheço bem o desespero. Quantas e quantas vezes não vi minha mãe desesperada por não ter com o que nos alimentar, ou meu irmão por querer algo e não poder.

– E você, nunca se desesperou por nada, Haji?

Algo se acendeu em seu cérebro, algo que ele achou melhor não compartilhar com a linda jovem ao seu lado.

– Se me desesperei, foi há tanto tempo, que não me recordo mais.

– Compreendo.

– É sempre melhor nos esquecermos do que nos desesperou, do que nos lembrarmos, constantemente, não acha?

– Sem dúvida.

Breve pausa e ele, tocando novamente a mão dela, dessa vez, entrelaçando seus dedos longos aos seus, completou, sorrindo:

– Você nunca estará sozinha, Halima. Não enquanto eu estiver ao seu lado.

As palavras dele foram as mesmas que Acaran lhe disse logo após a morte de Imhotep. No entanto, surtiram bem mais efeito quando ditas por ele, com seus lábios carnudos e bonitos e sua voz grave e agradável aos ouvidos.

Só então, Halima pensou no quanto seria bom encontrar um homem como Haji para ser seu marido. Logicamente que ela nada lhe disse a respeito, não poderia, não soaria bem. Ele era seu padrasto, o novo amor de sua mãe... Nekhbet o vira primeiro, o conquistara e o desposara. Ele, na verdade, lhe pertencia.

Nos dias que se seguiram, Haji continuou brincando com as crianças da casa, e sendo cada vez mais querido por todas. Halima tomava parte das brincadeiras e se sentia, cada vez mais à vontade na presença do rapaz.

Aos olhos de Nekhbet, o marido, muito em breve, também conquistaria Bes e Radamés. Era uma questão de dias. Mas Bes e Radamés ainda odiavam Haji por inteiro e Acaran, na mesma proporção, por ele estar sempre na presença de Halima, fazendo-a sorrir como nunca a víra antes. Nailah, como sempre, continuava atenta ao comportamento do rapaz.

Nathifa, por sua vez, mantinha-se distante, observando Haji com discrição, algo que deixava Amunet cada vez mais cabreira em relação ao seu comportamento perante o rapaz.

O sol já se punha no horizonte quando Haji e Halima foram dar um passeio, às margens do Nilo, apreciando sua imponente extensão enquanto trocavam ideias. A intimidade entre os dois já era tanta, que pareciam se conhecer de longa data, como dois velhos grandes amigos.

– É sempre tão bom estar na sua presença, Haji – admitiu a jovem, fazendo-se sincera novamente com o rapaz. – Sinto-me sempre tão feliz quando está ao meu lado.

Ele, sorrindo, respondeu-lhe com emoção:

– Eu também me sinto ótimo na sua presença, Halima. Verdadeiramente ótimo!

Ela sorriu, agradecida e ele admitiu, com sinceridade:

– De todos nesta casa, Halima... É de você de quem gosto mais.

E a jovem apreciou novamente suas palavras.

Mais alguns passos e eles chegaram à plataforma de madeira sobre o rio, onde os barcos aportavam. Papo vai, papo vem, e uma das tábuas sob os pés de Halima se partiu, por estar podre. Se Haji não tivesse sido rápido em ampará-la em seus braços, a jovem, certamente, teria ferido as pernas, gravemente.

Ao ver-se tão próxima do padrasto, sentindo forte sua respiração quente chegando até ela, Halima o olhou com mais atenção. Diante dos seus olhos tão lindos voltados para ela, uma nova onda de calor percorreu todo o seu corpo.

Os lábios dele se moveram, algo foi dito, mas ela sequer ouviu. Halima nunca se vira tão próxima de um homem como naquele instante. Nunca, também, lábios como os dele haviam despertado tanto o seu interesse, provocando-lhe aquele calor súbito, esquisito e prazeroso ao mesmo tempo.

– Você está bem? – perguntou Haji, novamente, sem conseguir deixar de encará-la. – Está?

Só então Halima voltou a si, engoliu em seco e endireitou o corpo.

– A tábua... – murmurou, um tanto sem graça. – Estava podre... Precisa ser consertada...

– Sim, sim... Você poderia ter se ferido.

– Obrigada por ter me segurado.

– Faria novamente se preciso fosse. Quantas vezes fosse necessário, afinal, você é minha enteada, devo protegê-la.

– Sim, sim... Sou sua enteada.

E foi com grande pesar que Halima pronunciou a última palavra.

Não muito longe dali, Nailah encontrava Acaran, vermelho de raiva, andando apressado.

– Acaran, o que houve?

Por mais que ele tentasse, não conseguia responder à pergunta.

– Acalme seu coração, Acaran. Acalme-se!

A mulher, muito carinhosamente tocou-lhe o ombro na esperança de despertar-lhe a paz.

– Você está assim por causa da Halima, não é? Por estar com ciúmes dela com Haji, não é mesmo?

– Não gosto dessa intimidade crescente entre os dois, Dona Nailah. Ainda mais quando sei que ela se encantou por ele, desde o primeiro instante em que o viu.

– Não exagere.

– É verdade. Vi bem como os olhos dela brilharam ao conhecê-lo.

– De qualquer modo, nada entre os dois acontecerá. Haji é o marido de Nekhbet e Halima é sua filha...

O escriba a interrompeu, sem pesar:

– Estava indo tudo muito bem até esse sujeito chegar. Eu ia conquistar Halima, casar-me com ela e ser feliz ao seu lado, mas agora, com Haji aqui... Pelos deuses esse moço nunca deveria ter vindo para cá.

– Nisso você está certo, Acaran. Absolutamente, certo! Nekhbet foi muito estúpida ao ter se casado com ele.

– A senhora tem de me ajudar.

– Eu?! Quem sou eu diante das artimanhas da paixão, Acaran? Uma mulher que nunca conseguiu se casar, que sonhou ter uma vida feliz a dois e nunca pôde.

Ao adentrar a morada tão estabanadamente, Nailah colidiu, sem querer, com Nekhbet.

– O que foi, Nailah? Preocupada com alguma coisa?

– Estou sim, Nekhbet – respondeu a mulher sem rodeios.

– Preocupada com o quê, minha irmã?

– Com o que o ciúme e o ódio podem causar a uma pessoa. Tanto pelo ódio quanto pelo ciúme, muitas tragédias já ocorreram. E...

– E...

– E daí que não quero que nenhuma tragédia aconteça nesta casa.

– Não há de acontecer, não se preocupe.

– Que os deuses a ouçam, Nekhbet. E nos protejam. Porque os ciúmes e o ódio estão se perpetuando por entre os moradores desta casa e, como lhe disse, isso pode terminar em tragédia.

– Exagero seu!

– Será?

– Exagero sim, pois conheço bem os membros de minha família e serviçais para saber que todos têm a cabeça no lugar.

– E desde quando se conhece alguém, verdadeiramente, Nekhbet? Nem mesmo uma mãe é capaz de conhecer um filho a fundo. Saber do que ele é capaz de fazer quando enciumado, revoltado e dominado pelo ódio.

– Não se aflija assim, Nailah – advertiu Nekhbet com pena da irmã. – Isso não lhe fará bem. Venha, vamos tomar um refresco.

E para a cozinha seguiram as duas.

Não muito longe dali, Bes surpreendia a esposa com uma flor, no quarto do casal.

– Como vai o nosso bebê? – perguntou ao pé do seu ouvido, após lhe dar um beijo amoroso.

Nathifa, num tom forçosamente gentil respondeu:

– Vai bem, Bes. Há de crescer forte e saudável com a graça de Ísis.

O marido enlaçou a mulher e a beijou novamente, externando todo o seu amor por ela.

– Eu sabia, sempre soube que os deuses nos concederiam outra cria após a perda do último. Eu, que sempre quis ter uma casa cheia de crianças, diante dos últimos acontecimentos, pensei que não conseguiria. Mas a noticia de sua gravidez me renovou as esperanças. – Ele suspirou. – Ah, Nathifa eu a amo tanto, tanto...

E novamente ele a beijou, sentindo-se verdadeiramente feliz pela oportunidade de ser pai pela segunda vez. Só mesmo isso para fazê-lo se esquecer da revolta que sentia por sua mãe ter se casado com Haji, sujeito

47

com que ele, até então, não se simpatizava nem um pouco.

Naquela noite, estirada em seu leito, Halima voltou a pensar no ocorrido daquela tarde, quando a tábua se partiu e Haji a segurou, antes que ela se machucasse. Só então ela se deu conta de que o sorriso do rapaz era o mesmo do homem com quem ela sempre sonhou que um dia viria ao seu encontro e, com a graça de Ísis, faria dela a mulher mais feliz do Egito.

Sim, Haji se parecia muito com ele, e não era somente no sorriso, num todo ele era uma cópia fiel do homem dos seus sonhos. Com sua cabeça redonda e proporcional ao corpo, com seus olhos bonitos e profundos, com seus lábios carnudos e rosados, ombros largos e tórax protuberante, braços fortes, mãos e pés grandes, cheiro de homem... Sim, Haji era uma réplica perfeita do homem que ela sempre esperou chegar para fazer dela uma rainha.

Mas em seus sonhos, ele viria inteiramente livre para desposá-la e não casado, ainda mais com sua mãe, adorada. Ele chegaria inteiramente livre para se apaixonar por ela, da mesma forma que ela por ele, e, então, os dois se casariam, teriam filhos e seriam felizes para sempre. Simples assim? Simples assim. Mas Haji infelizmente já tinha dono, e isso é o que mais aborrecia Halima agora que percebera que ele poderia ser, de fato, o homem da sua vida.

Capítulo 7

No dia seguinte, Halima acordou ansiosa para rever Haji e participar de suas brincadeiras com as crianças. Logo pela manhã, ela já estava de banho tomado, limpa e perfumada, com o contorno dos olhos lindamente pintados em tons de rosa e azul, vestindo uma túnica branca do mais fino linho egípcio, com um broche de rubi, em formato de escaravelho, prendendo a vestimenta na altura dos seios.

– Halima! – surpreendeu-se ele, a olhos vistos. – Como você está linda!

A jovem corou:

– Obrigada, Haji.

Seus olhares novamente se cruzaram, envoltos de certa timidez.

– Vamos brincar com a garotada?

Ela nem precisou responder com palavras, seu sorriso disse tudo.

À tarde, como de hábito, os dois foram dar um passeio e, sem querer, foram parar nas proximidades da câmara mortuária. Quando tomaram a direção das tumbas, o rapaz imediatamente travou os passos e endereçou um olhar de medo e repugnância para o local.

– O que foi? – espantou-se Halima com sua ação repentina.

– E-eu... – gaguejou Haji, transparecendo pânico. – Eu só vou até aqui.

– Por quê?

– Porque não gosto desse lugar. Nunca mais me aproximei de um, depois que soube o que eles guardam. Arrepio-me só de pensar que os mortos estão ali dentro, envoltos em ataduras. É um horror pensar que pessoas tão cheias de vida acabem assim. A morte, a meu ver, deveria ser desprezada e não cultuada como faz o povo egípcio. Ela é desprezível, por sê-lo, deveria ser ignorada. A vida, sim, deve ser cultuada e apreciada, não a morte!

49

– Nem comigo você tem coragem de ir até lá?

– Nem com você, nem com ninguém, Halima.

– Entendo. E concordo com você em querer ficar longe de tudo que está relacionado à morte. Ela é mesmo de fato horrível. Senti isso na pele ao perder meu pai.

– Não faz sentido, sabe... – continuou Haji com voz entristecida. – Vivermos para findar na morte. Que no final de tudo, ela nos aguarda, sem dó nem piedade.

– Eu penso o mesmo que você, Haji. Igualzinho.

Houve uma pausa até ela pedir sua opinião:

– Você acredita mesmo que podemos obter a glória, ao lado dos deuses, do outro lado da vida? Que se formos bons, realmente, Osíris nos permitirá retornar a essa vida?

– É o que dizem os sacerdotes...

– Eu sei, mas no passado, eles já pensaram diferentemente.

– Diferentemente? Como assim?

– Foi meu pai quem me contou. No passado, os sacerdotes acreditavam que os corpos dos mortos deveriam ser mantidos em perfeito estado para que pudessem receber o espírito, caso esse fosse absolvido por Osíris. Por isso sempre se preocuparam tanto em manter o cadáver em perfeitas condições de reuso.

– Interessante...

– Sim, mas isso foi há muito tempo atrás. Antes da dinastia faraônica.

– Entendo.

– Hoje, os sacerdotes acreditam que o cadáver deve ser preservado, para que o espírito que nele viveu, possa se manter inteiro diante de Osíris para se defender de qualquer acusação. Se o maxilar de um cadáver for quebrado, ele não poderá se defender diante do deus. Se sua perna for quebrada, chegará mancando até Osíris. Se a cabeça for separada do corpo, por um golpe de facão, ele, jamais então, poderá chegar até o deus e, consequentemente, receber o perdão e a permissão para regressar à vida no Egito.

– Nossa, você sabe um bocado...

– Pois é. Mas a meu ver, o espírito do morto não necessita desse corpo físico que ele deixou no Egito, e que logo se decompõe, para se defender diante de Osíris. O espírito se manterá inteiro de qualquer modo para se ver diante do deus na hora do seu julgamento. Pois o espírito se mantém inteiro, independentemente do que tenha acontecido ao seu físico enquanto encarnado.

– Faz sentido – concordou Haji que, voltando os olhos para o passado, repentinamente riu e comentou: – Quando criança, eu e meu irmão tínhamos o hábito de zombar da morte. Coisa de criança. Um de nós fingia-se de morto e voltava para apavorar todos. Era divertido. Mesmo sabendo que tudo não passava de brincadeira, sentíamos medo, sabe? Às vezes penso que... Os espíritos dos mortos podem transitar por entre os vivos, sabe?

– Que horror! – Halima se arrepiou. – Por que fariam isso?

– Porque não querem partir desse mundo. Não se conformam de ter morrido. Não conseguem se desapegar de seus entes queridos e bens materiais. Penso até que podem influenciar os vivos.

– Como?

– Sabe essa voz que ouvimos na cabeça, como se fosse uma pessoa nos aconselhando? Pois bem, como saber se não é a voz de um morto, falando conosco?

– É... Não dá pra saber.

– Aí é que está, Halima...

– De qualquer modo, Haji, tudo isso não passa de suposição, certeza mesmo, não podemos ter.

– Pelo menos por ora.

– Sim, por ora.

E Halima se arrepiou novamente.

– Vamos embora daqui – disse ela, puxando o rapaz pelo braço.

– Sim, vamos!

Mais alguns passos e a jovem voltou o rosto por sobre o ombro, na direção da tumba de Imhotep, teve a impressão de que havia alguém ali, vivo ou morto, a observá-los. Novo arrepio percorreu todo seu corpo, fazendo com que estugasse os passos. E havia mesmo alguém no local. Acaran estava lá, cada vez mais enciumado com a aproximação entre Halima e Haji. O ciúme chegava a latejar em suas têmporas a ponto de nublar sua visão.

Foi quando os dois se distanciaram um do outro que Acaran pegou Halima de surpresa, para ter com ela uma conversa muito séria.

– Halima! – falou ele em tom de reprimenda. – O que você fazia novamente na presença de Haji? Está se oferecendo para ele, está? Perdeu o juízo, por acaso?

– Não estava me oferecendo, não!

– Pois parecia.

– E se eu estivesse? Você não tem nada a ver com isso.

– Prezo pelo bem moral da sua família.

– Você não é meu pai!

– Halima, Haji é o marido de sua mãe. A quem você deve respeito.

Ela amarrou o cenho, soltou seu braço da mão dele e seguiu seu rumo como havia de ser. Acaran, ofegante, encostou-se contra a parede e fechou os olhos. Novamente, em pensamento, praguejou a ida de Haji para aquela casa.

– Ele a está enfeitiçando com sua beleza e jovialidade – murmurou, entre dentes. – Se ele estragar meus planos com Halima, sou capaz de matar esse desgraçado!

Ao reabrir os olhos, o escriba se surpreendeu ao encontrar Amunet, parada há poucos metros de distância de onde ele se encontrava, olhando assustada na sua direção.

– Amunet... – balbuciou Acaran com súbita vergonha de si mesmo. – Eu...

Ela imediatamente lhe sugeriu:

– Você precisa beber algo para acalmar seus nervos, Acaran. Eu o acompanho se quiser...

– Sim. Boa ideia!

– Você falava de Haji, não é mesmo?

– Haji?! – Acaran se atrapalhou com as palavras, tamanho o nervosismo.

– O que tem ele, Acaran?

O escriba suspirou e acabou confessando:

– Eu falava dele, sim, Amunet, não vou mentir. Não gosto dele, acho que nunca gostarei. Ele anda enfeitiçando Halima com sua jovialidade e alegria. Isso não é certo, não é!

– Ouça-me bem, Acaran. Abrande o seu nervosismo. Haji é o marido de Nekhbet, jamais será de Halima. É o ciúme que vem pondo minhocas na sua cabeça. Esqueça isso!

– Será mesmo que devo me esquecer, Amunet? Será?

Sem mais, ela encaminhou o escriba até a cozinha onde procurou servir-lhe algo para se acalmar.

Ao encontrar Nathifa, minutos depois, Amunet contou a ela o que havia se passado com Acaran.

– Haji... – murmurou Nathifa com desagrado. – Sempre Haji a causa dos nossos problemas... – Ela respirou fundo, fechou os olhos e repetiu sem se aperceber: – Haji, Haji, Haji...

– O que tem ele, Nathifa? O que tem Haji?

Só então a moça pareceu voltar a si.

– Nada não, Amunet... É que você falou dele e de Acaran e...

– Sim, Nathifa. E?

Houve uma pausa, enquanto Nathifa se sentiu ainda mais desconfortável diante do olhar desconfiado da cunhada sobre ela:

– O que foi? Por que me olha assim?

– Estou aguardando sua resposta, minha querida. Você dizia há pouco o nome de Haji e eu lhe perguntei o porquê. Você ainda não me respondeu.

– Eu...

Amunet ousou perguntar, então, o que há dias vinha deixando-a intrigada:

– Por que você trata Haji tão friamente, Nathifa? É por causa de Bes ou porque também não se simpatiza com ele?

Nathifa engoliu em seco, transparecendo ainda mais tensão:

– Não me simpatizo.

– Sei... Você veio de Tebas, não é mesmo? Sua família é de lá, correto?

– Sim, e daí?

– É daí que me ocorreu agora que você e Haji, por serem da mesma cidade, já poderiam se conhecer de lá, antes de você ter se casado com Bes.

O comentário pegou Nathifa de surpresa. Rapidamente ela levou à mão a altura do pescoço, expressando alarma.

– Amunet...

– Desculpe-me, por perguntar, mas, é uma hipótese bem plausível, concorda?

A moça continuou muda.

– E então, Nathifa? Você e Haji já se conheciam de Tebas? Você ainda não me respondeu.

Nathifa novamente e corou e, por fim, com certa dificuldade respondeu:

– Sim, Amunet. Nós já nos conhecíamos. Haji e o irmão dele, por muitas vezes, quando crianças, brincavam em frente à loja do meu pai. Foi assim que nos conhecemos. Eles eram muito pobres. Meu pai e meu tio tinham muita pena dos dois, e, por isso, ajudavam ambos dando-lhes comida, bebida e, muitas vezes, o que vestir.

– Estou pasma! Que coincidência, não?

– Sim, sem dúvida.

Houve uma pausa até Amunet perguntar:

– Só não compreendi ainda por que você o evita?

Nathifa não precisou responder, Amunet chegou à conclusão por si só:

– Porque Haji se apaixonou por você no passado, não é isso?

Nathifa perdeu literalmente a cor.

– Foi isso, não foi? – insistiu Amunet, atenta aos olhos da cunhada.

Por fim, Nathifa admitiu:

– Foi sim, Amunet. E eu me apaixonei por ele até conhecer Bes e meus pais me fazerem perceber que com Bes eu seria mais feliz.

– Repito o que disse: estou pasma!

– Amunet, por Ísis, não conte isso a ninguém. Já estou arrependida de ter lhe contado. Falei sem pensar, não devia. Isso pode complicar tudo entre nós.

– Eu nada direi, Nathifa. Pode confiar em mim.

– Jura por Ísis?

– Juro! Se todos aqui souberem que você e Haji tiveram algo no passado, vão acabar pensando que ele se casou com a nossa sogra para poder chegar até você.

– Não, isso não! Ele não sabia que Nekhbet era minha sogra.

– Como não, se você e ela viajaram para Tebas, juntas?

– Mas os dois se conhecerem noutro extremo da cidade, enquanto ela fazia compras.

– Mas você e ela ficaram hospedadas na casa de sua família, não foi? Pois bem, Haji pode muito bem tê-la visto ao lado de Nekhbet, perguntado a algum serviçal de seu pai quem era ela e, desde então, seguido Nekhbet para encontrá-la noutro canto da cidade, parecendo obra do acaso, quando na verdade, fora tudo planejado por ele.

– Para isso Haji teria de ter ficado sondando a casa de minha família.

– Se soubesse que você chegaria a casa de seu pai, faria, por que não?

– Como ele poderia saber?

– Por um dos empregados do seu próprio pai. Essa gente sempre fala muito, não sabia?

– Não pode ser... Que interesse teria Haji em...

– Que interesse, Nathifa?! Por paixão! Um homem apaixonado é capaz de enfrentar os crocodilos do Nilo pela mulher amada. Tanto um homem quanto uma mulher.

– Mas o que houve entre nós é coisa do passado.

– Para você, talvez. E para ele?

– Ainda que isso seja verdade, nada entre mim e Haji acontecerá, porque amo Bes, ele é o homem da minha vida, por isso me casei com ele.

Amunet pareceu não ouvi-la, logo sua voz se sobrepôs à da cunhada:

– Se Haji foi capaz de se submeter a um casamento com nossa sogra, para poder se aproximar de você, viver sob o mesmo teto que o seu, é porque ainda a ama muito. É perdidamente apaixonado por você.

– Amunet, por favor...

– Ora, Nathifa, paixões não morrem assim de uma hora para outra.

– Haji não teria cabeça para arquitetar tudo isso.

– Será, mesmo, Nathifa?

– Ele é muito simples...

– Pois ele me parece bastante esperto. Muito mais do que aparenta.

Nathifa segurou o antebraço de cunhada e, num tom mais profundo, de súplica, repetiu:

– Amunet, reforço meu pedido. Por Ísis, ninguém pode ficar sabendo do meu envolvimento com Haji no passado.

– Um passado recente, você quer dizer...

– Que seja! Ainda assim, ninguém pode saber. Se essa história chega aos ouvidos de Bes, enciumado como é... Não quero nem pensar. Se ele já está tendo dificuldades para aceitar Haji como esposo de sua mãe, vai repeli-lo, eternamente, depois que souber que eu e ele nos envolvemos no passado.

– Sim, sem dúvida. Pode ficar tranquila. Eu nada direi. A ninguém, prometo.

– Grata.

Nova pausa e Nathifa, rindo, de leve, comentou:

– Só você, Amunet... Só você para pensar que Haji ainda tem algum interesse por mim. Não, mesmo!

– E isso a decepciona, Nathifa?

– Não! Claro que não! Bes é o homem que escolhi para me casar e viver até o fim da minha vida. É o pai de Kanope, meu filho e do outro que nascerá em breve.

E carinhosamente Nathifa acariciou a região do ventre, chamando a atenção da cunhada para lá.

– Por falar em filhos – comentou Amunet, olhando com interesse para a barriga da cunhada. – Como vai o bebê?

– Bem, graças a Ísis. Com sua bênção, nada dessa vez irá atrapalhar o nascimento do meu filho.

E Amunet sorriu para Nathifa que voltou a massagear a região do ventre, olhando com ternura para o local.

Ao voltar para os seus aposentos, repassando na memória o pequeno diálogo que tivera há pouco com Nathifa, sem se aperceber, Amunet comentou consigo em voz alta:

– Bes não pode saber disso jamais... Se descobre que Haji e Nathifa já se conheciam de Tebas... Que Haji gostava dela... Ciumento como é, uma desgraça pode acontecer nesta família.

Mais um passo e a voz de Bes soou atrás dela, fazendo-a estremecer de susto:

– Amunet?! Falando sozinha?

Por pouco, Amunet não foi ao chão. O cunhado foi rápido em acudi-la.

– Minha cunhada não está bem?

– Assustei-me!

– Eu a amparo até seu quarto.

Quando lá, o moço serviu-lhe um caneco d´água.

– Tome.

Radamés entrou a seguir no aposento.

– O que houve?

– Sua esposa – respondeu Bes, voltando-se para o irmão. – Por pouco não desmaiou.

Amunet foi rápida em explicar:

– Assustei-me com o chamado do Bes, foi só isso. Já estou bem, sinto-me bem melhor agora.

– Eu cuido dela agora, Bes. Muito obrigado – agradeceu Radamés todo solícito.

Bes fez um aceno com a cabeça e se retirou, andando devagar e de costas, com os olhos fixos em Amunet que se perguntava, sem parar, se ele teria ouvido o que ela disse.

Assim que pôde, Amunet partiu atrás de Nathifa e explicou o que havia acontecido.

– Acalme-se, Amunet – pediu-lhe a cunhada sem fazer alarde. – Bes certamente nada ouviu, caso contrário, já teria me falado a respeito. Ele nunca foi de se calar diante de indignações.

Amunet respirou aliviada:

– Agora me sinto mais tranquila.

Nathifa sorriu, parecendo também se tranquilizar diante do fato, mas, desde então, ficou receosa de que o marido viesse a descobrir o elo entre ela e Haji no passado.

56

Capítulo 8

Manhã do dia seguinte. Enquanto os empregados cuidavam da lavoura sob os olhos atentos de Bes e Radamés, outros funcionários providenciavam carne e legumes para as refeições.

Foi no meio a tarde que, Haji e Nathifa se esbarraram em um canto da casa, aparentemente sem querer.

– Nathifa! – exclamou o rapaz, parecendo feliz por revê-la.

A moça, de tão surpresa pelo encontro, nada respondeu, tampouco soube o que fazer naquele instante. Haji então se aproximou dela e disse, mirando fundo em seus olhos bonitos:

– Desde que chegamos aqui você tem me evitado, Nathifa. Por quê?

A moça continuou sem ação.

– Nathifa, você é o único elo com o meu passado – explicou Haji com certo orgulho. – Com você, me sinto menos só neste lugar tão desconhecido quanto as pessoas que me cercam.

Finalmente ela se pronunciou:

– Foi você quem escolheu vir para cá, Haji. Sabia muito bem, desde o início, que seria uma árdua adaptação.

– O que me deu forças para enfrentar o total desconhecido foi você, Nathifa.

– Fale baixo, ninguém daqui pode saber que já nos conhecíamos antes de você se casar com minha sogra.

– Por que tem tanto medo que descubram?

– Porque meu marido é capaz de matá-lo se souber. Ele já não o tolera por você ter se tornado marido da mãe dele, se souber que nós... Não quero nem pensar.

Nathifa se interrompeu ao ouvir a voz de Bes soando atrás dela:

– Nathifa!

A mulher estremeceu e Haji, para evitar conflitos, afastou-se. Bes analisando o semblante da esposa se aproximou dela e perguntou:

– O que está havendo aqui, Nathifa?

– Nada não, Bes!

– O que aquele sujeito queria com você?

– Palavras costumeiras.

– Não a quero perto dele, tampouco ele perto de você, Nathifa. Compreendeu?

– Sim, Bes, claro que sim!

– Eu abomino esse sujeito. Maldito o dia em que ele cruzou o caminho de minha mãe! – Bes suspirou, contrariado e completou, ainda mais enraivecido: –Você estava lá, Nathifa, viu quando isso aconteceu, deveria ter afastado Nekhbet desse pulha.

– Já expliquei a você, anteriormente, Bes. Sua mãe ficou encantada por Haji...

– Mesmo assim, você deveria tê-la afastado dele.

– De que adiantaria? O que muitas mulheres gostam mesmo é de flertarem com o perigo.

A frase soou estranha aos ouvidos de Bes, mas ele, naquele instante, não se interessou em saber por que.

– Esse Haji parece ter o dom de me irritar. Radamés pode tê-lo aprovado. Kissa e Halima, também. Eu não! Não o engulo, acho que nunca o farei.

Sem mais, ele envolveu a esposa em seus braços e a beijou na testa. Nesse instante, os olhos de Nathifa brilharam, transparecendo a luz do mistério que envolvia todo o Egito da época.

Minutos depois, Kissa encontrava Nailah pensativa.

– Titia... – chamou ela, delicadamente para não assustá-la.

Mesmo assim, seu chamado assustou a mulher que, levou a mão ao peito, devido a repentina chegada da moça.

– Kissa!

– Olá. A senhora me parece preocupada. O que há?

Nailah bufou:

– Eu estava aqui, novamente pensando em Haji. Não consigo parar de pensar no que sua vinda para essa família pode nos causar.

– Haji é tão boa gente, titia... É amoroso com as crianças e com todos.

– Mesmo assim, ele não me convence.

– Ora, titia...

– Ouça-me, Kissa! A princípio pensei que Haji se casara com sua mãe, para poder sair da miséria, já que ele era, praticamente, um mendigo. Mas de um tempo pra cá, comecei a achar que o interesse dele com o casamento foi outro. Foi para ter motivos de sobra para vir para cá, atrás de alguma coisa ou... de alguém.

– Alguém, quem, titia? Ele não conhecia nenhum de nós antes de se mudar para cá.

– É o que parece, mas...

– A única pessoa que poderia conhecê-lo é Nathifa...

– Sim, Kissa, ela mesma! Pois também morou em Tebas.

– Mas seria coincidência demais – argumentou Kissa, rindo da suposição.

– Ou não! Vamos supor que Haji soube, de alguma forma, que sua mãe era a sogra de Nathifa e presumiu que, se casando com ela, poderia ficar ao lado de Nathifa, como antes.

– Mas, titia, por que Haji se submeteria a tudo isso para poder ficar tão próximo de Nathifa?

– Ora, Kissa, preciso mesmo lhe responder?

– A senhora está sugerindo que...

– Sim, Haji a ama! O casamento dele com Nekhbet foi também uma forma de afrontar Nathifa que também o amou no passado ou ainda o ama.

– Mas tudo isso não passa de uma suposição da senhora, concorda? Não sabemos se é verdade.

– Estou quase certa de que é.

– Se é, por que Nathifa se manteve calada até então?

– Por motivos óbvios, Kissa. Se todos souberem da verdade, a revolta será geral, especialmente por parte de Bes e de Nekhbet.

– Então é melhor ficarmos quietas, tia Nailah. Pois se a suposição da senhora vier à tona, poderemos complicar as coisas entre nós. Ainda mais se for infundada.

– Mas eu preciso saber se é verdade ou não. E farei isso o quanto antes.

Minutos depois, Nailah conversava a sós com Nathifa, num lugar discreto e solitário.

– Nathifa, vou lhe ser direta e espero que também seja comigo.

A moça ficou visivelmente apreensiva.

– Você e Haji já se conheciam antes de ele vir para cá?

Diante do assombro na face da jovem, Nailah insistiu:

– Responda-me, por favor! Pedi-lhe para ser direta.

Nathifa hesitou, suspirou e, por fim confirmou:

– Sim, tia Nailah, eu e Haji já nos conhecíamos antes de ele se casar com Nekhbet. Conheci Haji muito antes de me casar com Bes. Quando ele era ainda um garoto... Um garoto de rua. Vivia a brincar com seu irmão na rua onde meu pai tem seu comércio. Por pena, papai e meu tio davam-lhe de comer e beber. A Haji e seu irmão. Tempos depois, empregaram Haji na loja. O irmão dele também trabalhou conosco, mas por um curto período de tempo, não podia deixar a mãe sozinha que, na ocasião, andava muito doente. Foi assim que eu e Haji nos aproximamos e acabamos nos apaixonando um pelo outro. Então, conheci o Bes e... O resto a senhora já sabe. Bes, inclusive, também cruzou com Haji, certa vez, na loja de papai, mas não se recorda. E é melhor mesmo que não se recorde, para não criar minhocas na cabeça.

– Você tem razão, Nathifa. Toda razão.

– Sim! Bes, ciumento como é, pode vir a pensar besteiras a meu respeito com o Haji. Pensar até que ele se casou com Nekhbet só para poder vir morar aqui e, com isso, permanecer ao meu lado, sob o mesmo teto. Por isso guardei segredo e espero que a senhora faça o mesmo por mim, por Bes, por Kanope e pelo filho que gero em meu ventre. Para o bem de Nekhbet também.

– Está bem, Nathifa, farei o que me pede.

– Obrigada.

– Mas me diga, também com extrema sinceridade. Você acha que sua suposição a respeito de Haji pode estar certa?

– A senhora diz...

– De ele ter se casado com Nekhbet só para poder ficar perto de você, porque ainda a ama.

A moça se arrepiou a olhos vistos.

– Bem... Não, acho que não! Ele não seria louco a esse ponto.

– Sempre ouvi dizer que, por amor, vale tudo!

– Ele me amava, sim, muito. Sofreu um bocado com o nosso rompimento, mas... Não, ele não faria isso.

Breve pausa e ela acrescentou:

– Confesso à senhora, que não gostei nem um pouco de saber que Haji iria se casar com Nekhbet. Tem sido difícil para mim, como para todos, lidar com essa realidade.

60

– Eu faço ideia.

– Bes é tudo o que tenho. Ele, Kanope e o filho que gero em meu ventre. Os três são o que há de mais precioso em minha vida.

– Entendo. Só mais uma pergunta. Você não sente realmente mais nada por ele?

Nathifa novamente estremeceu.

– Não, titia. É lógico que não! O que eu sentia por ele, na verdade, era mais pena do que propriamente amor. Ele fôra sempre tão pobrezinho, tão sem ninguém...

– Entendo – murmurou Nailah, olhos atentos à moça.

– Ele, sim, era louco por mim. Completamente apaixonado. Mas eu...

Nathifa não pôde continuar, Kanope começou a chorar nesse instante, exigindo a atenção da mãe. Rapidamente a moça seguiu para o seu quarto, deixando Nailah parada no mesmo local, por quase cinco minutos. Precisava falar com Haji e, por isso, ela partiu a sua procura, mas ele não se encontrava na casa. Procurou por todos os cômodos e nada dele. Nem com Halima ele se encontrava nessa hora. Parecia ter se evaporado. Por onde andaria?, empertigou-se Nailah tomada de súbita cisma.

Já era tarde, quando Haji voltou para casa, agitado ou contrariado com alguma coisa. Suava em profusão e se assustou um bocado ao ser surpreendido por Nailah que teve a nítida impressão, naquele instante, de que o rapaz escondia alguma coisa, ou estivera fazendo algo indevido longe dali.

– Haji – disse ela com transparente ansiedade na voz. – Preciso lhe falar, a sós.

Ele, sorrindo amarelo para ela, respondeu, prontamente:

– Pois não, Dona Nailah, sou todo ouvidos.

Nailah foi direta:

– Soube há pouco que você e Nathifa já se conheciam de Tebas e isso não é nada bom.

Adquirindo um tom mais preciso, o sujeito se defendeu:

– Por que não é bom, Dona Nailah?

A mulher lhe apresentou seus motivos e ele, rindo, respondeu:

– Nossa, se Bes ficaria enciumado só pelo fato de eu e Nathifa já nos conhecermos desde crianças, imagine só se soubesse que, por um tempo, eu e ela nos amamos mutuamente? É isso mesmo o que a senhora ouviu, Dona Nailah. Nathifa me amou da mesma forma que eu a amei. Com a mesma intensidade. Foi mesmo uma paixão recíproca. Linda, intensa e sincera. Então, ela conheceu Bes e preferiu ele a mim, por ser, certamente, filho de pai rico, o que possibilitaria um futuro próspero para ela e os filhos. Sendo eu, praticamente um mendigo, que futuro eu poderia lhe dar?

Ele parecia falar com sinceridade.

– Mas o que houve entre mim e Nathifa já passou. Não quero mais nada com ela, nem ela comigo. Nathifa agora é do Bes e eu de Nekhbet e será assim até que a morte nos separe.

– Você realmente não sente mais nada por ela, Haji?

– Não.

– Mesmo?

– É lógico que sim!

– Mas foi muita coincidência você ter se interessado justamente pela sogra dela.

– Foi coincidência, e daí?

– E daí?!...

Nailah estudou bem atentamente os olhos do rapaz que pareciam brilhar, naquele instante, como se duas chamas tivessem sido acesas no fundo de cada globo ocular. Algo se agitava em seu cérebro, percebeu ela, também querendo muito descobrir o que seria.

– Terminou? Já posso ir? – A voz dele soou impaciente e ríspida. Atípica ao que todos ali estavam acostumados.

Nem bem ela fez que sim com a cabeça, segurou o jovem pelo braço e disse, com notória autoridade:

– Meu rapaz, ouça novamente o meu conselho. O conselho de quem tem boa experiência com a vida. Pelo menos, muito mais do que você. Vá embora daqui.

– Por que a senhora insiste nisso? Que mal fiz eu?

– O seu mal foi se casar com Nekhbet.

– E isso é mal? Eu a amo.

– Ainda que isso seja verdade. Vá embora daqui, enquanto é tempo.

– A senhora ainda não me respondeu por que.

– Porque pressinto que algo de muito grave possa lhe acontecer, se você permanecer nesta casa. Ouça o meu conselho, para o seu próprio bem. Parta enquanto há tempo.

– Não irei! Eu sinto muito. Meu lar agora é aqui. Pertenço a essa família e eles terão de me aceitar como parte dela.

Nem Haji nem Nailah notaram a presença de Bes, parado há poucos metros de onde se encontravam.

– Nathifa e Haji... – murmurou ele, desnorteado.

Foi bem no momento em que Amunet voltava para o pátio, depois de ter posto os filhos para dormir, que ela avistou o cunhado, vermelho e trêmulo.

– Bes! – agitou-se ela, preocupando-se com ele. – O que houve? Está passando mal?

Os olhos dele, avermelhados e lacrimejantes de raiva, assustaram-na.

– Nathifa... – balbuciou ele, com voz entrevada de ódio. – Nathifa e Haji...

Imediatamente o horror tomou conta da face de Amunet.

– Foi isso o que você disse naquela tarde... – continuou Bes, enraivecido. – Eu ouvi, mas não quis acreditar. De tão receosa de que eu a tivesse ouvido, você quase desmaiou. Você sabia do envolvimento dos dois no passado. Sabia e não me disse nada.

– Descobri sem querer, Bes. Foi naquele mesmo dia, minutos antes de você me encontrar. Mas abrande o seu coração, meu cunhado. Nathifa o ama de paixão. Haji e ela pertencem ao passado. Ela agora é só sua.

Ele soltou um grunhido assustador, e, por um minuto, Amunet pensou que ele morreria bem ali na sua frente, acometido de um mal súbito.

– Isso não vai ficar assim. Não vai! – explodiu Bes, parecendo recuperar as forças.

Diante da balburdia, Radamés correu para lá.

– Falem baixo, assim vocês acordam as crianças. O que está havendo?

Nekhbet e Kissa chegaram a seguir.

– Bes, o que houve? – assustou-se Nekhbet ao ver o filho vermelho e irado.

– O quer houve? – respondeu o rapaz, furioso. – Vou lhe contar o que houve, mamãe. Seu marido! Esse...

Ele não conseguiu completar a frase, saltou sobre Haji que nem teve tempo de se defender. Foi preciso Radamés segurar o irmão, antes que ele esmurrasse impiedosamente o padrasto.

– Acalme-se, Bes. Acalme-se!

Bes se debatia, tentando se livrar dos braços do irmão que o segurava com toda força.

– Esse sujeito! – gritou Bes, ensandecido. – Esse sujeito que você chama de marido, minha mãe! Já conhecia Nathifa antes de se casar com

63

a senhora.

– Conhecia?! – Nekhbet também se surpreendeu com o fato.

– Sim! E haviam se apaixonado um pelo outro no passado.

– Não diga tolices, Bes – retrucou Nekhbet, aflita. – Isso não passa de uma sandice da sua parte.

– Sandice, minha?!

Bes riu, irônico.

Haji, recomposto do susto levado há pouco, finalmente se pronunciou diante dos fatos:

– Nekhbet, meu amor, eu e Nathifa, de fato já nos conhecíamos de Tebas. Mas isso foi antes, bem antes de...

– E por que você não contou isso para nós? – inflamou-se Radamés, também chocado com a notícia.

– Para evitar que pensassem exatamente o que estão pensando de mim e dela, nesse momento. Eu não sabia, juro que não sabia que a Nekhbet era sogra da Nathifa. Foi uma coincidência. Coisa do acaso!

– Se Nathifa tomou parte dessa farsa – estourou Bes, novamente. – Ela me paga por ter me feito de bobo!

Foi Nailah quem se manifestou a seguir:

– Acalme seu coração, Bes. Sua mulher está grávida, esqueceu-se? Na gravidez anterior, ela perdeu o bebê por causa do baque que teve com a morte do seu pai. Outro baque, agora, poderá lhe ser fatal.

Amunet também deu seu parecer:

– Tia Nailah tem razão, Bes. Ouça bem o seu conselho.

Todos concordaram e Bes pareceu se acalmar.

– Está bem – respondeu ele, menos agressivo. – Não vou confrontá-la. Não, agora! – E voltando-se para Haji, ele o sentenciou: – Quanto a você, Haji... Fique longe de Nathifa. Bem longe! Porque se eu o pegar próximo dela, eu o mato. Ouviu? Mato-o!

Sem mais, ele partiu, pisando duro, respirando acelerado.

Ao chegar aos seus aposentos, Nathifa se surpreendeu com o estado do marido.

– O que houve? – perguntou ela, olhando atentamente para ele. – Ouvi vozes elevadas. Algum problema?

– Não, não... – mentiu Bes, procurando evitar seus olhos.

– Mesmo?! Você me parece agitado.

– Foi aquele Haji, desentendi-me com ele novamente. Não o suporto. Na verdade, eu o odeio. Odeio!

– Acalme-se, Bes...

Só então ele se voltou na direção dela e foi como na velocidade de um raio.

– Acalmar-me? Por que, Nathifa? Por quê?

Ela abaixou a cabeça e massageou o ventre, deixando-o imediatamente preocupado com ela.

– O que há? Algum problema? – Ele se achegou a ela. – Não se exalte, o bebê...

– Sim, o bebê. – Ela procurou respirar e ele tratou de lhe servir uma caneca de água. – Obrigada.

Ele, carinhosamente, afagou-lhe os ombros e disse, com ternura:

– Agora, sou eu quem lhe peço calma, meu amor. Por favor.

E novamente ela respirou fundo, e procurou relaxar. Bes então a abraçou e, por pouco, não chorou em seu ombro. Ele a amava, infinitamente. De tão louco que era por ela, seria capaz de tudo para presevá-la ao seu lado. Até mesmo cometer um crime por isso.

Halima esperou todos se recolherem para poder falar com Haji a respeito de seu envolvimento com Nathifa, no passado.

– Espero que você fique do meu lado, Halima – adiantou-se o rapaz. – Juro, por tudo que há de mais sagrado que, foi mesmo uma tremenda coincidência eu ter me apaixonado por Nekhbet sendo ela sogra de Nathifa.

– Acredito em você, Haji.

Os olhos dele brilharam, comovidos.

– Obrigado. É tão duro quando se tenta dizer uma verdade e ninguém acredita em você. Saiba também que o meu amor por Nathifa é coisa do passado. Hoje sou o marido de sua mãe, porque a amo.

– Eu sei. Agora me diga, Haji, com sinceridade. Seu amor por Nathifa pertence ao passado, e o dela por você?

A pergunta causou espanto no rapaz.

– Bem, Halima, só mesmo Nathifa pode lhe responder a essa pergunta com precisão. Afinal, só ela tem acesso aos seus próprios sentimentos.

– Eu sei. Mas qual é a sua opinião a respeito? Ela ainda o ama, ou não?

– Com sinceridade?

– Por favor.

– Não. Ela não me ama mais.

A resposta dele foi precisa, mas aos ouvidos da garota, seu "não" soou como "sim". Por ora, Halima optou por não aprofundar o assunto. Despediu-se do rapaz, desejando-lhe ótima noite e seguiu para o seu

65

quarto.

Assim que Haji se deitou ao lado de Nekhbet, começou a cobri-la de beijos e elogios, abraçando-a exageradamente:

– Estava com saudades de você, meu amor.

– Por onde andou esta tarde, Haji? Nâo o vi, por momento algum, pelos arredores da casa – perguntou ela, secamente.

– Por aí, passeando...

– Sozinho?

– Sim. Por que, não posso?

– Pode. É lógico que pode.

– Pensei que estivesse com Halima. Vocês andam sempre juntos.

– Ah... Dessa vez eu quis ir só. Para espairecer um pouco.

– Fez bem.

O tom dela chamou-lhe a atenção:

– O que há?

– Não consigo parar de pensar em você e Nathifa, o fato de que já se conheciam antes de você me conhecer.

– Desculpe-me, por não ter lhe contado antes. Temi que pensasse mal de mim.

– Explique-se melhor.

Assim ele fez. Ao término, com a voz melosa que Nekhbet tanto adorava nele, ele lhe fez um pedido:

– Agora, sorria para mim, Nekhbet. Vamos, sorria!

Assim ela fez, e os dois se amaram, apaixonadamente. Depois, cada um virou para um lado e procurou dormir. No entanto, por mais que tentasse, Nekhbet não conseguiu, porque não parava de pensar em Haji e Nathifa, juntos, no passado...

Seria Nathifa, o tipo de mulher que mais o atraía? A pergunta fez Nekhbet gelar. Só de pensar na nora, linda e jovial, tão bela quanto jovem, ela sentiu novamente seu coração se apertar de ciúmes. Não poderia competir com ela, não na idade em que estava. Se ela, pelo menos, pudesse recuar no tempo...

Uma coisa era certa, naquilo tudo, Haji se tornara o centro da sua existência, seu mundo, seu tudo. Não haveria de ser trocada por outra sob qualquer circunstância. Aquela que ousasse tirá-lo dela, haveria de se haver com ela. Haji era seu segundo marido, o novo amor de sua vida, e nada haveria de separá-los, senão a morte imposta pelos deuses e, num futuro bem distante.

Capítulo 9

Desde a descoberta de que Haji e Nathifa já se conheciam de Tebas, Nekhbet passou a olhar para Nathifa com olhos frios e enciumados. Passou também a esconder as rugas por meio de maquiagem pesada, na esperança de parecer mais jovem. Até mesmo os unguentos e poções indicadas para o rejuvenescimento ela passou a utilizar, bem como a mais fina gaze de linho branca transparente para deixar seu corpo mais magro e atraente. No pescoço, fortunas na forma de colares de ouro, cravejados de turquesas e lápis-lazuli.

Assim sendo, Nekbet logo se transformou numa criatura frágil e artificial, emocionalmente instável e insegura.

– A senhora está linda – assegurou-lhe Selk, certo dia.

E Nekhbet lhe respondeu:

– Estou?! Obrigada. Espero que Haji também ache.

– Achará, com certeza.

– Assim, espero. É tão difícil ter de se manter atraente para um jovem tão atraente. Ainda mais quando sei que há inúmeras mulheres tão bonitas e deslumbrantes quanto eu, ou até mais.

– Mas Dona Nekhbet, a senhora não deve se preocupar com isso, pois seu marido só tem olhos para a senhora.

– Espero mesmo que sim, boa Selk.

E novamente Nekhbet se lembrou de Nathifa, do amor que um dia houve entre ela e Haji. Algo que, novamente fez seu sangue ferver, de ciúmes.

Diante do comportamento imaturo da irmã, em relação ao marido, Nailah foi lhe falar:

– Nekhbet, minha irmã adorada. É tolice da sua parte, uma mulher de trinta e poucos anos, querer parecer mocinha novamente só para agradar seu esposo. Ninguém pode recuar no tempo, minha irmã. Se Haji realmente se casou com você por amor, há de permanecer ao seu lado até mesmo na velhice. Você não deve também se comparar a uma mulher que tem a metade da sua idade. Se o fizer, sairá sempre perdendo e aborrecida. Seja você mesma, aceite-se como é, torne-se real, não artificial.

Mas o medo de perder Haji para uma mulher mais jovem do que ela, continuou atormentando Nekhbet a ponto de deixá-la cada vez mais insegura e enciumada.

Nesse ínterim, Kissa teve uma grande surpresa. Recebeu uma carta de Farik que foi devidamente lida por Acaran. Assim que soube do seu conteúdo, a jovem procurou sua mãe para lhe falar.

– Mamãe, preciso lhe falar.

– Diga Kissa, o que é?

A resposta curta e grossa de Nekhbet fez a filha lhe perguntar:

– A senhora me parece tão impaciente. O que há?

– É por causa do tempo, Kissa. Está muito abafado e, toda vez que fica assim, sinto-me mal.

– Sei...

A resposta da mãe não convenceu a filha que explicou sem delongas ao que vinha:

– Recebemos hoje uma carta de Farik. Acaran a leu para mim, pois fôra endereçada a mim.

– Farik?!

– O próprio! Ele me pede perdão e consentimento para voltar para cá.

Nekhbet ergueu os olhos, assustada.

– Seu pai não me perdoaria jamais se eu consentisse com sua volta.

– Papai?!...

– O próprio! Ele jamais perdoou Farik por tê-la abandonado.

– Mas Farik agora me pede perdão e eu lhe perdoo.

– Mesmo assim, seu pai não aprovaria sua volta para essa casa.

– Mas papai está morto.

– Ainda assim, Kissa, Farik não pode voltar para cá, eu sinto muito.

– Pois a senhora está errada!

– Não erga a voz para mim, Kissa.

A jovem procurou se controlar:

– Desculpe-me, me excedi.

68

Kissa já ia se afastando quando se lembrou de dizer:

– Não se esqueça, minha mãe, de que tenho uma filha e que seria muito bom para ela ter um pai ao seu lado.

– Farik não é o pai da sua menina, Kissa.

– Ainda assim, poderia ser um excelente pai para ela.

– Bobagem! – Nekhbet suspirou, denotando impaciência elevada mais uma vez. – Se é tudo que tem a me dizer, retire-se, por favor. Estou cansada, quero me deitar um pouco.

Kissa, submissa, atendeu ao pedido da mãe e partiu.

Ao se encontrar com Amunet, a jovem desabafou. Contou-lhe tudo o que se passara há pouco entre ela e Nekhbet.

– Quem minha mãe pensa que é? Que moral tem ela, para não permitir que Farik volte para essa casa e se case comigo? Ela, em menos de três meses após a morte do meu pai, casou-se com outro homem, um quase vinte anos mais jovem do que ela. Isso também foi traição!

– Fale baixo, Kissa. Se sua mãe ouve, pode se zangar.

– E daí?

– E daí que ela pode expulsá-la dessas terras. Longe daqui, você será ninguém.

– Ela não chegaria a tanto.

– Se foi capaz de se casar com um moço tão jovem...

– Tem razão, Amunet. Todavia, desejo receber Farik de volta a nossa casa.

– Ele nada sabe sobre a filha que teve?

– Não.

– E se ele não aceitá-la? E se a notícia o chocá-lo?

– Aí é que está, Amunet. Ele me abandonou e esse é o preço que ele terá de pagar pelo que me fez. Quero recebê-lo aqui, maravilhosamente bem, e quando ele tiver se acomodado, contarei sobre Sagira. Aí, já será tarde demais para ele voltar atrás. Se não gostar da ideia, vai provar um pouco da amargura que provei com sua partida.

Nailah, por estar nas proximidades, pôde ouvir o pequeno diálogo entre Kissa e Amunet e, por isso, foi falar a respeito com a irmã.

– Para mim, Nekhbet, você se opôs à volta de Farik para essa casa, não porque Imhotep tinha mágoas do sujeito, por ele ter abandonado Kissa de uma hora para outra, mas por você estar contrariada e irritada.

– Ora...

– Eu a conheço bem, Nekhbet.

– E por que eu estaria contrariada, Nailah?

– Preciso mesmo dizer?

O rosto da mulher endureceu.

– Está bem. Consentirei com que Kissa receba Farik de volta a essa casa, só para ter o gostinho de vê-lo fugir dos seus braços, novamente, assim que descobrir que ela teve uma filha com um sujeito qualquer.

– Será mesmo?

– Será mesmo, o quê?

– Que Farik vai se decepcionar com Kissa e sumir, novamente, só porque ela teve uma filha com um desonhecido?

Nekhbet bufou. Parecia não mais saber o que dizer, tampouco se queria dizer mais alguma coisa. Após breve introspecção, ela voltou os olhos para a irmã e comentou:

– Por falar no pai de Sagira... Será que Kissa realmente não sabe por onde ele anda?

– Ela diz que não.

– Mas o pai da menina sabe onde nos encontramos.

– Mas para ele, tudo o que houve entre os dois, não passou de uma aventura. Se não sabe que teve uma filha com Kissa, não teria por que voltar. Mesmo que saiba, que interesse teria ele pela criança?

– É, talvez...

Nekhbet não soube mais o que dizer.

Minutos depois, Amunet procurava Nailah para lhe falar em particular.

– Tia Nailah – chamou-lhe a moça, baixinho, para não assustá-la.

– Amunet?!

– Atrapalho?

– Não, querida...

– Gostaria de falar com a senhora.

– Algo a preocupa, o que é?

Amunet mordeu o canto dos lábios, incerta quanto ao que dizer. Por fim, suspirou fundo, por duas vezes e disse:

– Eu não gostaria de falar a respeito. Não, nunca! Mas sou obrigada.

– Sobre o quê, Amunet? O que a atemoriza tanto?

– Tia Nailah, ouça-me, por favor!

O tom da sobrinha a assustou ainda mais, especialmente o desespero que viu transparecer no fundo dos seus olhos.

– Estou ouvindo, Amunet. Acalme-se!

– Tia Nailah, deixe Nekhbet se manter contra a volta de Farik para esta casa.

– Farik?!

– O próprio.

– Por quê?!

– Porque Imhotep não permitiria. Ele abominava Farik.

– Não, Amunet, Imhotep o admirava. Imhotep lhe queria muito bem.

– Sim, sim, durante um tempo, depois, não!

– Depois?! Depois do quê, Amunet?

– Eu não posso dizer. Jurei a Imhotep, por tudo que há de mais sagrado, que jamais diria a alguém. Para mim, titia, Farik só quer voltar para essa casa, porque ele deve ter sabido da morte de Imhotep. Por isso ele escreveu a carta, por isso ele...

– Seja mais precisa, Amunet. Só assim poderei ajudá-la.

– Está bem, titia. Não foi Farik quem quis ir embora daqui, por vontade própria, da noite para o dia. Ele foi embora, porque Imhotep o expulsou. Entende, agora?

Nailah estava boquiberta.

– Não pode ser.

– Mas é.

– Por qual motivo?

– Não posso dizer. Prometi a Imhotep que jamais falaria. Por isso, Imhotep aceitou tão bem a gravidez de Kissa, na esperança de que com uma filha ao seu lado, Kissa se esqueceria de Farik para sempre. Seria como uma compensação.

– Amunet, se eu não a conhecesse bem, eu diria que você está delirando. Mas pelo seu desespero, sei que fala a verdade. Agora, acalme-se e me conte exatamente o que houve.

Amunet abaixou a cabeça e chorou. Nailah, então a encaminhou para um lugar onde pudessem conversar tranquilamente. Quando lá, depois de se certificarem de que não havia ninguém por perto, Amunet desabafou, entre lágrimas.

– Radamés não sabe do que você sabe, certo? – questionou Nailah, quando a moça terminou sua narrativa.

– Não, nem nunca saberá.

– Há algo mais que você não tenha me contado? Algo que, por acaso, você tenha se esquecido?

– Não, tia Nailah! É só!

– Só queria confirmar.

A mulher novamente estudou os olhos da moça, com profunda atenção e disse:

– Venha, vamos voltar para casa.

Assim, fizeram as duas. Só que por mais que tivessem ficado atentas, não perceberam a aproximação de um dos membros da família, enquanto Amunet revelava à tia, o que até então só ela e Imhotep sabiam a respeito de Farik. Haji, por ter saído para dar sua volta habitual, antes de se recolher, ouvira todo o desabafo da moça. E, agora, ele também estava tão impressionado quanto Naila, com o que descobriu.

No dia seguinte, ao pegar Nailah pedindo para Nekhbet revogar sua decisão de aceitar Farik de volta aquela casa, Kissa ficou furiosa.

– Por que está fazendo isso comigo, titia?

Nailah, pega de surpresa, ficou temporariamente sem ação.

– A senhora não quer a minha felicidade, é isso? Não quer a minha, nem a de ninguém dessa casa, porque inveja a todos. Especialmente as mulheres que se casaram, algo que a senhora nunca conseguiu. Nem sequer em sonho.

– Kissa... – tentou se defender Nailah, mas a jovem não lhe permitiu.

– Eu sempre a tratei bem, fui sempre paciente e generosa com a senhora.

– Tambem fui com você, Kissa. Com você, seus irmãos, e os filhos de todos vocês.

– Então pare de falar mal de Farik. Aceitemo-lo de volta a essa casa e, de bom grado, da mesma forma que recebemos Haji, e os demais agregados.

– Kissa...

Naquele instante, Nailah sentiu sua garganta se apertar de vontade de contar à sobrinha, o verdadeiro motivo para ela se opor à volta de Farik para aquela casa. Sem mais, Kissa partiu dali, rompendo-se em lágrimas e, deixando Nekhbet e Nailah, novamente sem ação.

Capítulo 10

Haji estava pasmo com a reação de Kissa, jamais pensou que uma jovem como ela, que sempre se mostrara tão equilibrada, pudesse perder a compostura daquela forma. Minutos depois, ele comentava com Halima a respeito.

– Você conheceu Farik, não conheceu, Halima?
– Sim.
– O que achava dele?
– Um bom sujeito. Meu pai confiava nele plenamente. Kissa, também. Ela era extremamente apaixonada por ele. Ainda é. Uma pena que ele tenha partido, sem sequer lhe dizer adeus. Foi muito deselegante da parte dele ter feito isso com ela. Kissa ficou devastada, dava pena de ver.
– Vocês nunca souberam exatamente porque ele foi embora de uma hora para outra? Sem ter nem por que?
– Não. Partiu antes de o dia amanhecer, sem se despedir de nenhum de nós. Sequer do meu pai que tanto o estimava. Todos ficaram espantados com sua atitude. Pobre Kissa...
– Sim. Não deve ter sido fácil para ela. Nunca é. Acho que não há nada pior do que amar uma pessoa e ela, simplesmente, de uma hora para outra, não querer mais nada com você.

Halima, surpresa com suas palavras, comentou, olhando com redobrada atenção para ele:
– Você fala de um jeito...
– E-eu?!...
– É.

Mudando o tom e a expressão, Haji sorriu e disse:
– Venha! Vamos dar uma volta por aí. O clima nesta casa está péssimo.

– Você tem razão. Vamos, sim.

Pelo meio do caminho, Haji sugeriu à jovem que parecem um pouco sob a sombra dos coqueiros, para descansarem. Foi então que ele, muito carinhosamente disse:

– É sempre tão bom estar em sua companhia, Halima. Meu dia ganha outro significado toda vez que me encontro com você. É como se você tivesse o poder de aliviar o calor que se abate sobre o Egito.

Ela muito timidamente sorriu para ele que, tomou-lhe a mão direita e a levou até seu peito, na altura do coração.

– Ouça! – disse ele, mirando fundo em seus olhos. – Está disparado. Por sua causa.

– Por minha causa?!

– Sim, Halima... Por sua causa.

A garota tentou lutar contra o desejo de massagear seu mamilo e não conseguiu. Quando deu por si, já havia feito. Haji, então sorriu para ela, um de seus sorrisos lindos, de fazê-la perder o fôlego, o que a deixou ainda mais atraída por ele. Ao querer beijá-lo, Halima recuou, assustada, e, subitamente afastou-se dele, a passos ligeiros, sem se atrever a olhar para trás.

Correu por entre as moitas, para um lugar onde pudesse se recompor, fazer com que seu coração voltasse a bater no ritmo certo. Ao adentrar sua morada, parou, escorou-se contra a parede e procurou respirar fundo para se acalmar.

Ao ver a filha naquele estado deplorável, Nekhbet foi até ela, tocou-a de leve no braço, despertando-a do que parecia ser um transe. Ao ver a mãe, bem diante dela, Halima estremeceu.

– Filha, o que houve?

– Oh, mamãe... Abrace-me, por favor!

E a mãe atendeu ao pedido da filha que, tentou evitar chorar na sua frente, mas as lágrimas foram mais fortes do que sua determinação.

– O que deu em você, meu amor? – quis saber Nekbet, assim que voltou a encarar a filha.

– Medo...

– Medo?

– Sim, mamãe. Muito medo!

– De quê, filha?

– De que eu jamais possa ser feliz ao lado de um homem.

Nekhbet relaxou.

– Acalme-se, minha querida. Seu homem há de chegar e, com ele, você há de ser muito feliz, sim! Quando esse momento vier, você se lembrará de minhas palavras. Acredite.

A jovem mordeu os lábios, sentindo novamente seu peito se apertar de culpa e remorso por ter feito o que fez com o segundo marido de sua mãe, naquela tarde tão despretenciosa.

Ao anoitecer, Halima se recolheu mais cedo em seu quarto, para não ter de encarar seus familiares. Receava que descobrissem, por meio do seu olhar, o que havia se passado entre ela e Haji naquele dia. Então, para seu total espanto e surpresa, Haji invadiu seu quarto com toda sua magnitude.

– Você?! – espantou-se ela, enrijecendo o corpo todo.

– Eu precisava vê-la, Halima. Não dormiria tranquilo se não falasse com você, olhos nos olhos. Sua reação essa tarde me assustou um bocado. Não quero vê-la longe de mim... Não quero que nada nos distancie, entendeu? Já lhe disse que, de todos desta casa, é de você quem mais gosto e em quem mais confio. Por isso...

Nos olhos dela brilharam lágrimas que ele, muito gentilmente, enxugou com a ponta dos dedos.

– Promete que não vai se distanciar de mim?

Diante da sua imprevista incerteza, ele insistiu:

– Por favor, Halima.

Ainda que incerta, a jovem acabou concordando:

– Está bem Haji, prometo!

E muito cuidadosamente ele lhe beijou a testa, desejando-lhe boa noite. Com cautela, deixou o cômodo, para não ser visto e causar buchicho entre todos por ter estado no quarto da enteada.

Naquela noite, pela primeira vez, Nekhbet notou que o marido estava diferente, com o pensamento longe, sendo atormentado por algo. Seria Nathifa a causa de seus tormentos?, perguntou-se ela, silenciosamente, pedindo a Ísis em seguida, que protegesse o casal.

Ainda que tivesse prometido a Haji que não se afastaria dele, Halima acordou disposta a evitá-lo para que não mais viesse a ser tentada como fora na tarde do dia anterior. Ao final daquele dia, ela procurou outro lugar para relaxar e não o seu habitual, porque sabia que Haji a encontraria e passaria, como de costume, um bom tempo ao seu lado, conversando.

Atento aos movimentos da enteada, Haji percebeu sua intenção e, por isso, logo a localizou.

– Impressão minha, ou você está fugindo de mim? Até ontem gostava da minha companhia, hoje, no entanto...

– Queria apenas ficar só, um pouco...

Olhando atentamente para ela, ele lhe falou seriamente:

– Ainda ontem, quando estive no seu quarto, você me prometeu que não se afastaria de mim pelo que quase aconteceu entre nós, ontem à tarde.

Halima se avermelhou de pronto e ele, severamente inquiriu:

– Vai quebrar sua promessa, vai?

A jovem novamente corou, ficando mais uma vez sem resposta.

– Acha justo a gente se separar por causa de um deslize? Não, não é mesmo? Então venha, vamos nos divertir por aí, lado a lado, como sempre fizemos.

Ainda que envergonhada pelo que ela havia feito a ele no dia anterior, Halima acabou aceitando o convite, mais por vontade de ficar ao seu lado, do que propriamente por querer se fazer simpática com ele.

Em meio ao caminho, a jovem contou sobre sua vontade de aprender a tocar um instrumento, bem como a decifrar hieróglifos. Então, num ponto bem distante da casa, longe da visão de qualquer um, Haji travou seus passos, mirou seus olhos e disse, com sinceridade:

– Ontem, Halima, não foi só você quem quis aquilo...

– Você quer dizer que...

– Sim, minha querida, eu também queria beijá-la naquele instante. Na verdade, há dias que eu vinha desejando um beijo seu...

– Mas...

Ele não lhe permitiu completar a frase, travou-lhe os lábios com um beijo intenso e caloroso. Foi tudo tão rápido que Halima mal teve tempo de se defender. Ao término, a garota estava sem ar, enquanto ele parecia ter adquirido uma luminescência própria.

– Desculpe-me, não resisti – foi tudo o que ele disse, ainda imerso na sensação de prazer.

Mediante suas palavras, os olhos dela se abriram um pouco mais de espanto. Sem conseguir encará-lo, palavras atravessaram seus lábios ainda que não quisesse pronunciá-las:

– Preciso ir...

– Você realmente quer ir?

Os olhos dela lampejaram para os seus, tomados de perplexidade.

– Quer? – insistiu ele, novamente, com seu olhar penetrante e encantador.

76

– Eu... – Halima tentou responder a pergunta e não conseguiu.

– Não precisa me dizer nada – atalhou ele, divinamente. – Seus olhos já me disseram tudo. Você não quer, eu sei, mas tem medo de ficar.

– Não é medo, é respeito, à minha mãe e a você, por ser meu padrasto.

– Eu sei...

– É melhor então nos afastarmos um do outro antes que...

E novamente ele a surpreendeu com um beijo e ela, por mais que quisesse, não conseguiu resistir, entregou-se por inteira.

No minuto seguinte, ele pegou a mão dela e a apertou de leve contra seu rosto, inspirando seu perfume, parecendo se deliciar com ele.

– Não faça isso – objetou ela, ainda que se deliciasse com seu gesto tão sedutor.

– Por quê? É ruim? – questionou ele sem parar o que fazia.

– Não, é bom demais, mas não devemos... Você é meu padrasto.

– Eu sei, e você é minha enteada, uma garota linda, que não me sai do pensamento.

Ao beijar-lhe o dorso da mão, Halima estremeceu, de prazer, e quando novamente seus olhos se encontraram com os dele, um sorriso bonito despontou na face surpreendentemente atraente do rapaz à sua frente.

– Acho que estou me apaixonando por você, Halima.

– Não...

– Sim! E acho que você também está ficando apaixonada por mim.

– Por favor... – a jovem tornou a suspirar.

Então, puxando-a delicadamente pelo punho, ele a conduziu para um ponto mais distante, onde lindas palmeiras reais faziam certa sombra para afugentar o calor. Ali, eles novamente se olharam com profundo interesse e desejo. Mesmo longe de tudo e de todos, como ambos tanto queriam ficar, Halima ainda temia a tamanha intimidade que crescia entre os dois.

Olhando intensamente para os seus olhos, vivos e dilatados de medo pelo que estava acontecendo, Haji novamente a beijou, intenso e carinhosamente, fazendo com a jovem novamente se derretesse em seus braços. Para Halima, tudo agora fazia sentido. Haji era mesmo o homem que ela sempre aguardou chegar pelo leito do rio, para fazer dela sua mulher, sua glória e alegria.

Naquela final de dia, Haji voltou muito mais sorridente para casa do que de costume. Qualquer um podia ver sua transformação e ser contagiado por sua alegria. Ao ver o marido, radiante daquela forma, Nekhbet novamente estranhou seu comportamento. O que o teria deixado tão feliz? Teria ele se encontrado com Nathifa, às escondidas? Estariam mantendo um caso extraconjugal? Era melhor ficar atenta aos passos da moça.

Já era noite quando Haji trombou, sem querer, com Nathifa que vinha voltando da cozinha. O rapaz demorou-se com ela apenas pelo tempo suficiente de lhe pedir desculpas. Então, ele seguiu animado, feito criança, para junto de Halima que parecia aguardá-lo rente à piscina. Nathifa, cismada com a intimidade crescente dos dois, decidiu observá-los sem que percebessem o que ela fazia.

Haji e Halima... Haji e Halima..., ficou ela a repetir, baixinho, com profundo tormento na voz. Ao voltar para o seu quarto, foi surpreendida por Bes que olhava para ela com total concentração.

– Bes... – murmurou ela, subitamente tensa. – Você, aqui?...

Os olhos dele brilharam tomados por súbita emoção.

– Estava observando-a, discretamente, enquanto você também observava Haji e Halima com discrição.

– É que...

Ele não a deixou terminar, finalmente disse o que muito desejava:

– Eu já sei de tudo, Nathifa. Sobre você e Haji no passado.

O rosto dela não se alterou.

– Então sabe também que, tudo o que eu e ele vivemos, pertence ao passado, não sabe?

– Tento acreditar nisso a todo instante, Nathifa. Eu juro!

– Eu sei, porque o conheço como a palma da minha mão. Mas pode confiar no que lhe digo, meu amor é só seu. Eternamente seu, Bes.

E o rapaz ficou a refletir, enquanto os olhos da esposa brilharam intensamente.

Capítulo 11

No dia seguinte, no mesmo ponto onde Haji e Halima haviam se beijado na tarde do dia anterior, a jovem suspirou e disse, com muita seriedade:

– Eu não podia ter me apaixonado por você, Haji...

– Mas aconteceu.

– Temos de parar enquanto é tempo.

– Halima, minha querida, a paixão foi feita para ser vivida, não reprimida.

– Mas você é o marido de minha mãe. Pertence a ela, agora.

– Eu sei, mas o que posso fazer se vejo em você, a mulher perfeita para mim, Halima, com tudo o que sempre desejei encontrar numa garota.

– Eu também vejo em você, o homem com quem eu tanto me sonhei casar... Naquele dia, junto ao Nilo, quando a tábua se partiu e, você me escorou em seus braços, percebi, quase que imediatamente que, você era o homem dos meus sonhos. Tentei lutar contra a ideia, mas... De qualquer modo, nossos caminhos se cruzaram num momento inapropriado. É uma pena...

Ele novamente a silenciou com seus lábios carnudos, molhados e intensos de paixão. Num movimento rápido, enlaçou-a, apertando-a de encontro ao seu peito, por alguns segundos, até beijar-lhe o pescoço fino e atraente, enquanto derramava por sobre sua pele suave, palavras e mais palavras de amor.

Ver-se abraçada por aquele homem que mais lhe parecia um deus, fez Halima se sentir uma rainha.

A seguir, as mãos dele tomaram outro rumo, correram suavemente pelas costas dela, delineando sua clavícula, deixando a jovem ainda mais entregue a sua sedução.

– Só podemos estar loucos... – balbuciou ela entre um suspiro e outro –, para seguirmos em frente com tudo isso.

– Que sejamos loucos, então... Loucos e apaixonados.

– Você não tem medo?

– Não, Halima... Dentro de mim só há desejo e paixão crescente por você, minha querida.

Com suas mãos firmes, ele empurrou o rosto dela para trás, para que pudesse novamente beijar seu pescoço, e queimar-lhe a pele com sua respiração quente e acelerada.

– Como é bom ter você, Halima... Como é bom...

E essa foi a última frase que ele usou antes de beijá-la novamente.

Ao voltarem para casa, Selk procurou Haji para lhe passar um recado:

– Senhor, há um recado de Acaran para o senhor. Pede que vá ao seu *escritório*.

– Irei já!

Ao ver-se diante de Acaran, o escriba foi direto ao assunto:

– Você recebeu uma carta, Haji.

– Uma carta?!

– Sim, enviada de Tebas.

– O que diz?

Acaran pareceu momentaneamente em dúvida, se deveria ou não passar adiante a informação. Por fim, optou pelo mais sensato, a verdade, pois era sua obrigação como escriba dizer a verdade.

– O que diz a carta, Acaran?

– É de uma pessoa que não quis se identificar, aconselhando você a ir embora daqui.

– O quê?! Você tem certeza?

– Absoluta!

– Por que alguém me escreveria tal coisa?

– Eu não sei...

– Só mesmo minha mãe e meu irmão sabem aonde me encontro. E a família de Nathifa, ninguém mais.

– Mas alguém escreveu esta carta.

– Sim, alguém a escreveu... – murmurou Haji, olhando inquisidoramente para o escriba. – Alguém que certamente pode ler e escrever hieróglifos. Alguém também que não me quer nesta casa, porque eu o ameaço de algum modo. De qualquer forma, eu não irei embora. Ainda que meus inimigos insistam, permanecerei mesta casa e nesta família.

E os dois homens continuaram se enfrentando pelo olhar até Haji deixar o ambiente, parecendo mais dono de si do que antes.

Ao saber da carta, Nekhbet foi imeditamente tirar satisfações com Nailah. Para ela, fora a própria irmã quem havia pedido a Acaran para escrevê-la.

– Não fiz nada disso, Nekhbet! Endoidou? – defendeu-se Nailah no mesmo instante. – Não saio desta casa para nada. Como eu poderia conseguir um escriba para fazer tal coisa?

– Você não precisou sair, simplesmente pediu a Acaran que escrevesse a carta por você.

– Não seja ridícula. Acaran não se prestaria a esse papel. É um escriba de confiança, caráter e respeito.

– Se não foi você, então quem foi?

– Isso eu não posso lhe responder, Nekhbet. Seja quem for, fez bem em ter escrito. Ainda acho que Haji deve partir desta morada o quanto antes.

Nekhbet novamente desprezou as palavras da irmã e partiu.

Ao se encontrar com Kissa, Nekhbet pediu à filha uma opinião sobre o remetente da carta. Kissa achou por bem, se fazer sincera com a mãe:

– Mamãe, com sinceridade, só uma pessoa dentre todos nós poderia ter escrito aquela carta. O próprio Acaran.

Nekhbet não esperava por aquela resposta.

– Acaran?! Por que? Que motivos teria ele para afastar Haji de mim?

– Não é da senhora que ele quer afastá-lo, mamãe, é de Halima.

– Halima?!...

– Sim! Acaran ama Halima, disso não faz segredo para ninguém. Todavia, Halima nunca se interessou muito por ele, acho que nunca o faria. Surge então Haji, lindo e jovial, sempre atencioso para com ela e...

– Está insinuando, por acaso, que Halima, sua irmã...

– Nada posso afirmar com certeza, mamãe. Mas na opinião de Acaran, Halima agora só tem olhos para Haji e, isso o incomoda profundamente. Está levando-o à loucura, por ciúmes.

Nekhbet ficou sem palavras. Desde então, seu único objetivo era apurar os fatos.

Capítulo 12

Naquela noite, reunidos em torno da mesa para cear, Nekhbet percebeu que, de fato, Haji se mostrava muito mais atencioso com Halina do que com qualquer outro morador da casa.

Só agora ela percebia o quanto ele se mostrava sempre mais disposto a estar na companhia da jovem do que na dela. Na verdade, todos os passeios e conversas interessantes que fazia e comentava a respeito, haviam sido feitos com Halima, não com ela, Nekhbet, que era sua esposa e deveria ser o centro de suas atenções.

Não era para Nathifa que ele olhava com interesse e discrição, como ela presumiu a princípio, seu foco era mesmo Halima, com seus lábios pintados num tom de vinho, escuro e marcante, e os olhos em tons de azul e rosa.

"Halima", murmurou Nekhbet consigo mesma. "Não pode ser... Haji, apaixonado por ela, por sua filha caçula?..."

"Acalme-se, Nekhbet. Acalme-se!", aconselhou a si mesma. "Não se precipite em suas conclusões."

Ela tentou se controlar, mas logo se descobriu tremendo por inteira. Caso aquilo fosse mesmo verdade, Halima não se daria ao desfrute, era sua filha querida, quem sempre a amou e respeitou, não seria agora que ela...

Novamente Nekhbet se arrepiou e procurou disfarçar seus temores.

O pior aconteceu quando Nekhbet avistou Haji ao lado de Halima na grande piscina, aquela tarde, brincando com a água, enquanto trocavam palavras divertidas, risos e petelecos. Aquilo deixou Nekhbet ainda mais enciumada. O ciúme foi tanto que ela chegou a se sentir zonza e foi preciso recolher-se em seu quarto, a fim de acalmar suas conturbadas emoções.

Estava tão nervosa que temeu não atravessar a hora seguinte. Hora que, por sinal, pareceu-lhe interminável. A visão de Haji ao lado de Halima; o modo feliz de um conversar com o outro; o interesse de ambas as partes pelo que diziam...

Não, aquilo não podia estar acontecendo. Halima não faria isso com ela, não seria capaz. Respeitava-a como mãe, sempre respeitou. Não ousaria se insinuar para o padrasto, tampouco, alimentar qualquer esperança da sua parte.

Desde então, Nekhbet passou a se maquiar com mais peso, na eperança de que a maquiagem pudesse rejuvenecê-la totalmente.

Percebendo seu desespero, Nailah foi lhe falar:

– Você se mostra cada vez mais tonta, Nekhbet.

– E você se mostra cada dia mais intragável, minha irmã.

– Você acha mesmo que pode reverter o tempo com cremes e perfumes? Nada pode parar o avanço da idade, Nekhbet. Nada!

– Eu não lhe pedi opinião.

– Estou lhe dando mesmo assim.

Fulminando a irmã com os olhos, Nekhbet acabou fazendo dela o recipiente de toda a fúria que sentia em relação ao que estava se passando entre Haji e Halima.

– Você sempre teve inveja de mim, não é mesmo, Nailah? Porque eu me casei e você, não! E não foi só uma vez, foram duas.

– Você está enganada, Nekhbet. Eu sempre lhe quis bem.

– Mentira! Você sempre me invejou! Primeiro porque Imhotep se apaixonou por mim. Deu-me uma família e posses. E agora eu tenho Haji.

– Haji? Será que você o tem, mesmo, Nekhbet? Fala dele como se fosse um objeto, algo que as pessoas não são. Na verdade, as pessoas não são de ninguém, senão delas mesmas. Ou melhor, dos deuses, pois eles determinam o começo, meio e fim de todos nós.

Sem mais, Nailah deixou Nekhbet e foi cuidar dos seus afazeres.

Meia hora depois, Nekhbet avistava Haji e Halima, saindo da casa para um passeio. Sem pensar duas vezes, ela resolveu segui-los.

Foi quando uma brisa gostosa soprou, refrescando seus corpos ao sol, que Halima virou-se para Haji, admirando voluptuosamente seu perfil, e disse:

– Por que será que tudo em você me faz bem, excita-me, me faz querê-lo mais e mais...?

As palavras da jovem atingiram Haji em cheio. Repentinamente, seus olhos se inundaram de tristeza.

– O que foi? – estranhou ela sua reação. – Ficou triste, de repente?

Ele procurou sorrir para ela e, para alegrá-lo, dessa vez, foi ela quem tomou a atitude de beijá-lo. Então, ela apertou seu corpo ao dele, dominando-o por completo, transformando os dois num só.

Ao vê-los se beijando, Nekbet perdeu o controle sobre si. Gritou, com todo ar que dispunha. Seu grito e sua aparição, chocaram Halima e Haji, consideravelmente. Rapidamente, Halima correu na direção da mãe que também saiu dali, correndo, com toda força de que dispunha. Entrou em sua casa feito um raio e se resguardou em seus aposentos. Não deu um minuto e Halima ali chegou, branca e suando em profusão.

– Perdão, mamãe! – implorou a jovem, entre lágrimas.

Nekhbet se manteve irredutível, evitando o seu olhar.

– Perdoe-me, por favor! – insistiu a filha, com profundo pesar.

– Perdoar, você? – retrucou Nekhbet, friamente. – Depois de você ter se oferecido para o meu marido? Seu padrasto?

– Foi mais forte do que eu, mamãe! Uma força jamais sentida antes.

– Haji é meu marido, Halima! Só meu!

– Eu sei! E isso é o que mais me entristece. Saber que o homem por quem me apaixonei é seu marido. Meu padrasto!

– O que foi que você disse? – Nekhbet mal conseguiu articular a frase. – O homem por quem você se apaixonou? Apaixonou-se?! Perdeu o juizo, Halima? Que ousadia é essa? Onde foi parar o seu respeito por mim? Haji é meu marido, será sempre... Não ouse sequer me trair com ele em pensamento. Estou decepcionada com você. Decepcionada e horrorizada.

Diante da situação que, se tornou insuportável para ambas, Halima tomou uma decisão:

– É melhor eu ir embora dessa casa, mamãe...

Nekhbet se manteve inabalada.

– Irei para Tebas ou Mêmfis, quem sabe, ou até mesmo para algum lugar além do deserto. Será melhor para todos.

Nekhbet concordou:

– Você tem razão, Halima. Nesse ponto, você tem toda razão. Só mesmo com você longe daqui, é que voltarei a me sentir em paz e tranquila, ao lado do meu marido. Em você, não confio mais. Não, mesmo!

As palavras da mãe feriram a jovem tanto quanto a ideia de partir daquelas terras e do seio daquela família que sempre foi tudo para ela.

– Eu irei. Irei embora, sim! Não se preocupe... – reafirmou a garota a contragosto. – Pode deixar!

Sem mais, Halima deixou o aposento, caminhando com dificuldade, como se precisasse de uma força sobrenatural para continuar se mantendo de pé.

Assim que todos souberam da decisão de Halima, Radamés foi o primeiro a falar com a mãe a respeito:

– Mamãe, Halima não pode partir. Ela é ainda muito jovem e inexperiente com a vida. Prometi a Imhotep que manteria nossa família unida, pois esse era o seu maior desejo. Se Halima partir...

Nekhbet se mantinha séria, evitando encarar o filho para não esmorecer diante de suas palavras. Mas o que ele lhe disse a seguir, atingiu-lhe em cheio:

– Mamãe, se alguém tem de ir embora desta casa, esse alguém é o Haji.

Só então a mãe se voltou para o filho e disse:

– Radamés, meu filho, Haji é meu marido. Além do mais, ele não tem culpa pelo que aconteceu, o gesto partiu de Halima, foi ela quem o beijou, quem está tentando seduzi-lo.

– Pode ter sido muito bem o contrário, mamãe.

– Não, ele não! Eu vi com meus próprios olhos. Foi ela quem o beijou.

– Ainda assim, mamãe...

– Deixe-me a sós, estou cansada, quero sossego.

Por ora, Radamés achou melhor atender ao pedido da mãe. Assim sendo, deixou o aposento, enquanto sua cabeça se via presa a um remoinho de contrariedades. O clima na casa, aquela noite, foi um dos piores. Somente Kissa, se juntou a Haji para cear. Os demais membros da família, preferiram fazer a refeição noturna em seus próprios aposentos.

O próximo a ir falar com Nekhbet foi o próprio Haji.

– Nekhbet – chamou ele, baixinho, entrando no quarto do casal, a passos silenciosos.

Ela demorou alguns segundos para encará-lo com seus olhos vermelhos de tanto chorar pelo que havia acontecido.

– Não vim antes porque ouvi Radamés dizer na sala, para todos, que você queria ficar só.

Ela assentiu e ele, então, aproximou-se dela, tocou-lhe o braço e afetuosamente disse:

– Halima é sua filha, Nekbet. Sua filha caçula. É jovem demais para medir as consequências... Foi um ato inocente.

– Diga-me com sinceridade, Haji. Você a encorajou a beijá-lo?

Ele rapidamente recuou o rosto, assustado com a pergunta.

– Responda-me, por favor. Encorajou-a ou não?

Por fim, ele admitiu:

– Talvez, sim.

Os olhos dela se arregalaram.

– Não, você não faria isso comigo. Você me ama. Ainda me ama, não é mesmo?

Ao invés de responder a pergunta, ele simplesmente disse:

– Talvez seja eu quem deva ir embora desta casa, Nekhbet. Como Nailah me aconselhou, desde o primeiro dia em que aqui cheguei.

A mulher novamente se desesperou:

– Não, Haji, isso não! Você é meu marido. Eu o amo! – Ela o abraçou e se fez enfática, novamente: – Você fica! Os deuses protegerão o nosso amor.

Ele a afastou de seu corpo, segurando seus ombros com suas duas mãos fortes e disse, seriamente:

– Está bem, eu fico! Mas Halima também deve ficar. Pois seu marido jamais quis ver a família desunida, lembra-se? E tem mais, eu e Halima continuaremos fazendo nossas caminhadas por aí, e batendo nossos papos, como tanto gostamos de fazer. Nada deve se opor a isso, compreendeu?

Nekhbet mordeu os lábios, tentando segurar o choro, mas foi em vão, rompeu-se em lágrimas. Coube a Haji ampará-la em seus braços, novamente, pedindo-lhe calma em meio a palavras de afeto.

Halima se encontrava em seu quarto, reclusa, quando Haji apareceu para lhe contar o que havia combinado com Nekhbet.

– De que me adianta permanecer aqui se continuarei apaixonada por você? – falou a jovem encarando a realidade de frente.

– Eu sei... Mas com um tempo, encontraremos uma solução para o nosso caso. Acredite.

Ele tomou sua mão e a beijou, deixando Halima, novamente, pensando que o melhor mesmo para ela, diante da situação, era ir embora dali, para bem longe, antes que cometesse uma loucura em nome da paixão que sentia por aquele rapaz.

Haji voltava para o seu quarto, com um sorriso maroto nos lábios, quando Nailah o surpreendeu. Ambos se enfrentaram pelo olhar, por um longo minuto, até ela dizer:

– Ouça meu conselho, Haji. De uma vez por todas. Vá embora desta casa, enquanto é tempo.

– Pois eu darei a senhora, a mesma resposta que já lhe dei antes, quando me deu o mesmo conselho. Não irei! Este lugar agora é o meu lar. Essa gente, ainda que estranha para mim tornou-se a minha família. Entenda isso, de uma vez por todas.

– É você quem não me entende, Haji. Porque talvez não me queira entender. Ou é conveniente para você.

Sem mais ele foi se deitar com a esposa, enquanto Nailah se via mais uma vez acometida de um mau pressentimento.

Capítulo 13

Desde o episódio envolvendo Haji e Halima, o clima na casa se manteve tenso. Radamés não mais se dirigia a Haji, exigindo que Amunet e os filhos também desprezassem sua pessoa. Bes e Acaran, que já nutriam profundo ódio pelo sujeito, queriam vê-lo longe dali, o quanto antes, ou até mesmo morto. Nailah redobrava suas orações para que os deuses protegessem sua família e trouxessem de volta, a paz, entre todos, algo que parecia cada vez mais raro de acontecer.

Como se não bastasse tudo isso, algo pior aconteceu. Nailah encontrou Bes, de olhos tão vermelhos, parecendo explodir por dentro.

– O que foi meu querido? O que houve? – inquiriu ela, atemorizada.

Ele se agarrou a ela, chorando feito uma criança em desespero.

– O bebê, titia... O bebê... – Por mais que ele tentasse, não conseguia completar a frase.

– Seu filho com Nathifa? Ela perdeu a criança novamente, foi isso?

Ele recuou o rosto, mirou fundo os olhos da mulher a sua frente e respondeu:

– Não, com o bebê está tudo bem. Com Nathifa também. O problema é outro, titia. Bem outro!

Nekhbet ia chegando ao local e parou, rente à porta, para ouvir o que o filho e Nailah conversavam. Bes, com voz profunda e gutural, finalmente transformou em palavras o que tanto martirizava seu coração.

– O filho que cresce no ventre de Nathifa, tia Nailah... Estou quase certo de que não é meu.

– O quê?! – Nailah se arrepiou inteira. – De quem seria então, Bes?

– Que pergunta mais tola, titia. Pense um pouco, reflita e a resposta se estampará bem diante dos seus olhos.

Nailah voltou a se arrepiar.

– Está, por acaso, insinuando que...

– Estou, sim, titia! Nathifa voltou grávida de Tebas. Segundo o médico, ela ficara grávida antes de partir para lá. Mas eu pergunto a senhora: teria sido mesmo antes de ela partir para Tebas? Ou ela ficou grávida lá, de Haji, assim que chegou à cidade? Então, ele, para poder permanecer ao lado dela e da criança, casou-se com minha mãe.

– Isso não, Bes! Seria ousado demais! Uma loucura!

– Seria, mas...

– Você não tem certeza... – A voz de Nailah se apagou ao ver Nekhbet entrando na sala.

A mãe rapidamente se voltou para o filho e disse:

– O que você pensa, Bes, é fruto do seu ciúme doentio por Nathifa. Por nenhum momento, ela e Haji ficaram juntos em Tebas, para que pudessem copular.

Bes encarou a mãe com ódio e perguntou-lhe, desafiadoramente:

– Como a senhora pode ter tanta certeza, mamãe? Por acaso ficou grudada a Nathifa e ao Haji por todas as horas que passou em Tebas? De certo que não!

– Não fiquei, mas...

– Está vendo... A senhora também não pode ter a certeza absoluta de que os dois...

Nekhbet não soube mais o que dizer, então, Bes disse por ela:

– A senhora foi mesmo uma estúpida em ter se casado com aquele sujeito. Foi bater os olhos nele para eu perceber que ele não é flor que se cheire.

E depois de mais um minuto, enfrentando a mãe pelo olhar, Bes partiu, cada vez mais atormentado com a possibilidade de Nathifa tê-lo traído com Haji, enquanto estivera em Tebas, acompanhando Nekhbet.

Assim que o rapaz se foi, Nailah se fez novamente franca com Nekhbet:

– Eu a avisei, minha irmã. Desde o início eu a avisei que você não deveria ter se casado com Haji.

Nekhbet, desmoronando em lágrimas, respondeu, com sinceridade:

– Você jamais me compreenderá, Nailah. Porque nunca se permitiu se entregar por inteira a uma grande paixão.

De fato, Nailah jamais pudera experimentar aquilo, não porque se fizera de difícil para os homens, mas, simplesmente, porque não tivera sorte no amor.

Mais alguém da casa, presenciara o bafafá, só que às escondidas, e estava adorando o rumo que tudo aquilo estava tomando.

Mais um dia e lá estavam novamente Haji e Halima caminhando lado a lado, conversando descontraidamente um com o outro. Haviam se prometido não mais se tocarem, resistirem, a todo custo, à volúpia que um sentia pelo outro, mas os desejos foram bem mais fortes do que o trato entre os dois.

Diante dos olhos dela, aqueles olhos tão bonitos, cheios de pureza e encanto, ele não podia resistir. Assim sendo, ele a tomou em seus braços e a beijou, e tudo mais pareceu deixar de existir ao redor dos dois.

– Quero você, Halima. Quero-a mais do que tudo nesta vida.

Os olhos dela piscaram, assustados.

– É isso mesmo que você ouviu. Seja minha e deixe-me ser seu, para sempre.

– Eu...

Haji não lhe permitiu completar a frase, beijou-a novamente com toda intensidade.

– Haji... – murmurou ela, enquanto o nariz dele deslizava pelo canto de seu queixo.

– Quero você mais e mais... – continuou ele sem deixar de dominar o corpo da jovem.

Ao senti-la completamente entregue à ele, ele fez dela mulher, sua mulher, sua deusa. Quando tudo teve fim, ele sorriu lindamente para ela e disse:

– Amo você...

A resposta dela foi automática:

– Eu também o amo.

E novamente um sorriu para o outro, ainda imersos pelas ondas de prazer. O encontro terminou com cada um voltando para casa, certos de que não mais poderiam viver longe um do outro.

Nessa noite, então, sem mais protelar, Haji pareceu tomar a coragem necessária para se abrir com Nekhbet.

– Preciso lhe falar, Nekhbet.

– O que é, Haji?

Ele se sentou ao lado dela, na cama, tomou-lhe as mãos e olhando diretamente em seus olhos, com ternura, disse:

– Você sabe o quanto eu a adoro, não sabe?

– Sim, por muitas vezes você me disse isso.

– Pois bem, por isso serei sincero com você, como sempre fui, desde que a conheci.

– Fala. Não se demore. Está me deixando afobada.

– Acalme-se, Nekhbet... Acalme-se.

– Não consigo, meu coração bate disparado.

– Não quero vê-la assim.

– Então diga logo o que tem a me dizer.

Ele respirou fundo e sem mais preâmbulos, disse:

– Estou apaixonado por Halima, Nekhbet. Extremamente apaixonado por ela.

– O quê?! – o rosto da mulher desmoronou.

– É isso mesmo o que você ouviu. Não que eu tenha deixado de amar você, eu ainda a amo, Nekhbet, acredite, mas...

– Não quero saber de mais nada, Haji. Você é meu e não será de mais ninguém.

Ela fechou os olhos, enquanto lágrimas explodiam de seus olhos.

– Ouça-me, Nekhbet. Não torne tudo ainda mais difícil para nós, do que já está sendo, por favor!

– De que adianta você ter se apaixonado por Halima, Haji? Ela jamais ficará com você.

– Mas ela também está apaixonada por mim, Nekhbet. Ela já lhe falou a respeito, lembra?

– Sim, mas...

– Então, se eu a quero tanto quanto ela me quer, ficaremos juntos. Decidimos assim. Mas não se preocupe, iremos embora dessa casa, para evitar constrangimento para todos.

– Embora?! – os olhos da esposa, inflamados de ódio e revolta, pareciam que iriam saltar das órbitas. – Nem sobre o meu cadáver, vocês deixarão essas terras.

– Eu sei que seu primeiro marido queria toda a família unida, sempre, mas, nem tudo se consegue na vida, não é mesmo? De qualquer modo, eu e Halima poderemos vir visitá-los, quando todos aqui encararem com bons olhos a nossa união.

– Não, Haji, você não vai me trocar por ela. Vai ser uma vergonha para mim diante de todos, especialmente dos empregados desta casa, eu ter sido trocada por uma jovem com a metade da minha idade... Não vou aceitar isso, não posso, jamais!

– Nekhbet, por favor...

– Por favor, digo eu, Haji! – Ela o agarrou pelo pescoço, e ele, inesperadamente impaciente, tirou-lhe as mãos dali com força.

– Chega de histerismo – vociferou. – Chega!

Sua aspereza assustou a mulher que nunca o vira tendo um acesso de fúria.

– O que deu em você, Haji? Parece-me outra pessoa.

– É que estou cansado de me explicar para as pessoas e elas não me entenderem.

– Mas...

– Sem mas nem meio mas. Partirei com Halima e tenho dito.

E assim que ele se foi, Nekhbet repetiu enfaticamente:

– Nem sobre o meu cadáver vocês deixarão essas terras, Haji... Nem sobre o meu cadáver.

Ao deixar o quarto, Haji caminhou até Halima que se mantinha parada num canto da sala, sentindo-se acuada e aflita, ao mesmo tempo. Carinhosamente, ele ergueu seu rosto com a ponta dos dedos e lhe disse, sorrindo ternamente:

– Ela terá de aceitar o nosso amor, Halima. Não tem outro jeito.

Então, ele se voltou para todos que os observavam e disse, a toda voz:

– É isso mesmo o que vocês ouviram. Eu amo Halima e Halima me ama. Estamos decididos a ficar juntos como marido e mulher. Para evitar confusões, iremos embora daqui. Será melhor para todos.

– Embora?! – empertigou-se Halima. – Daqui?!

– Sim, minha querida. Será melhor para nós.

Ela o abraçou e chorou. Então, carinhosamente ele disse:

– Não receie, meu amor, ao meu lado você sempre estará protegida, nada de mal lhe acontecerá.

E ela o abraçou ainda mais forte, bem no momento em que Nekhbet entrava na sala, avermelhada de ódio e revolta pelos rumos que sua vida estava tomando. Com receio de que a irmã perdesse as estribeiras, Nailah a conduziu de volta aos seus aposentos, onde lhe deu algo para acalmar-lhe os nervos.

92

Naquele momento, Radamés só pensou na dor que Haji estava causando a sua mãe e na humilhação que ela passaria ao ser trocada por uma mulher muito mais jovem do que ela, ainda mais sendo sua filha. Para ele, Haji seduzira Halima somente para destruir sua família. Estragar de vez com a paz que sempre reinara ali, antes de sua chegada. Se ele realmente levasse Halima para longe, ele, Radamés, jamais poderia cumprir o que prometera a seu pai; o que seria uma desonra para ele.

Bes, também se mantinha indignado com tudo aquilo. Seu ódio por Haji, agora, era colossal. Haji destruiria sua mãe, por causa de uma paixão proibida com sua própria filha, tanto quanto destruiria Halima, por levá-la para longe de todos, sem lhe dar garantias de um futuro digno e promissor. E ainda havia a suspeita de ser Haji, o verdadeiro pai do bebê que Nathifa gerava em seu ventre. Só mesmo com ele longe dali, a paz, ainda que precária, poderia voltar àquela casa. Melhor seria, mesmo, se Haji estivesse morto, só assim eles estariam realmente livres dele para sempre.

Acaran mal podia se conter de raiva e decepção: o que ele tanto temera aconteceu. Halima se apaixonara por Haji, da mesma forma que ele por ela e, agora, os dois viveriam como um casal, em terras distantes, pondo fim, de vez, a sua esperança de se casar com a jovem que tanto amava. Novamente ele amaldiçoou Haji por ter se casado com Nekhbet e a própria Nekhbet por ter se interessado por ele.

Diante da revolta da mãe, Kissa temeu que Nekhbet jamais aceitasse Farik de volta àquela casa. O ódio por Haji tê-la abandonado por outra mulher, faria dela uma mulher amarga e intolerante. Aquilo não poderia ter acontecido, não antes de Farik ter voltado para lá. Farik, o grande amor de sua vida.

Nathifa também estava pasma diante dos últimos acontecimentos. Jamais pensou que Haji chegaria àquele ponto, nem ele nem Halima. A jovem devia respeito a sua mãe, Haji era o marido dela. Deveria tê-los respeitado.

Amunet, por sua vez, observava tudo com olhos atentos, enquanto Nailah farejava novamente, algo de mais sinistro pairando no ar, algo inquietante e, ao mesmo tempo, assustador. Como se as sombras de todos ali, houvessem sido amaldiçoadas.

Capítulo 14

Na manhã do dia seguinte, Radamés foi falar com Halima em particular.

– Não consegui pegar no sono – desabafou, assim que se viu de frente à irmãzinha querida.

Ela, olhos atentos a ele, ouviu suas palavras.

– Halima, você não pode fazer isso com a nossa mãe. Não pode também fazer isso com você. Haji não possui um bem sequer. Que futuro poderá lhe dar ao seu lado? Nenhum! Não estrague sua vida, maninha. É só o que lhe peço.

– Obrigada por se preocupar comigo, Radamés. Mas eu amo Haji e, por ele, sou capaz de fazer qualquer sacrifício. Ele é o homem que esperei chegar a vida toda. O homem que me fará feliz. Conhecemo-nos de forma inadequada, o que se há de fazer, mas...

Radamés refletiu por instantes e só então fez sua pergunta final:

– Quando pretendem partir?

– Logo. Amanhã ou depois.

– Halima, tem mesmo certeza de que é isso o que você quer para você?

– Sim, Radamés. Absoluta! Eu amo Haji e ele me ama. O que fazer? Aconteceu. Eu sinto muito estragar os planos da mamãe, mas sei também que com Haji longe daqui, a paz voltará a reinar nessa casa. Você, Bes e Acaran nunca se simpatizaram com ele. Tia Nailah e Nathifa também não o aceitam de bom grado, então, para que continuar insistindo? O melhor mesmo é ter Haji longe daqui.

Radamés ia dizer mais alguma coisa, mas um forte trovão interrompeu os seus pensamentos.

– Vai chover e muito. Uma verdadeira tempestade.

– Sim...

E tanto ela quanto ele voltaram os olhos na direção da janela, de onde podiam avistar o céu já tomado de nuvens pretas.

Já era quase noite, quando todos se viram reunidos na sala de estar da casa, aguardando a ceia.

– Choveu um bocado, hein? – comentou Amunet, olhando com atípico temor pela janela.

– Sim, algo raro de se ver – concordou Nathifa, visivelmente aborrecida com algo muito além da chuva que caíra naquela tarde.

– Chuvas fortes como essa, só mesmo na região pantanosa do Nilo – comentou Radamés num tom ligeiramente atípico.

Foi então que Halima deu pela falta de Haji.

– Onde está o Haji?

Todos olharam estranhamente para ela.

– E-eu não sei – foi Amunet, a única a responder a pergunta. – No quarto dele, talvez...

– Vi-o sair para sua caminhada habitual, pouco antes do temporal desabar – informou Nailah, voltando os olhos para a porta da frente da casa.

– Ninguém mais o viu desde então? – indagou Halima.

Todos negaram com a cabeça.

– Será que aconteceu alguma coisa com ele?

Todos se mantiveram calados. Foi Nekhbet quem sugeriu:

– Bes, Radamés, vocês poderiam ir procurá-lo?

– Procurá-lo, mamãe?

– Sim, Bes, por favor.

– Está bem, iremos.

– Eu vou junto com vocês – ofereceu-se Acaran, levantando-se da mesa.

Sem delongas os três homens partiram acompanhados de três criados. As mulheres permaneceram no mesmo lugar, cada qual imersa em seus pensamentos e aflições, como se pressentissem algo de ruim no ar.

Lá fora, Bes caminhava a passos largos, reclamando, incansavelmente:

– Esse sujeito de novo nos dando problemas.

– Calma, Bes.

– Calma, nada, Radamés.

Eles procuraram e procuraram e nada de encontrar Haji em lugar algum.

– Onde foi que esse sujeito se meteu? – explodiu Bes, atingindo novamente o limite da sua paciência.

Foi então que se lembraram de olhar rente às margens do Nilo.

– Ele só pode estar lá – sugeriu Radamés.

95

– Se está, por que não voltou para casa? – questionou Bes, no extremo da impaciência. – Não faz sentido. Ele não deve ser bom das ideias. Nunca foi.

Risos.

– Será que ele foi embora? – sugeriu Bes, adorando a ideia.

– Embora?! – surpreenderam-se Radamés e Acaran, ao mesmo tempo.

– Sim, apanhou uma das barcaças e se mandou. Para nos deixar em paz, de vez.

– Iria sem Halima?

– Deve ter percebido o quanto seria estúpido tirá-la daqui.

– Será?

– Tomara que sim!

Silêncio temporário, enquanto os seis homens caminhavam, lançando olhares por todos os cantos. Foi um dos serviçais que chamou a atenção de todos.

– Ali, ali! – exclamou, apontando na direção das pedras.

Do local eles se aproximaram, cautelosamente, cada qual com uma expressão de espanto e terror oscilante na face.

– É mesmo o Haji! – exclamou Bes, contrariado. – O próprio, infelizmente! – Havia descaso em sua voz.

Eles se aproximaram e foi Radamés quem chamou pelo padrasto.

– Haji! – Chegou a repetir o nome do rapaz por diversas vezes, em intervalos cada vez mais curtos. Erguendo a voz, chamou-o novamente: – Haji!

Mas o sujeito não se moveu. Continuou deitado por sobre as pedras, junto às marges do Nilo.

– Por que esse pulha não responde? – enervou-se Bes mais uma vez. – Deve ter enchido a cara e desmaiado de tanta bebedeira.

– Será?

Radamés ousou então se aproximar um pouco mais do corpo e foi aí que avistou a mancha de sangue sobre a cabeça do padrasto.

– Haji – tornou ele, tocando-lhe o braço.

– Senhor – chamou-lhe um dos serviçais mais experientes com a vida. – Ele está morto.

Radamés estremeceu nitidamente.

– Morto?!

– Sim.

Só então Radamés confirmou: – Você tem razão. Ele está morto.

Capítulo 15

A arrogante superioridade de Bes transformou-se em horror diante do corpo sem vida, daquele que se tornou seu padrasto e seu maior tormento nos últimos tempos.

— Ele deve ter escorregado no limo das pedras e batido com a cabeça numa delas.

— Sim, só pode ter sido isso — concordou Radamés, ressabiado.

— Quem vai contar para a nossa mãe?

— Eu não tenho coragem.

— Nem eu.

— Eu farei — prontificou-se Acaran.

— Halima também vai ficar arrasada — pontuou Bes, observando Acaran de esguelha.

— Sim. Pobrezinha.

— Em todo caso... — murmurou Bes, sem esconder a satisfação. — Foi melhor ele ter morrido. Melhor para todos.

— Vamos levá-lo daqui, para uma câmara de embalsamamento — adiantou-se Radamés agilizando os empregados que os acompanhavam.

— Sim, vamos!

E com a ajuda dos serviçais o corpo de Haji foi levado para o lugar devido.

A notícia foi um choque para toda família. Nailah acolheu a irmã em seus braços, Nekhbet chorava desesperada. E foi Amunet quem confortou Halima. Ao notar as lágrimas, escorrendo dos olhos de Nathifa, Bes enfureceu-se.

— Haji, morto... — balbuciou Halima, entre lágrimas. — Não pode ser... Nós íamos partir, íamos ser felizes. Não, isso não pode estar acontecendo. Não faz sentido.

— Ele deve ter escorregado e batido com a cabeça numa das pedras

– sugeriu Radamés com bom senso. – Pode ter bebido e, por isso, pisou em falso e...

– Não, não pode ser – gritou a jovem. – Não pode!

– Halima, acalme-se. A chuva... A chuva umideceu tudo e...

– Maldita, maldita!

– Não use essa palavra.

– E que palavra você quer que eu use, Radamés? Qual?!

Ela voltou a se derramar em pranto, jogando-se nos braços do irmão que, imediatamente a amparou. Amunet assistia a tudo, penalisada, abraçada aos dois filhos que não conseguiam entender a gravidade da situação.

Halima, apertando-se a Radamés, voltou a falar tristemente:

– Eu amava o Haji... Amava-o, muito! Num dia eu o respeitava como meu padrasto, noutro, eu o amava loucamente como sendo o meu homem. Por que ele tinha de morrer? Por quê?

O irmão prensou carinhosamente a cabeça dela contra seu peito e disse, amorosamente:

– Eu sinto muito, maninha. Sinto, imensamente.

– Eu quero vê-lo, Radamés. Preciso vê-lo, pela última vez.

– Halima...

– Por favor.

– Está bem. O corpo dele foi levado para câmara do embalsamamento. Irei com você até lá.

– Obrigada.

E minutos depois, diante do corpo sem vida de Haji, Halima chorou desesperadamente e o beijou. No dia seguinte, logo pela manhã, o embalsamador começou a preparar o corpo de Haji para a eternidade.

Só então, Halima reencontrou a mãe que, desde a notícia da morte de Haji, não parava de chorar.

– Acabou – desabafou Nekhbet, voltando os olhos para a filha caçula. – Nem você nem eu, ganhamos!

– Oh, mamãe... Por que ele teve de morrer, assim, tão de repente?

– A morte não manda aviso a ninguém, Halima. Sempre foi assim e, assim, sempre será.

E a jovem se sentiu novamente horrorizada com a dor que a morte de entes queridos podia causar a todos.

Noutro canto da casa, Nailah e Amunet conversavam.

– Eu falei tanto para ele ir embora – desabafava Nailah, com pesar. – Tive um mau pressentimento desde que ele aqui chegou. Agora viveremos com o peso dessa tragédia sobre os nossos ombros, pelo resto da vida. Nekhbet jamais poderia ter se casado com Haji. Jamais...

– Pobre rapaz... – comentou Amunet, tambem penalisada. – Morrer tão jovem... Que fim mais triste, escorregar no limo das pedras e...

– Escorregar?! – irritou-se Nailah. – Que escorregar que nada, Amunet. Será que você ainda não percebeu que Haji foi... Arrepio-me só de pensar.

– Do que a senhora está falando, Tia Nailah?

– Estou falando da morte de Haji por assassinato. Ele não escorregou nas pedras, ele foi empurrado. Empurrado pelo simples propósito de matá-lo.

– Isso não, titia! Quem faria uma barbaridade dessas?

Nailah foi precisa em sua resposta:

– Qualquer um desta casa, Amunet. Até mesmo seu marido.

Amunet se arrepiou por inteira:

– Radamés?! Não, tia Nailah, Radamés, não!

– Ele, sim, Amunet! Ele nunca aceitou Haji no meio dessa família. Ele, assim como os demais, tinha horror ao rapaz. Haji fora aquele que humilhou sua mãe, ao decidir ficar com Halima, e que, também, levaria a garota para longe, rompendo assim com a união familiar que Imhotep jamais quis ver destruída. Aposto que Radamés esteve longe desta casa em algum período da tarde de ontem, não esteve?

– Esteve. Mas outros também estiveram. Lembro-me de ter visto Bes, voltando para casa, todo molhado. Havia saído na chuva, sabe-se lá para onde... Acaran também esteve ausente e vi Nathifa voltando de sua caminhada habitual, completamente encharcada. Reprovei-a por ter feito aquilo, sabendo que iria chover, pois a chuva poderia deixá-la doente, o que seria pejudicial ao bebê...

– E ela, o que disse?

– Reiterou o fato de que não previu que a chuva cairia tão repentinamente. Como, se os céus estavam nublados desde cedo?

– Entendo... – Algo se agitava no cérebro de Nailah.

– Mas titia... – continuou Amunet, apreensiva. – Se um daqui, realmente assassinou Haji, quem foi?

– Não sei... Talvez nunca saibamos. É talvez seja melhor assim, para que a família se mantenha unida.

Coube a Amunet concordar com a tia.

Ao ficar a sós com a esposa, Bes lhe foi severo.

– Sabe o que mais me chateia com a morte daquele desgraçado, Nathifa? É o fato de você ter chorado por sua morte. Isso é o que mais me enche de indignação.

– Bes...

– Você ainda o amava, não é mesmo? Admita!

– Bes, meu coração não é de pedra. Não como o seu. Chorei, porque tive pena de ver Haji morto tão jovem. Ele era tão simples e tão ingênuo. Tão puro...

– Não diga mais nada, Nathifa. É melhor!

Enquanto o corpo de Haji era embalsamado, para ser sepultado com todas as honras devidas, Nailah pensou que a paz voltaria a reinar por entre os membros de sua família. No entanto, nada mais parecia ser como antes.

Havia um clima infeliz pairando sobre todos, especialmente sobre Nekhbet e Halima. Volta e meia, as duas choravam e se entristeciam pelo morto.

Ninguém ali sorria ou se alimentava mais como antes. As refeições eram feitas em profundo silêncio e nem mesmo as crianças pareciam alegrar a família. Era como se Haji ainda estivesse presente, atomentando todos com sua morte prematura e misteriosa.

Quando o embalsamador informou que o corpo do rapaz já estava pronto para o seu sepultamento, Nailah respirou aliviada. Quanto mais cedo dessem fim àquilo, melhor para todos. Ela nem se importou com o fato de o corpo de Haji ter levado bem menos tempo do que o normal para ficar mumificado.

Assim sendo, Haji foi sepultado mediante oportunos rituais proferidos pelos sacerdotes para que sua alma seguisse em paz ao encontro do deus Osíris. Toda família estava presente, porém, somente Halima e Nekhbet derramavam lágrimas pelo morto. Os poucos pertences de Haji foram deixados com ele em sua tumba, bem ao lado do seu sarcófago bem ilustrado com o melhor da arte egípcia da época.

Haviam se passado apenas dois dias desde que Haji havia sido sepultado, quando o Nilo trouxe dois visitantes inesperados para aquelas terras.

Ao descerem da barcaça, os recém-chegados avistaram ao longe, a casa da família de Imhotep, construída junto à elevação. Depois de pedirem informações, um moleque que brincava perto dali se ofereceu para guiá-los até seu destino.

O trajeto pareceu durar uma eternidade para os dois visitantes e quando teve fim, ambos suspiraram aliviados.

Na casa do finado Imhotep, um serviçal muito prestativo recebeu os recém-chegados e os conduziu até uma sala cheia de afrescos.

– Direi à família que vocês estão aqui – prontificou-se o criado, pedindo, a seguir, que os dois ficassem à vontade. Sem mais, foi cumprir seu propósito.

Enquanto aguardavam, os dois visitantes ficaram a observar uma estante repleta de rolos de papiros, cuidadosamente guardados em seus estojos elegantes, de cores ousadas e criativas.

– Será que todos esses papiros foram corretamente lidos pelos escribas? – indagou o moço.

– Por que diz isso, Abadi? – perguntou-lhe a mulher que o acompanhava.

– Porque se a maioria dos egípcios não sabe ler hieróglifos, estão sempre a depender de um escriba para decifrá-los, um escriba mal intencionado pode, muito bem, mudar o conteúdo de uma carta. Dizer que ali está escrito algo que na verdade não está. Ou omitir um fato importante ou até mesmo alterá-lo em benefício próprio. Quem vai saber se ele mentiu?

– Não havia pensado nisso.

Foi Radamés quem ali chegou, primeiramente, seguido de Amunet.

– Bom dia – saudou-os Radamés, observando com atenção o rosto do rapaz e da senhora a sua frente. – A quem devo a honra da visita?

Os recém-chegados olharam um para o outro, antes de responder.

– Não receberam a carta? – a pergunta partiu do rapaz.

– Carta?! – espantou-se Radamés. – Que carta?

– Uma carta informando de nossa chegada.

– Que eu saiba, não.

Radamés e Amunet se entreolharam.

– De qualquer modo, quem são vocês? De onde vêm e o que querem?

– Meu nome é Abadi e essa é minha mãe Sabah... Viemos de Tebas – respondeu prontamente o recém-chegado com sua voz sonora e gentil.

Radamés continuou encarando o moço, sem entender nada. Diante de sua dificuldade, o rapaz se explicou:

– Sou o irmão de Haji e esta é a nossa mãe. Viemos visitá-lo. Pode chamá-lo para nós?

Radamés e Amunet se encolheram, sentindo como se o chão estivesse subitamente desaparecendo por debaixo de seus pés.

Capítulo 16

Radamés, a fim de ganhar tempo para raciocinar melhor, perguntou:
– Seu nome, novamente...
– Abadi.
Com os dentes cerrados, Radamés repetiu:
– Abadi... Seja muito bem-vindo, Abadi!
Foi bem nesse momento que Bes se juntou a eles.
– Bom dia!
Radamés foi rápido em lhe dar as devidas explicações e Bes, assim como o irmão, tentou rapidamente esconder o choque que levou com a chegada repentina dos familiares de Haji.
– Então, vocês... – murmurou Bes, abasbacado.
– Sim. Sou o irmão de Haji e esta é nossa mãe. Estávamos em Mênfis quando Haji se casou. Só quando voltamos a Tebas é que soubemos do casamento dele e obtivemos o endereço de vocês.
– Estou louca de saudades do meu filho – atalhou Sabah, unindo as mãos em louvor. – Onde está ele?
As palavras fugiram dos lábios de Bes.
– Viemos de muito longe – contuinuou a mulher. – Estamos muito cansados.
– Sim... Sim... – concordou Bes, lançando um olhar de esguelha para Radamés.
Abadi voltou a falar:
– Ao invés de esperarmos que Haji fosse nos ver em Tebas, eu e minha mãe decidimos vir visitá-lo. Ele está bem, não está?
Foi Radamés novamente quem respondeu:
– Oh, sim, muito bem. Ele apenas tirou uns dias para viajar.
Ao perceber que Bes e Amunet iam dizer alguma coisa, Radamés

fez um sinal discreto para que os dois se calassem.

– Viajar?! – tornou Abadi, deveras surpreso.

– S-sim... Quis descer o Nilo, até os pântanos... – explicou Radamés da forma mais natural possível. – Que pena que vieram de tão longe para vê-lo e...

– Oh, sim, uma viagem cansativa... Mas...

Radamés os interrompeu:

– Vocês precisam descansar. Nossa casa é de vocês. Vou mandar imediatamente os criados prepararem um quarto para vocês ficarem. Enquanto isso, Amunet, minha esposa, irá levá-los ao refeitório onde poderão se alimentar e matar a sede.

– Obrigado.

Enquanto Amunet cumpria seu papel, Radamés e Bes se incumbiram de acordar os demais membros da família, para lhes explicar o que estava acontecendo. Todos concordaram, unanimemente, em ocultar a morte de Haji de seu irmão e de sua mãe, para evitar perguntas ou suspeitas de assassinato, o que complicaria a vida de todos ali.

Depois de vestidos, a família se dirigiu ao refeitório e Radamés apresentou um a um aos recém-chegados.

– Esta é minha irmã Kissa e sua filha Sagira.

Kissa olhou para Abadi com a mesma curiosidade com que ele lhe dirigia o olhar. Um sorriso bonito escapou-lhe pelo canto da boca e Kissa gostou de vê-lo interessado nela.

Radamés deu continuidade às apresentações:

– Essa é Halima, minha irmã caçula, e essa é minha tia Nailah. Essa é minha mãe Nekhbet.

– Nekhbet! – exclamou Abadi, fazendo-lhe uma reverência. – Suponho que a senhora seja a esposa de meu irmão.

– Sim... Sou, sim... – respondeu Nekhbet, muito sem graça, esforçando-se para não deixar transparecer seu desespero.

– Pensei que já se conheciam de Tebas – pontuou Kissa, por não estar a par de que Abadi e sua mãe estavam viajando, quando Haji e Nekhbet se conheceram e se casaram.

– Não tivemos a oportunidade – explicou rapidamente o rapaz. – Mamãe e eu nos encontrávamos viajando... Levei minha mãe para conhecer Mênfis e as pirâmides, que era o seu maior sonho.

Radamés apresentou a família de Bes a seguir.

– Este é Bes, meu irmão, Nathifa, sua esposa e Kanope, o filho do casal.

Ao ver Nathifa, o rapaz rapidamente se comoveu:

– Nathifa?! É você mesma?!

– Olá, Abadi, como vai?

– Quanto tempo...

Os dois se cumprimentaram devidamente sob os olhos atentos do enciumado Bes.

– Quer dizer que você também faz parte desta família encantadora? Que coincidência! E que bom, ao mesmo tempo, pois com você aqui, será muito mais fácil para o Haji se adaptar a sua nova realidade. Vocês foram sempre tão queridos.

A seguir, o rapaz apresentou sua mãe à moça. Apesar de morarem na mesma cidade e serem velhos conhecidos, Nathifa nunca tivera contato com a mulher.

– Como vai? – saudou Sabah.

– Bem e a senhora?

O próximo a ser introduzido foi Acaran, que muito cordialmente cumprimentou os visitantes.

– Um escriba de confiança – pontuou Abadi, despretenciosamente. – É uma dádiva, não é mesmo? Porque um, mau caráter, pode muito bem forjar o que está lendo num papiro, dizendo inverdades e, com isso, causar transtornos para muitos.

E deu seu parecer, provocando risos entre todos e deixando Acaran, vermelho feito pimentão.

Nekhbet, ao dar sinais de que não estava passando bem, foi levada para o quarto, amparada por Nailah.

– Mamãe não anda muito bem de saúde – explicou Radamés, tão convincente quanto um ator.

– Ah... Coitada! – lamentou Abadi, olhando com pena na direção que a matriarca havia tomado.

Nekhbet, assim que se viu em seu quarto, recostou-se numa das quatro paredes e tomou ar. Em seguida admitiu, com paúra:

– Não sei se vou conseguir levar essa farsa adiante, Nailah. Melhor contarmos a eles a verdade. Rápido!

– A mentira é temporária, Nekhbet... – lembrou-lhe Nailah, pacientemente. – E é pelo bem de todos, acredite.

Nekhbet suspirou, forte, enquanto a irmã procurava acalmá-la.

Na sala, enquanto isso, olhares tensos se cruzavam por entre os membros da família, receosos de que um deles perdesse o controle sobre si e acabasse dando com a língua nos dentes.

104

Capítulo 17

De todos ali, foi Kissa quem se mostrou a mais simpática com Abadi e sua mãe. Ela mesma convidou o rapaz para dar um passeio pela propriedade da família, para que ele pudesse conhecer os pontos mais bonitos de sua morada. Pelo caminho, Abadi avistou as tumbas e quis ir até lá.

– As tumbas?! – surpreendeu-se a moça. – Prefiro não ir, desculpe-me.

– Tudo bem, se você não se sente bem lá.

– Não gosto da morte, tampouco de nada que as resguarde.

– Compreendo.

Mais alguns passos e o moço perguntou:

– O que há com a sua irmãzinha?

– Halima?

– Ela mesma. Parece-me tão triste.

– Está, de fato. Ainda de luto pela morte do nosso pai.

– Mas ele já morreu há meses, não?

– Há quatro meses precisamente.

– Então ela já deveria ter se recuperado, não acha?

– Algumas filhos levam mais tempo para superar a morte de seus pais. Se é que realmente superam...

– Você tem razão. Deverei sentir o mesmo quando eu vier a perder minha mãe ou meu irmão.

As palavras do moço fizeram Kissa se arrepiar por inteira.

– E quanto ao seu pai? – perguntou ela, a seguir, querendo muito mudar de assunto.

– Meu pai morreu quando ainda éramos muito criança. Tanto, que não me recordo dele.

– Sei...

Kissa ficou tão entretida com a conversa, que sequer notou aonde a caminhada os levou. Quando percebeu, estavam bem próximos do local onde Haji fôra encontrado morto. Após soltar um breve grito, a jovem cambaleou e Abadi a acudiu, rapidamente, em seus braços.

– Pensei ter visto uma naja – mentiu Kissa para o rapaz. – Abomino najas. Tão traiçoeiras, tão asquerosas.

– S-sim... – concordou o moço, enviesando o cenho, parecendo sentir algo de estranho no ar.

Minutos depois, ao avistar Halima sentada no seu lugar habitual para admirar o Nilo, Abadi pediu licença a Kissa para ir ter uma palavrinha com a jovem.

– Posso me achegar? – perguntou ele, gentil como sempre, ao se aproximar da garota.

– Sim, sim... – respondeu Halima, procurando imediatamente enxugar as lágrimas que inundavam seu rosto.

– Chora pelo seu pai? – perguntou Abadi, olhando com ternura para ela.

– S-sim... Por meu pai. Eu o amava muito. Era uma pessoa maravilhosa e carinhosa... Um grande pai.

– Considere-se uma moça de sorte, por ter conseguido conviver com o seu pai, Halima. O meu morreu quando eu e Haji ainda éramos muito meninos.

– Eu sinto muito.

Ele fez uma mesura e num tom mais alegre, perguntou:

– O que acha do Haji? Como é para você e seus familiares ter de conviver com ele, doravante? Deve ter sido, certamente, um choque para família quando sua mãe chegou de Tebas casada, não? Ainda mais com um sujeito bem mais jovem do que ela.

– Foi sim. – Halima procurou sorrir. – Ainda me lembro, como se fosse hoje, o dia de sua chegada... Do impacto que causou em todos nós. Ninguém esperava, sabe? Ninguém, exceto eu.

– Você?! Não compreendo.

– De algum modo, eu sempre pressenti sua vinda, digo, a de Haji. Era como se já esperasse por ele há muito, muito tempo...

– Interessante...

Ela suspirou e se esforçou para não chorar novamente. Prosseguiu:

– Em meus sonhos, eu o vi chegando pelo Nilo, lindo, sobre uma barcaça...

106

– Entendo. Só que em seus sonhos, ele chegava sozinho, não é mesmo?

– Sim, só... Como sabe?

– Presumi.

Nova pausa.

– Deve ter sido extremamente decepcionante para você, vê-lo chegar casado com sua mãe, não foi?

– Foi sim, não nego. Mas ele a conheceu primeiro e, portanto, era dela.

– Era?

– É! Eu quis dizer "é" dela. É porque falávamos do passado.

– Compreendo.

Nova pausa e Abadi, com certo entusiasmo, perguntou:

– Esse homem que você sempre esperou chegar, pode não ser Haji. Pode ser outro, não acha?

– Por que me diz isso?

– Para que não feche seu coração para um sujeito disponível que, também possa fazê-la muito feliz.

As palavras dele a surpreenderam e assustaram.

– É só um conselho, Halima. Estou querendo ajudá-la.

– Obrigada.

Nova pausa e Abadi, tomado de súbita euforia, falou:

– Estou louco para rever meu irmão! É tanta saudade que já não cabe mais em meu peito.

– Há muito que você não o vê?

– Sim, há quase três meses. Vai ser um reencontro marcante. Mamãe também está ansiosa para revê-lo. Sabe, penso que ela não vai viver por muito mais tempo, anda muito fraca de saúde, por isso, apressei-me em trazê-la para cá, antes que ela parta ao encontro de Osíris.

– Compreendo.

E novamente Halima se segurou para não chorar e revelar toda farsa.

Os dois voltavam para a casa quando Abadi travou os passos e disse:

– As tumbas! Importar-se-ia de me acompanhar até lá?

– As tumbas?! – Halima estremeceu. – Por que o interesse?

– Porque gosto de visitá-las. São sempre cercadas de magia e certo mistério. Adoro isso!

– Sim, sim, mas... Hoje não, já está tarde.

107

Ele pareceu estranhar sua reação.

– Amanhã, talvez?

– Talvez...

Ela apertou o passo e ele a seguiu, voltando novamente o olhar na direção do abrigo dos mortos.

Na ceia daquela noite, a família estava toda reunida em torno da mesa de refeições, procurando conversar descontraidamente com os visitantes, a respeito de tudo que pudesse ser interessante para desenrolar uma boa palestra. No fundo, porém, todos continuavam receosos do pior.

Na manhã do dia seguinte, Abadi insistiu mais uma vez para que Kissa o acompanhasse até as tumbas, mas a jovem novamente preferiu evitar o confronto com o lugar. Halima, ao notar que ele iria pedir a ela para acompanhá-lo, levantou-se de onde se encontrava sentada e saiu apressada da sala.

– Nathifa – disse ele então para a moça. – Gostaria de visitar as tumbas. Poderia me acompanhar até lá?

Nathifa rapidamente respondeu:

– A subida até lá é um tanto exaustiva para mim que estou grávida, Abadi. Eu sinto muito.

E antes que ele lhe dissesse mais alguma coisa, ela lhe pediu licença e se retirou.

Nailah, disposta a pôr panos quentes sobre a situação, foi até o rapaz e comentou:

– Bonito dia, não?

– Sem dúvida...

– Parece que...

Ele a interrompeu:

– Por que todos têm tanto medo de ir às tumbas?

– As tumbas?! – Nailah forçou um sorriso. – Não estranhe, é que não gostamos muito de reverenciar a morte. Preferimos reverenciar a vida. Vale mais a pena, não acha? Evita a saudade e a tristeza.

– Sim... Nunca havia pensado dessa forma.

– Há sempre muito a se aprender, não é mesmo?

– Com certeza.

A atenção dos dois foi desperta por Tor e Kanope, brincando um com o outro.

– Eles lembram a mim e ao meu irmão, quando crianças – comentou Abadi, transparecendo forte emoção.

– Tor e Kanope são dois meninos de ouro... – argumentou Nailah, observando com atenção o perfil do rapaz ao seu lado.

– Sim, sem dúvida.

Os dois foram interrompidos pelo chamado de Acaran.

– É o nosso escriba, parece que ele tem algo importante a nos dizer.

Logo, todos estavam reunidos na grande sala onde Acaran tomou a palavra:

– Esta carta chegou há pouco, é importante que eu a leia para todos.

Em meio ao burburinho, Acaran abriu o papiro que havia em suas mãos e o leu, em voz alta:

– Venho por meio desta, informar que Haji, o estimado segundo marido de Nekhbet, faleceu durante sua expedição a região pantanosa do Nilo. Foi devorado por um crocodilo.

Abadi empinou o rosto para frente como faria um cão ao farejar uma presa.

– O quê?! Não pode ser!

A mãe do rapaz imediatamente começou a chorar.

– Meu filho... – murmurou, aflita.

– Calma, mamãe, isso não pode ter acontecido, não ao nosso amado Haji. Não pode!

Acaran foi incisivo:

– É o que diz a carta, eu sinto muito!

Nekhbet mergulhou as mãos no rosto e os filhos imediatamente a cercaram, fingindo pesar pela morte forjada de Haji.

A carta havia sido escrita pelo próprio Acaran, de próprio punho, na esperança de convencer Abadi e sua mãe a irem embora dali, o quanto antes.

Só mesmo dizendo que Haji havia morrido, bem longe daquelas terras e, por meio de uma fatalidade, é que a familia estaria livre de qualquer suspeita indevida em relação à morte do rapaz. Foi essa, pelo menos, a conclusão a que todos chegaram.

Minutos depois, ao reencontrar Halima, Abadi ficou mais uma vez impressionado com a tristeza e o abatimento em sua face linda e jovial. Depois de lhe pedir licença, ele sentou-se ao seu lado e desabafou:

– Pobre Haji, ele tinha tanto interesse pela vida... Era tão jovem...

Ao confrontar os olhos da mocinha, ela abaixou o rosto, voltando a se derramar em lágrimas.

– Você, Halima, que tanto amava o meu irmão, deve estar sofrendo imensamente por sua morte, não?

Ela concordou:

– Sim, mas agora ele está morto, morto e sem ter condições de chegar a Osíris. Afinal, seu corpo não poderá ser mumificado, para que chegue inteiro ao reino dos mortos e possa se defender de qualquer acusação perante o deus.

– É verdade, não havia pensado nisso. Isso me deixa ainda com mais pena do meu irmão. Pobre Haji...

Como esperado, Abadi e a mãe partiram logo e, na despedida, o rapaz teve a impressão de que Halima, por ter gostado dele, queria lhe dizer algo e não fez.

Foi um alívio para a família quando a barcaça seguiu pelo Nilo, distanciando-se, cada vez mais, daquelas terras.

– Fizemos bem em mentir? – indagou Halima a todos.

– Sim – respondeu Radamés, prontamente. – Foi a melhor escolha.

– Será?

– É lógico que sim.

Nailah opinou:

– Foi um ato de amor, Halima.

– De amor?! – espantou-se a jovem.

– Sim! Para proteger a nossa família. O rapaz e a mãe de Haji poderiam pensar mal de nós... Pensar que...

Nailah achou melhor não completar a frase. No entanto, assim que pôde, Halima procurou a tia para abordar novamente o tema.

– Tia Nailah, a senhora acha mesmo que o Haji foi assassinado?

– Claro que não, minha querida – mentiu Nailah, rapidamente. – A princípio, tive essa impressão, mas, depois, percebi o quanto eu estava sendo tola em pensar assim. Haji, escorregou nas pedras, desequilibrou-se e caiu, batendo com a cabeça. Foi só isso.

– Então, por que a senhora concordou com Radamés em mentir para a mãe e o irmão do Haji?

– Sei lá, eles poderiam pensar que não lhe demos a devida atenção ou os devidos cuidados...

– Entendo...

A mulher enlaçou a sobrinha e beijou-lhe a testa.

– Agora que eles se foram, a paz finalmente voltará a reinar nesta casa.

A tia novamente beijou a sobrinha e sorriu, satisfeita. Foi então que Halima lhe perguntou:

– Mas tia Nailah, suponhamos que Haji tenha sido assassinado. Quem de nós teria feito uma coisa dessas?

– Halima, minha querida...

– Diga, titia, a senhora sempre teve boa intuição. Tanto que aconselhou Haji a ir embora desta casa, o quanto antes, por ter pressentido que algo de ruim lhe oconteceria se permanecesse aqui. Se ele a tivesse ouvido... Ainda estaria vivo a uma hora dessas.

– Sim, foi mesmo uma pena Haji não ter seguido o meu conselho.

Breve pausa e Halima insistiu:

– Diga-me, titia, quem de nós poderia tê-lo assassinado?

– Sinceramente, Halima? Nenhum da nossa família. Todos aqui têm bom coração, jamais seriam capazes de uma barbaridade dessas. Foi por isso que me senti uma tola por ter cogitado tal possibilidade.

E a opinião da tia provocou certo alivio na sobrinha. Mas Nailah tinha lá suas suspeitas, sim! No íntimo, ela sabia quem poderia ter assassinado Haji. Na verdade, acreditava piamente que ele fora realmente morto por essa pessoa em questão. Pessoa que, qualquer um dali, seria capaz de pôr as mãos no fogo por ela.

Haviam se passado apenas três dias desde a partida de Abadi e sua mãe, quando o inesperado voltou a acontecer. Abadi estava de volta à morada da familia de Imhotep.

– Abadi, você aqui?! – espantou-se Kissa, ao vê-lo chegando.

– Olá, Kissa. Bom revê-la.

– Bom também revê-lo.

Houve uma pausa antes de o rapaz dizer ao que vinha:

– Onde estão todos?

– Cada um cuidando dos seus afazeres.

– Compreendo.

Halima apareceu a seguir e ao ver o recém-chegado, também espantou-se com a sua volta.

– Você?!...

– Olá, Halima.

Radamés foi o próximo a aparecer, acompanhado de Amunet.

– Abadi, que bons ventos o trazem?

– Antes fossem bons ventos, Radamés. Antes fossem.

111

– Aconteceu alguma coisa com sua mãe?

– Não. Por enquanto ela está bem.

Todos se inquietaram a seguir. Especialmente diante do olhar severo do rapaz e o tom que ele usou para dizer:

– Volto para cá, por causa de Haji. Pensei muito a respeito da morte dele e, bem... Quero que me digam a verdade. Ele não morreu daquela forma, não é mesmo? Vocês mentiram para nós, não é isso? Podem dizer. Preferi deixar minha mãe de fora das minhas suspeitas. Para que não sofra mais do que já está sofrendo. Portanto, digam-me, por favor, o que realmente aconteceu a Haji.

Os familiares se entreolharam. O pesadelo voltara a atormentar todos.

Capítulo 18

Foi Radamés, por ter sido o responsável mor pela mentira, quem decidiu dar as devidas explicações ao rapaz:

— Haji realmente morreu num acidente, Abadi. Pouco antes de você e sua mãe aqui chegarem para visitá-lo. Foi num dia de chuva, ele saiu para caminhar e não voltou mais. Saímos a sua procura e o encontramos depois de algum tempo. Ele estava caído rente às margens do Nilo, junto às pedras. Ao cair, deve ter batido com a cabeça numa delas e foi fatal. Foi um baque para todos nós. Nada disssemos a você e sua mãe para que não pensassem mal de nós.

— Por que haveríamos de pensar mal de vocês?

Radamés se engasgou ao tentar responder à pergunta.

— O que foi? O que ocultam de mim? – empertigou-se Abadi, olhando atentamente para todos.

Foi Nailah quem deu a devida explicação:

— Tivemos medo de que você e sua mãe pensassem que não cuidamos do Haji, devidamente. Que não lhe prestamos os devidos socorros, ao encontrá-lo caído nas pedras. Mas ele já estava morto. Não tínhamos mais o que fazer.

— Entendo.

— Só podemos lhe pedir perdão por termos ocultado a verdade de você e de sua mãe, mas espero que nos entendam, por favor. Saiba que Haji teve todas as honrarias merecidas, antes, durante e depois do seu sepultamento.

As lágrimas escorriam pelo rosto bronzeado de Abadi.

— Pobre irmãozinho. Eu o amava tanto.

Ele se sentou e Kissa tentou lhe ser gentil, massageando-lhe os ombros.

Minutos depois, era Halima quem procurava ser solidária a sua dor.

– Agora posso me abrir totalmente com você, Abadi. Quero que saiba, de coração, que eu e Haji chegamos a viver uma linda história de amor. Foi pelo menos o começo de uma linda história de amor...

– Quer dizer então que vocês...

– Sim. Apaixonamo-nos um pelo outro. E estávamos dispostos a partir daqui quando sua morte inesperada destruiu nossos planos. Foi uma pena. Haji era tão jovem, tão entusiasmado pela vida, não merecia ter morrido daquela forma.

– Quem poderia imaginar que ele escorregaria nas pedras e... Não quero mais pensar nisso. Dói demais!

– Em mim também, Abadi.

– E sua mãe, Halima, como ela reagiu ao saber que você e Haji estavam se amando? Ou ela nunca soube a respeito?

– Não, ela nada sabe.

É obvio que Nekhbet sabia sobre a paixão que uniu Haji a Halima, mas a jovem preferiu omitir o fato para que o rapaz, ao seu lado, não viesse a pensar que Nekhbet havia assassinado Haji por ciúmes.

– Gostaria de ir visitar o túmulo do meu irmão – falou Abadi, rompendo o breve silêncio. – Não vou lhe pedir para me acompanhar, pois sei o quanto deve ser sofrido para você ir até lá...

– É sim, não nego. Em todo caso, penso que Haji ficaria feliz se eu fosse com você visitar seu túmulo. Por isso, irei.

– Tem certeza?

– Sim. Faço questão.

– Obrigado.

Quando Kissa e Radamés souberam aonde Abadi e Halima estavam indo, foram com os dois, porque assim acharam que deveriam.

Ao chegarem ao local, Abadi se ajoelhou e pronunciou algumas palavras de fé e pesar pela morte do irmão, enquanto Halima, Kissa e Radamés o acompanharam nos rituais.

Ao término, com lágrima nos olhos, o rapaz agradeceu a todos pelo apoio recebido, naquele momento tão doloroso para ele. Foi então que ele avistou algo inscrito ao lado da pedra que fechava a entrada da tumba em que Haji havia sido sepultado.

– O que é isso? – indagou, olhando com curiosidade para a inscrição.

Todos se curvaram para ler.

– O que isto significa? – tornou Abadi, com súbito interesse.

– Bem... Eu não sei – respondeu Radamés de cenho fechado. – Isso não estava aí antes.

– Não?!

– Eu, pelo menos não vi ser escrito por nenhum dos sacerdotes na hora em que o corpo de Haji foi sepultado. Quem escreveu, fez depois do funeral.

Kissa e Halima concordaram com o irmão.

– De fato – comentou Kissa também puxando pela memória. – Não me recordo de ter visto a inscrição antes.

– Qual será o significado?

– Só Acaran pode nos responder.

E, assim, o escriba foi chamado, e logo que viu a inscrição, seu rosto subitamente mudou de expressão, três vezes.

– O que dizem os hieróglifos, Acaran?

– Bem... – respondeu o escriba, com voz oscilante. – São hieróglifos pouco usados atualmente. Onde são impressos, diz a lenda, paz, prosperidade e amor abençoarão a família do morto.

Todos respiraram aliviados.

– Quem os terá escrito?

– Um dos sacerdotes, provavelmente – opinou Kissa.

– Sim, só eles teriam conhecimento desse tipo de hieróglifos.

Todos novamente concordaram entre si e respiraram aliviados.

Depois da partida de Abadi, Halima foi até a sala que Acaran ocupava na casa, para dirimir assuntos referentes às terras.

– Halima? – surpreendeu-se o homem, ao vê-la chegando. – Que surpresa mais agradável. Você nunca vem aqui.

Ela mirou bem em seus olhos e perguntou, com uma seriedade assustadora:

– Você mentiu, não mentiu, Acaran?

O escriba tentou disfarçar o impacto que a pergunta lhe causou.

– Halima... Do que fala?

– Não se faça de sonso, sabe bem do que falo. Refiro-me à inscrição na tumba de Haji. Você traduziu os hieróglifos para nós, mas o que traduziu foi fruto da sua imaginação, não é mesmo? Não é o que está escrito ali. Por isso vim até aqui, para saber o que realmente significam aquelas palavras.

O sujeito engoliu em seco e, com muito custo, respondeu:

– Você é mesmo muito perspicaz, Halima. Eu realmente menti.

– Então me diga, o que realmente signficam aqueles hieróglifos?

Novamente, com profunda dificuldade, o escriba respondeu:

– Significa que essas terras foram amaldiçoadas.

115

Os olhos de Halima se abriram um pouco mais, tomados de horror.

– Quem os teria escrito? – perguntou ela, aflita.

– Não sei, Halima. Já me fiz essa pergunta por diversas vezes e não consegui obter a resposta.

A jovem, pensativa, opinou:

– Sabe o que isso significa, Acaran? Que Haji foi mesmo assassinado por um membro da nossa família. Foi ele próprio, em espírito, quem fez a inscrição na pedra. Ou um dos próprios deuses. Nossa morada foi amaldiçoada porque não houve justiça para Haji. Pelo menos, por enquanto. A inscrição na pedra prova que Haji e os deuses desejam fazer justiça para sua morte.

O escriba estava mais uma vez surpreso com a perspicácia da jovem que tanto amava.

Foi a própria Halima quem contou para sua família, o verdadeiro significado da misteriosa inscrição que apareceu junto ao túmulo de Haji. Todos, imediatamente ficaram perplexos com aquilo e, ligeiramente apreensivos com a conclusão a que a jovem chegara.

Minutos depois, Radamés inspecionava alguns documentos quando Bes se juntou a ele e disse:

– Estava aqui pensando, Radamés... Em tudo que Halima nos disse minutos atrás... E se ela estiver certa? E se foi mesmo o espírito de Haji quem escreveu aquelas palavras em sua própria tumba? Fez por revolta, por querer justiça pelo que lhe aconteceu...

– Ninguém desta casa tem culpa por ele ter escorregado nas pedras, Bes.

– Mas será mesmo que ele escorregou? Pode mesmo ter sido empurrado e ao cair, terem-no acertado com uma pedra na cabeça. Para matá-lo de vez.

Radamés rapidamente mostrou sua indignação diante da hipótese:

– Esqueça isso, Bes, a morte de Haji foi simplesmente um acidente. E o resto são meras conjecturas...

Bes continuou a falar, ignorando a observação do irmão:

– Eu tinha motivos para esganar aquele imbecil, mas não fiz. Não faria, jamais! Se alguém fez, não fui eu, nem você, certo? Nenhum de nós, nessa família, tem sangue assassino.

Radamés simplesmente respondeu:

– Se nenhum de nós, nesta casa, tem sangue assassino, Bes... Então Haji morreu mesmo porque escorregou, caiu e bateu a cabeça. Foi isso.

Nada mais do que isso.

– Sim, mas...

– Mas, o quê? – Radamés parecia cada vez mais impaciente.

– Pode ter sido alguém de fora da nossa família. Acaran, por exemplo, odiava Haji tanto quanto nós.

– Não diga isso nem brincando, Bes. Se Acaran o ouve, pode se ofender. Pode até mesmo querer ir embora daqui, nos deixando na mão até encontrarmos um novo escriba de confiança. O que não é fácil. Precisamos dele aqui, portanto, meça suas palavras.

– Dúvido que Acaran partiria. Não agora, que ele tem Halima inteiramente disponível para ele, novamente.

– Sim, pode ser... Mas é melhor não arriscarmos. Ofensas custam a passar.

– Está bem, meu irmão. Mas lhe digo uma coisa, algo que sempre ouvi desde criança. Maldições podem destruir uma família. Uma família tão linda quanto a nossa.

– Eu sei... Por isso pedirei aos sacerdotes que benzam nossa casa para espantar qualquer mal que possa se abater sobre a nossa família.

– Boa ideia.

E assim fez Radamés.

Logo pela manhã seguinte, os sacerdotes chegaram à morada para abençoarem as terras de Imhotep e livrar todos da possível maldição inscrita na tumba de Haji. A família toda acompanhou os rituais de purificação e proteção, inclusive os empregados da casa.

Foi naquele mesmo dia, ao cair da tarde, que Halima, caminhando ao lado de Kissa, foi parar nas imediações das tumbas. Subitamente, Halima travou os passos.

– O que foi? – assustou-se Kissa.

– Só vou até aqui – respondeu a jovem com certa apreensão.

– O quê?!

– Foi o que Haji me disse, certo dia, quando tomamos o caminho que leva às tumbas. Ele também me disse que abominava o lugar, que nunca mais se aproximara de uma tumba, depois que soube o que elas guardavam. Suas palavras foram: "Arrepio-me só de pensar que os mortos estão ali dentro, envoltos em ataduras. É um horror pensar que pessoas tão cheias de vida acabem assim. A morte, a meu ver, deveria ser desprezada e não cultuada como faz o povo egípcio. Ela é desprezível, por sê-lo, deveria ser ignorada."

Halima suspirou antes de completar:

117

– Foram essas as suas palavras e, no entanto, ele agora está lá, morto, envolto em ataduras. Pobre Haji.

– Temos de encarar a realidade, Halima. A morte faz parte da vida tanto quanto o ar que respiramos.

Halima, em meio a um novo arrepio, comentou:

– Nesse mesmo dia, Haji me falou algo muito interessante:

"Às vezes penso que... Os espíritos dos mortos podem transitar por entre os vivos, sabe?"

"Que horror!", exclamei, chocada com a ideia. "Por que fariam isso?".

E ele prontamente me respondeu:

"Porque não querem partir deste mundo. Não se conformam de ter morrido, não conseguem se desapegar de seus entes queridos e bens materiais. Penso até que podem influenciar os vivos."

"Como?", perguntei-lhe, pasma, e ele me explicou:

"Sabe essa voz que ouvimos na cabeça, como se fosse uma pessoa nos aconselhando? Pois bem, como saber se não é a voz de um morto, falando conosco?"

"É, não dá pra saber", respondi pensativa. "De qualquer modo, tudo isso não passa de suposição. Certeza mesmo, não podemos ter."

"Pelo menos por ora".

"Sim, por ora".

Kissa deu a sua mais sincera opinião sobre o fato:

– Jamais pensei que Haji refletisse tão profundamente a respeito da morte.

– Pra você ver, minha irmã, como muitas vezes fazemos uma ideia muito simplista das pessoas.

– E muitas vezes, equivocadas também.

– Sim, sem dúvida.

As duas finalmente tomaram o rumo oposto às tumbas e foi quando Halima voltou os olhos para trás, por sobre o ombro esquerdo, na direção do local, que ela o viu. Um grito histérico irrompeu de sua garganta nesse minuto.

– O que foi?! – assustou-se Kissa, acudindo a irmãzinha.

– Eu o vi, Kissa. Eu o vi!

Percebendo que a irmã não a havia entendido, Halima imediatamente explicou:

– Haji, eu o vi! Lá!

E quando as duas voltaram os olhos na mesma direção, nada mais podia ser visto no local, senão a paisagem bucólica.

Capítulo 19

Assim que se aproximaram da casa, Halima, ainda transpirando frio, pegou no braço da irmã e repetiu:

— Era Haji, sim, Kissa! Eu o vi!

Kissa, muito calmamente, respondeu:

— Você está perturbada, Halima. Haji está morto. Seu amor por ele está fazendo com que o veja em qualquer lugar.

A jovem voltou a se arrepiar e Kissa conduziu a irmã até a cozinha, onde lhe serviu um copo d'água.

— O que houve? – indagou Nailah ao ver Halima naquele estado.

Kissa rapidamente explicou à tia o que aconteceu e Nailah, muito pacientemente, opinou:

— Halima, minha sobrinha adorada. Seu amor por Haji é o responsável pela visão que teve. A saudade dele, provavelmente a fará vê-lo, em espírito, por muito mais vezes, acredite. Isso acontece com a maioria daqueles que perdem entes queridos e pessoas amadas. Por isso, acalme-se!

Halima, encarando a tia com olhos aflitos, voltou a entornar o copo cheio d'água.

Foi então que Nekhbet se juntou as três e, olhando com grande atenção para a filha caçula, também deu sua opinião:

— Você quer tanto rever Haji, Halima. Recusa-se a aceitar sua morte que está começando a criar visões com ele. Muitos já afirmaram ver o espírito dos mortos, mas nada até hoje foi verdadeiramente comprovado.

Nailah concordou com a irmã:

— Eu disse o mesmo para Halima há pouco.

Halima ouviu tudo sem opinar. Para ela não havia dúvidas, era mesmo Haji quem ela avistou ao longe. Não em carne e osso, certamente, mas seu espírito. E ele voltara do reino dos mortos não para amaldiçoar sua família, e, sim, para revê-la, dar-lhe uma nova prova de seu amor por ela.

No dia seguinte, aos primeiros raios de sol, Halima despertou, pensando novamente na visão que tivera de Haji, lindo, sob os últimos raios de sol do dia anterior.

– As tumbas... – murmurou ela, baixinho, pensando na possibilidade de revê-lo se fosse até lá.

Sim, ele ainda poderia estar lá, por que não? Aguardando por ela. Ansioso para revê-la. Isso fez com que Halima se levantasse antes da hora habitual, se vestisse às pressas e saísse de seu quarto, silenciosamente, pé-ante-pé, para não acordar ninguém da casa.

Quando lá, diante da tumba de Haji, a jovem procurou por seu espírito e também por pegadas, mas não havia nenhuma, provando que vira mesmo o fantasma do jovem que amou perdidamente e morrera tão moço. Aquilo a deixou mais alegre, era a prova definitiva de que ele sobrevivera à morte, tanto quanto o seu amor por ela.

Ao voltar para casa, Halima encontrou Nailah já de pé, começando seus afazeres do dia. Ao ver a sobrinha, acordada tão cedo, a mulher se surpreendeu.

– Halima, onde esteve?

– Por aí, titia... Por aí.

A tia, mirando fundo em seus olhos, falou:

– Pensando em Haji novamente, não é? Perdendo o sono por causa dele, correto? Não consegue esquecê-lo, não é mesmo? Tirá-lo da cabeça, impossível, certo?

– Sim, titia... – confessou a garota de prontidão. – E a senhora sabe também que é impossível tirá-lo do meu coração, não sabe?

– Sei, sim, minha querida. Ora se sei.

Nailah foi até ela e, acariciando seu ombro, com voz de mãe amorosa, aconselhou:

– Mas acabou, Halima. Haji está morto. Morto e mumificado. Não viva mais de passado.

– Ah, titia... Eu o amava tanto. Ainda me sinto culpada por tê-lo amado tão loucamente, desrespeitando o fato de ele ter sido marido de minha mãe.

– Esqueça isso, minha querida.

– Não consigo. Ainda mais quando vejo mamãe me olhando atravessado. Penso que ela me culpará pela eternidade pelo que fiz.

– Halima, sua mãe ama os filhos acima de qualquer coisa.

– Será mesmo?

120

– Só quando você for mãe é que vai compreender melhor o que lhe digo. Pode crer.

– A senhora nunca foi mãe e, mesmo assim, parece saber.

– Sim, pois tenho vocês, toda a prole de Nekhbet, como meus próprios filhos.

– Ah, titia... – Halima suspirou, emocionada.

– Ouça meu conselho, Halima. Case-se com Acaran. Ele a ama e poderá lhe dar filhos que encherão sua vida de alegria.

– Eu não amo Acaran, titia. Todos pensam que por Haji estar morto, eu vou me casar com ele, mas estão enganados. Não vou! Eu ainda amo Haji e acho que jamais amarei outro homem em toda a minha vida.

– Ouça meu conselho, Halima, para que não se arrependa depois.

– A senhora se arrependeu por não ter se casado?

– Por muitas vezes, sim! Não quero que sofra como eu.

Nailah tomou ar, como quem faz para espantar a tristeza e concluiu:

– Amanhã mesmo a levarei aos sacerdotes, para que receba uma bênção capaz de pacificar seu coração. Libertá-la dessa louca paixão que viveu por aquele rapaz.

Naquele mesmo dia, Halima voltou às tumbas, dessa vez, para levar as oferendas aos mortos, como de hábito. Seguia calmamente até o local, quando foi surpreendida novamente pela visão de Haji, não muito longe de onde ela se encontrava. No mesmo instante, ela gelou e derrubou o cesto de oferendas. Jamais pensou que sentiria tanto medo ao vê-lo. Suas pernas bambearam, o ar lhe faltou e tudo o que ela mais queria, naquele momento, era sumir dali.

Amunet, ao avistar a cunhada, descendo, apressada, da elevação onde se localizavam as tumbas, caminhou na sua direção, mas Halima parecia tão aflita e desesperada que nem notou sua aproximação.

– Halima! – chamou-a Amunet, posicionando na frente da garota e a segurando firme pelo braço. A jovem estava tão transtornada que Amunet ficou impressionada com seu semblante.

– Acalme-se, Halima! Acalme-se!

Halima, convergindo o olhar aterrorizado para a esposa de seu irmão, falou, balbuciante:

– Amunet, eu o vi!

– Viu?! Quem foi que você viu, Halima?

– Haji! Eu o vi novamente.

121

– Você viu apenas um lampejo do passado, Halima. Só isso.

– Não, Amunet! Era Haji, sim! O próprio! – A jovem novamente estremeceu e completou: – Os olhos dele... Os olhos...

– O que tem os olhos dele, Halima?

– Eles pareciam querer me dizer alguma coisa. Algo de muito importante...

– O que seria?

– Eu não sei! Era um misto de tristeza e amargura. Nunca vi alguém de semblante tão triste.

– É porque ele está morto, Halima. Morto!

– Morto... – Ela pronunciou as palavras com tremendo pesar. – Eu havia me esquecido disso.

– Pois não se esqueça, jamais! Haji está morto! Seguiu ao encontro de Osíris.

– Mas ele me pareceu tão vivo, Amunet. Tão vivo como qualquer um de nós!

– Mas ele está morto, Halima. Morto e mumificado.

Ela chorou e Amunet novamente a envolveu em seus braços.

– Eu sinto muito – admitiu a moça, baixinho, enquanto alisava a cabeça viçosa da cunhada.

Halima chorou ainda mais.

– Você gostava muito dele, não é mesmo?

– Era mais do que gostar, Amunet. Eu o amava. Penso que amei Haji desde o primeiro instante em que o vi, chegando acompanhado de minha mãe. – Ela suspirou e concluiu: – Sei bem que eu não devia tê-lo amado. Sendo ele marido de minha mãe, eu não podia, mas foi mais forte do que eu. Muito mais forte.

– Não se culpe mais por isso, Halima. São águas passadas.

Halima suspirou e enxugou as lágrimas, bem no momento em que algo lhe veio à mente, na velocidade de um raio. Uma suposição assustadora, porém, plausível. Com voz trêmula e hesitante, ela compartilhou com a cunhada, o que pensou:

– Já sei, Amunet! Já sei o que Haji queria me dizer por meio do seu olhar. Queria me dizer que não foi mesmo um acidente...

– Halima, por favor...

– Por isso ele ainda se encontra nesse mundo, nessas terras. Pensei, a princípio, que ele havia voltado para me ver, só para me ver, por causa do amor que nos uniu, mas agora, compreendo o verdadeiro motivo. Ele está tentando me dizer a verdade. Que foi mesmo assassinado!

– Ninguém o matou, Halima. Esqueça isso!

– Tia Nailah pensou isso a princípio e, ainda acho que continua pensando o mesmo, só não diz, para nos poupar. Penso que você é da mesma opinião que ela.

– Halima, por favor!

– Seja sincera comigo, Amunet.

Amunet calou-se temporariamente. Por fim, foi honesta:

– Está bem, serei. Confesso que, a princípio, também cogitei essa possibilidade, mas conhecendo bem sua família, ninguém ousaria fazer uma barbaridade dessas.

– Mas alguém fez.

– Você não tem provas.

– Mas vou descobrir quem foi, Amunet. Só assim farei justiça à memória de Haji.

O rosto de Amunet contorceu-se ainda mais de preocupação.

Ao entrarem na casa, Halima e Amunet encontraram Selk trêmula e sem ar, havia chegado há pouco de sua ida à horta da propriedade.

– Selk, acalme-se! – pedia Radamés, mais uma vez, enquanto abanava a criada.

Cobrindo o rosto com as mãos, a mulher abaixou a cabeça, chorando e soluçando novamente.

– Selk, o que houve? – perguntou-lhe Amunet, querendo muito ajudá-la.

A criada tentou responder à pergunta, mas não conseguiu. Forçou palavras, mas nada soou senão um grunhido esquisito.

Radamés e Amunet se entreolharam, assustados, bem no exato momento em que Nailah entrava na sala, acompanhada de Bes e Nathifa. A última a chegar ali foi Nekhbet que, imediatamente estranhou o comportamento da serva.

– Selk, por que chora assim?

A criada olhou para Nekhbet e, com muito custo, respondeu:

– Seu marido, minha senhora... Seu marido...

– Imhotep?

– Não, senhora, o outro...

– Haji?! O que tem ele, Selk?

– Eu o vi! – A criada suspirou, palpitantemente e repetiu: – Eu o vi, há pouco!

– Selk, isso é algum tipo de brincadeira?

– Não, eu jamais brincaria com algo tão sério. Ele estava lá, junto à tumba, brilhando com o sol... E olhava para mim, para mim! Foi horrível, e eu corri e, por pouco, não tropecei nas pedras pelo caminho.

– Acalme-se, Selk, acalme-se.

Halima finalmente se manifestou:

– Você não foi a única a ver o espírito de Haji, Selk. Eu também o vi. Não uma, mas duas vezes.

Todos voltaram os olhos para Halima, cada qual com uma expressão diferente.

– O espírito de Haji anda mesmo presente – continuou ela, convicta do que dizia.

Bes rompeu o silêncio numa gargalhada e disse:

– Selk, de tão impressionada que você ficou com o que Halima nos contou a respeito do espírito de Haji, que você acabou vendo o mesmo que ela. Mas é tudo projeção da sua mente.

– Bes, por todos os deuses, não é não! – defendeu-se a criada no mesmo instante. – Haji estava lá, brilhante como o sol. Pareceu-me estar vigiando sua tumba.

Todos se entreolharam, enviesando o cenho e Bes achou melhor não dizer mais nada. Foi Nekhbet quem falou por último.

– Amanhã mesmo, levaremos você, Selk, ao templo para que os sacerdotes a benzam.

Na manhã do dia seguinte, como prometido, Selk foi levada ao templo na companhia de Nekhbet, Halima, Nailah e Nathifa.

– Assombração... Assombrações... – murmurou o sacerdote, após ouvir o relato da serva. – Muito já se ouviu falar delas, mas não há nenhuma que persista à oração e proteção de nossa divina deusa Ísis. Iremos até a tumba do morto, invocar os deuses para que levem, de uma vez por todas, o espírito desse indivíduo para o Além, o qual ficou aprisionado na Terra, por algum motivo até então desconhecido por nós.

Assim fizeram e todos esperaram que Selk voltasse a ser a mesma mulher de antes, tranquila e trabalhadora, o que não aconteceu, cada dia mais, ela se mostrava agitada e assustada. Um simples ruído fazia com que gritasse e tremesse toda.

O surpreendente aconteceu quando todos na casa, estavam reunidos em torno da mesa, ceando, e Selk adentrou o recinto, vermelha e suando em profusão.

– Ele! – gritou ela, apavorada. – Ele!

Sem mais, foi ao chão, espumando pela boca, deixando todos aterrorizados com a cena. As crianças imediatamente foram retiradas do local para não mais presenciarem tão deprimente acontecimento.

Radamés curvou-se sobre a serva, pegando seu pulso.

– Ela está morta!

Todos se arrepiaram diante da notícia. A noite terminou com cada membro da família, seguindo, cabisbaixos e silenciosos para os seus respectivos aposentos.

Outro imprevisto aconteceu no dia seguinte, quando um dos barcos encontrou nas proximidades, o cadáver de um homem boiando sobre o Nilo. Ao serem informados, Radamés e Bes foram até lá, na tentativa de reconhecer o corpo já em decomposição.

Ficaram tão impressionados com o que viram que chegaram a vomitar. Quando mais calmos, foram novamente questionados sobre a identidade do cadáver, se o conheciam ou não.

Lembrava alguém, sim, contudo Bes e Radamés não sabiam precisar quem. A memória só foi reativada, horas depois, quando os dois irmãos já haviam voltado para casa.

Radamés, sem esconder o impacto que a descoberta lhe causou, falou alto e bom som:

– O cadáver, Bes... Agora sei quem ele me lembra.

– Diga então, homem.

– O embalsamador contratado para embalsamar o corpo do Haji.

– Sei, o que tem ele?

– O cadáver do homem encontrado no rio... Penso ser ele.

– Do embalsamador?!

– Sim, Bes!

– Não pode ser! Se bem que, agora que mencionou o fato, devo admitir que ambos se parecem mesmo, muito fisicamente um com o outro.

– Precisamos descobrir se o tal embalsamador continua vivo. Só assim saberemos se minha suposição está certa.

Bes arrepiou-se por inteiro. Comentou:

– Duas pessoas ligadas à família, mortas em tão pouco tempo... Isso é mesmo sinal de maldição.

– Eu sei – confirmou Radamés, encarando os fatos. – Mas amanhã mesmo, pediremos novamente auxilio aos sacerdotes para que afastem de nós qualquer maldição, caso realmente exista alguma sobre nós.

– Se os empregados acabarem achando que nossas terras foram mesmo amaldiçoadas pelo espírito daquele desgraçado, acabaremos ficando sem empregados. Sabe como essa gente é supersticiosa.

– Se sei... – concordou Radamés, ficando ainda mais apreensivo.

Na manhã seguinte os sacerdotes foram novamente chamados à morada e novas orações foram proferidas em nome dos deuses.

Ao saber que o embalsamador responsável pela mumificação de Haji havia realmente desaparecido, confirmou-se então que era mesmo o seu corpo, aquele encontrado às margens do Nilo. Isso deixou Halima desorientada. Estaria mesmo, o espírito de Haji, naquelas terras, para assombrar as pessoas ligadas a sua família ou a sua morte, indiretamente? Por querer fazer justiça pelo que lhe aconteceu? Teria ele sido realmente assassinado por um membro de sua família?

Tantas perguntas sem respostas deixaram a jovem com o sono perturbado. Se o espírito do rapaz estava realmente guardando sua tumba, ela precisava falar com ele. Tinha de ser corajosa e não fraca, como fora da última vez em que o viu.

Isso fez com que ela se levantasse em meio a madrugada e enfrentasse a escuridão lá fora, rumo às tumbas. Enquanto penetrava as trevas, sons estranhos e sinistros a amedrontaram. Mesmo assim, ela prosseguiu, direto, sem titubear.

Por fim, parou diante da pedra que fechava a tumba de Haji, sentindo seu coração batendo disparado e calafrios percorrendo seu corpo todo. Ao ouvir passos atrás de si, voltou-se por sobre o ombro direito, lentamente, e o que viu foi chocante demais para se manter lúcida.

Foi no dia seguinte, logo pela manhã que, o corpo de Halima foi encontrado sem vida e levado para uma câmara de embalsamamento nas proximidades da propriedade.

Capítulo 20

A família estava inconsolável...
– Halima... morta... minha sobrinha adorada – chorava Nailah, desesperada.
– Isso não... Não é justo... – lamentava Nekhbet em desespero.

Quando Bes encontrou Acaran, o escriba estava sentado junto ao Nilo, com o olhar perdido na superfície d'água.
– Eu sinto muito, Acaran... Sei o quanto você gostava dela.
O sujeito confirmou, entre lágrimas:
– Sim, Bes, eu amava sua irmã... Mas era do outro que ela gostava. E gostaria sempre, mesmo com ele estando morto.
– Você fala de...
– Sim, Bes, falo de Haji. Ela o amava. Mesmo depois de ele morto, ela ainda o desejava.
Houve uma pausa antes de ele afirmar:
– Vou-me embora daqui, Bes.
– Mas você é nosso escriba de confiança. Sem você aqui...
– Vocês logo encontrarão um outro, tão bom ou melhor do que eu.
– Não um de confiança como você, meu amigo.
– Sinto muito, mas não vou suportar viver neste lugar, sabendo que Halima está morta.
– Faço ideia do quanto dói em você sua perda. Que pena você não ter tido tempo de mostrar a ela, o quanto valia o seu amor. Provar de vez que, ao seu lado, ela poderia ser muito feliz.
As lágrimas novamente transbordaram dos olhos do escriba. Por mais que tentasse, não conseguia parar de chorar. Bes, se silenciou por um minuto, compadecendo-se da dor do colega e, só então, perguntou o que muito atiçava sua curiosidade:

– O que Halima fazia lá, Acaran? É isso o que eu não entendo.

– Ao que me recordo, Halima disse ter visto o espírito de Haji por lá, duas vezes. Penso, então, que ela seguiu novamente até o local, na esperança de reencontrá-lo e, até mesmo, trocar uma palavra com seu espírito. Halima era tão louca por Haji que seria capaz, eu diria, até mesmo de morrer por ele. Para poder se juntar a ele, no mundo espiritual.

Bes se arrepiou, esquisitamente, e disse:

– Você acha que ela realmente conseguiu encontrá-lo? Reviu o espírito de Haji?

– Ao que tudo indica, sim! Contudo, apesar de ela querer muito revê-lo, sua aparição deve ter lhe causado um susto tamanho, um susto que seu coração não suportou.

– Por isso ela morreu?

– Sim! É a única explicação que encontro para o que aconteceu.

E Bes assentiu, por ser aquela, sem dúvida, a melhor explicação para os fatos.

Nesse ínterim, na sala da casa, Nailah mandava chamar o criado que encontrara o corpo de Halima naquela fatídica manhã.

– Responda-me, por favor. A boca de minha sobrinha, quando você a enconstrou esta manhã, estava espumando?

O mocinho franziu o cenho, puxando pela memória.

– Não que eu me lembre, minha senhora.

– Tem certeza?

– Absoluta!

– Obrigada, pode ir.

Assim que o rapazinho se retirou, Radamés quis logo saber o porquê do interrogatório da tia.

– Quis saber – respondeu Nailah, rapidamente –, porque a boca de Selk estava espumando.

– E daí? Espumava porque Selk comeu ou bebeu algo que lhe fez mal, o que provavelmente lhe causou a morte, foi essa, inclusive, a conclusão que os médicos chegaram ao examinarem seu corpo, não foi?

– Foi... Mas...

– Diga logo, titia, no que está pensando?

– Quando as bocas dos mortos espumam, é porque morreram envenenados.

– A senhora está insinuando que Selk... Oh, não, tia Nailah, isso não!

– Por que, não, Radamés?

– Porque Selk era simplesmente uma criada, por que motivos alguém haveria de querer vê-la morta?

– Por ela ter simplesmente ouvido algo que não devia. Se não ouviu, viu algo que não deveria.

Foi Acaran dessa vez quem se arrepiou e estremeceu diante de tal ideia:

– Viu ou ouviu o quê, Dona Nailah?

– É isso o que eu preciso descobrir, Acaran.

– A senhora ainda acredita mesmo na possibilidade de Haji ter sido assassinado? Se foi, quem teria feito uma barbaridade dessas? Nenhum membro dessa família seria capaz de matar alguém. Todos aqui têm muito bom coração.

– Por isso estou apurando os fatos, meu bom amigo. Verificando todas as possibilidades.

– A senhora suspeita de alguém, não suspeita?

– Para o bem da minha família, para mantê-la unida até o fim, talvez seja melhor jamais descobrirmos quem foi. E se acaso um de nós, ou todos, vier a descobrir, o melhor a se fazer, é fingir que nada sabe.

E o escriba ficou pensativo, remoendo algo em seu interior.

Nekhbet estava passando um unguento sobre os braços quando Nailah ali chegou.

– Preciso falar com você, Nekhbet.

– Oh, minha irmã... Não consigo parar de pensar em Halima. Minha querida Halima.

Pegando as mãos da irmã, com desespero, Nekhbet desabafou:

– Você estava certa o tempo todo, Nailah. Eu jamais deveria ter me casado com Haji. A vinda dele para essa casa, para o seio desta família, foi um erro, um tremendo equívoco. Só trouxe dissabores para todos e o peso de sua desgraça para sempre na nossa memória. Eu deveria tê-la ouvido, minha irmã. Se tivesse... Sei que é tarde para lamentos, por isso, só tenho a lhe pedir perdão. Perdão por eu ter ignorado seus conselhos.

– É tarde demais para arrependimentos, Nekhbet. Muito tarde!

– Mesmo assim, eu me arrependo.

– E de que vale o seu arrependimento diante das circunstâncias, minha irmã? Haji está morto. Halima está morta. Selk, sua adorada serva, também...

– Não me torture mais falando assim, Nekhbet. Por favor! Sentir-me-ei ainda mais culpada.

Nailah quis sentir pena de Nekbet, mas naquele instante, tudo o que sentiu dela foi raiva, uma tremenda raiva por ela ter ignorado seus conselhos e, com isso, ter levado Halima à morte. Halima que fora sua sobrinha predileta, Halima que fora a filha adorada de Imhotep. Halima... Inesquecível e amada Halima.

Dia seguinte, Acaran se despediu de todos e partiu, sem destino certo. Provavelmente para Mênfis. Coube a Bes e Radamés procurarem um novo escriba para ocupar seu lugar. Pensou-se em chamar Farik que escrevera pedindo permissão para voltar para lá. Mas Nekhbet não quis. Nem ela, nem Nailah, nem Amunet.

Desde então, Nekhbet adoeceu de desgosto, especialmente por ver o medo com que todos viviam diante dos últimos acontecimentos e, do receio de os empregados irem embora dali, por medo de uma suposta maldição.

Foi então que um forte cheiro de carniça começou a invadir a casa e seus arredores. De onde viria? O que o estaria provocando? Somente depois de vasta busca é que se descobriram aves mortas jogadas nas proximidades da casa. Quem fizera aquilo? Cogitou-se a possibilidade de ser um dos próprios criados, na esperança de afugentar o espírito de Haji daquelas terras. Nada, porém, conseguiu ser provado de fato.

Certa manhã, apesar do calor do Egito, Nekhbet sentia a casa extremamente fria. Ou era ela quem inexplicavelmente se sentia gelada, tal como um cadáver.

Cansada de ficar em seu quarto, escuro, e da fileira de remédios a seu lado, forçou-se a levantar da cama e a andar, sem ajuda de uma bengala ou de um serviçal.

De passo em passo ela chegou ao pátio que, àquela hora do dia, estava silencioso. Onde estariam todos?, perguntou-se quase que, no mesmo instante em que seus olhos avistaram seu nome rabiscado na parede, com o que parecia ser sangue.

Seu grito de horror chamou a atenção de todos que se encontravam nas imediações. Logo, a familia estava reunida em torno da matriarca, olhando horrorizados para o nome transcrito na parede. Ninguém fazia ideia de como o nome de Nekhbet havia aparecido ali.

Depois de muito esfregar, os serviçais conseguiram apagar o que até então parecia ter sido uma brincadeira de mau gosto. Todavia, o nome ressurgiu na manhã seguinte. Dessa vez, faltando a última letra, o "t" de Nekhbet.

– O responsável por isso, tem de ter entrado na casa para ter feito o que fez – opinou Nailah, pensativa.

– Certamente – concordou Amunet, ainda olhando enojada para a inscrição.

– Espíritos atravessam paredes – lembrou Nathifa.

– Não acredito que tenha sido um – objetou Nailah, secamente. – Para mim, isso é coisa de alguém bem vivo. Com o propósito de nos assustar ainda mais.

– Mas, segundo muitos sacerdotes, titia, alguns espiritos são capazes de dominar um ser vivo, fazendo com que ele atenda suas vontades e, depois, esqueça-se completamente do que fez – observou Nathifa.

– Talvez... – respondeu Nailah, observando atentamente o rosto de cada um dos presentes àquela sala. Havia algo no ar, intuiu, algo de maligno e aquilo, na sua mais modesta opinião, provinha mesmo de um ser vivo, bem vivo.

Nekhbet, sentindo-se cada vez mais deprimida pelo que aconteceu, também deprimia a todos que lhe queriam bem.

– Pobre mamãe – lamentou Kissa. – Desse jeito vai acabar enlouquecendo.

– Lamentável – murmurou Bes, tão entristecido quanto a irmã. – E tudo por causa daquele imbecil que ela trouxe para casa, como seu marido.

– Bes, por favor – pediu Amunet. – Não se deve falar dos mortos dessa forma. Se o espírito de Haji está mesmo assombrando esta casa, praguejá-lo, só servirá para deixá-lo ainda mais irado.

E todos sentiram novamente um arrepio esquisito, adensando a sensação de que algo maligno pairava no ar.

Foi na madrugada daquele mesmo dia, em meio ao silêncio da noite, que Nekhbet despertou, gritando, apavorada. Kissa foi a primeira a correr para o quarto da mãe, para ver o que havia acontecido.

– Eu o vi, Kissa! Eu o vi! Estava ali, parado, olhando para mim, com seus olhos atentos.

– Quem, mamãe?

– Ele...

– Papai?

– Quem dera! Se fosse ele não me dirigiria aquele olhar... Aquele olhar malévolo.

– Quem era então, mamãe?

– Haji, filha! Haji! E pude ver nos olhos dele, o quanto me odeia por eu tê-lo trazido para cá, onde encontrou a morte tão prematuramente.

– A senhora anda tão nervosa ultimamente, que anda vendo coisas...

– Se Selk e Halima o viram.

– Acalma-se, mamãe, por favor!

A expressão no rosto de Nekhbet tornou-se grave, tanto quanto sua voz, ao dizer:

– Kissa, ouça bem o que lhe digo. Haji só está esperando a minha morte.

– Não diga isso, mamãe.

– Digo, pois é verdade. Quando eu me for para junto de Osíris, aí, ele os deixará em paz. Por isso, ele anda provocando esse mau cheiro e tudo mais que vem perturbando a paz dessa morada. É para me ferir, punir-me por tê-lo trazido para cá, para a morte!

Kissa, abraçou a mãe que, se agarrou à filha, feito uma criança desesperada por amparo e morta de medo de assombração.

No dia seguinte, novo fedor invadiu a casa. Dessa vez, concentrava-se no quarto de Nekhbet. Nailah rapidamente tirou a irmã dali e reuniu os empregados para que tentassem localizar sua procedência. Demorou, mas finalmente uma das servas encontrou sua origem. Por debaixo de um ladrilho solto, do piso do quarto de Nekhbet, havia um rato morto e em torno do seu pescoço, uma argola com uma plaquinha em que fora gravado o nome de Nekhbet.

– Argh! – gritou a criada.

Os demais serviçais recuaram, enojados. Recompondo-se, a criada pegou o bicho morto e o entregou ao colega mais próximo, dizendo:

– Queime essa pobre criatura, queime-a o mais rápido possível!

Nailah também se horrorizou ao ver aquilo e concordou com o pedido da moça. A seguir, ordenou que trouxessem flores para lá, para perfumar o ar e alegrar o ambiente. Ao reencontrar Nekhbet, Nailah, com grande satisfação, informou:

– A busca terminou, minha irmã.

– De onde vinha o mau cheiro, Nailah?

A mulher ficou em dúvida se deveria contar-lhe a verdade. Por fim, optou por lhe dizer meias verdades:

– Era um rato morto, que caiu num vácuo do assoalho.

Pegando firme no seu punho, Nekhbet declarou:

– Foi ele, Nailah! Foi ele, você sabe, não sabe?

– Ele?

– Sim, Nailah! Ele! – Abaixando a voz, Nekhbet explicou: – Haji! Foi ele quem pôs esse rato ali para infestar o ar com seu mau cheiro.

– Mas Haji está morto, Nekhbet. Morto e mumificado!

– Mas seu espírito está vivo, minha irmã, muito vivo, transitando entre nós. E penso mais, penso que, de algum modo, ele pode comandar o pensamento das pessoas, pelo menos das mais fracas. Forçando-as a fazer por ele, aquilo que ele não tem mais condições de fazer, por ser agora apenas um espírito.

– Será?...

– Pode ter certeza, minha querida. Tudo isso que vem acontecendo é obra do espírito do Haji.

Nailah novamente se recusou a acreditar naquilo.

Ao encontrar Nailah, Amunet chamou a tia para ter um particular com ela.

– Tia Nailah, acaba de me ocorrer uma ideia. Algo que ninguém até o presente momento pensou.

– O que seria, Amunet?

– Fizemos de tudo para que o espírito de Haji fose embora, o que não aconteceu. Coisas estranhas continuam a nos atormentar. Então, pensei... O poder dos sacerdotes é muito grande, não costuma falhar, se está falhando só pode ser porque estão direcionando suas orações e rituais de exorcismo para o espírito errado.

– Espírito errado?! Explique-se melhor, Amunet!

– Há o espírito de um outro ente querido que pode estar nos atormentando por revolta e indignação. Refiro-me ao espírito de Imhotep. Não se esqueça de que ele morreu há apenas quatro meses e pode ter se revoltado ao saber que, Nekhbet, sua adorada esposa, casou-se com um homem bem mais jovem do que ele, lindo e sadio em apenas dois meses após sua morte. Pode ter encarado seu ato como uma traição. Uma afronta.

– Não havia pensado nisso... – murmurou Nailah, chocada com a hipotese que até poderia ser verdadeira.

– Acho que devemos falar a respeito com os sacerdotes, titia. Para que façam os procedimentos corretos para afastar o mal que Imhotep pode estar nos destinando.

Radamés, ao ouvir aquilo tudo, imediatamente se inflamou diante da suposição da esposa.

– Papai jamais faria isso contra nós, Amunet Ele era a bondade em pessoa. Nunca conheci alguém com tamanho senso de justiça.

– Concordo com você, Radamés, mas, será que nos mantemos os mesmos depois da morte?

– Como assim, mulher?

– Pode ser que nos tornemos maus diante das circunstâncias. Não deve ser fácil se descobrir morto. Deve ser, para muitos, revoltante ver os familiares, amigos e serviçais gozando das alegrias em família, enquanto ele, o morto, não pode usufruir de mais nada disso.

Radamés engoliu em seco, pasmo novamente com a capacidade de raciocínio da esposa que finalizou o assunto, dizendo:

– Ainda que não estejamos sob a influência maligna de um espírito mau, algo de muito estranho está acontecendo nesta casa. Algo que se não descobrirmos o que é, a tempo, pode causar danos irreversíveis a esta família.

E tanto Radamés quanto Nailah concordaram plenamente com aquilo.

Foi na noite do dia seguinte, quando todos já estavam dormindo em seus devidos aposentos que, Nekhbet despertou com a sensação crescente de que havia alguém mais ali no quarto, com ela, a observá-la em silêncio. Com esforço, ela se levantou, vestiu um roupão e deixou o aposento. Foi quando um vulto lhe chamou a atenção. Como se uma pássaro gigante houvesse passado por ali.

– Haji... – murmurou ela, emocionando-se.

No minuto seguinte, ainda que fosse uma hora inapropriada, ela decidiu ir até sua tumba, orar por ele. Talvez sua oração pudesse levar seu espírito, de uma vez por todas, para o mundo dos mortos, libertando sua família querida, do jugo de sua revolta.

Com todo cuidado, para não fazer barulho e despertar os que dormiam, Nekhbet deixou a casa e seguiu até as tumbas, iluminada apenas pelo intenso luar da noite. Logo, ela se encontrava diante do túmulo do segundo marido, cravado nas rochas.

Ajoelhou-se e se pôs a orar com fervor, quando um leve ruído a fez voltar-se para trás.

– Não... – sibilou ela, repetindo a palavra cada vez mais forte e, em intervalos cada vez mais curtos. – Não! Afaste-se de mim!

Ela se levantou, estabanadamente e começou a correr para longe dali, com toda força que dispunha. Tão assustada e desesperada ficou que pisou em falso e rolou elevação abaixo. Quando a família a encontrou no dia seguinte, Nekhbet já estava morta há mais de 10 horas.

Capítulo 21

— Nekhbet, morta! – exclamou Nailah, chocada com a notícia. – Minha irmã querida... Não pode ser...

— Ela caiu aos pés da colina que leva às tumbas, titia. Uma judiação – explicou Radamés, com profundo pesar. – Deve ter sido na madrugada, por estar escuro, ela pisou em falso e...

— O que ela teria ido fazer lá a essa hora?

— Ninguém sabe, mas, com certeza, visitar a tumba de Haji.

— Sim, só pode! Mas que hora mais inadequada para se fazer isso, não?

— Sem dúvida.

— Pobre Nekhbet... – suspirou Nailah, penalisada. – Ela só queria ser feliz... Foi o ciúme que acabou com ela. O ciúme e o sentimento de posse.

— Do que a senhora está falando, titia? – surpreendeu-se Radamés olhando mais atentamente para a mulher.

— Ah, meu sobrinho, eu não deveria, mas tenho de fazer. Foi sua mãe, sua mãe quem matou Haji.

— Mamãe?! Não titia, não pode ser.

— Foi sim, Radamés. E Selk descobriu e, por isso, foi envenenada. Quando Halima contou a Kissa que o espírito de Haji parecia querer lhe dizer algo pelo olhar, era isso o que ele estava tentando lhe contar. Que fôra Nekhbet quem o empurrou junto às pedras.

Nailah, balançando a cabeça em concordância, concluiu:

— Sua mãe deve ter ido às tumbas, pedir perdão ao espírito de Haji, por tê-lo empurrado, num momento seu de total descontrole emocional. Ela não deveria suportar mais o peso na consciência por sua morte, e, também, pela de Selk e de Halima que morreram em consequência disso.

– Mamãe, uma assassina?! Não pode ser verdade.

– Mas foi, Radamés. É a única explicação plausível pelos dramas que estamos vivendo. Agora, não haverá mais mortes! O espírito de Haji deve partir, de uma vez por todas, para o reino dos mortos. Estamos a salvo!

A suposição de Nailah chocou todos os membros da família. Por outro lado, a esperança de que Haji não mais amaldiçoaria o lugar, provocou certo alívio em seus corações.

– Tia Nailah pode estar mesmo certa – opinou Kissa, após muito refletir a respeito.

– E se não estiver? – retrucou, Nathifa. – E se o espírito de Haji não for embora com a morte de Nekhbet?

– Irá! Os sacerdotes também acreditam nisso, depois que titia lhes deu seu parecer.

– Que todos estejam certos e que os deuses nos protejam – concluiu Nathifa, esperançosa.

Os dias que se arrastaram após a morte de Nekhbet foram tão tristes quanto sua morte em si. Não havia mais alegria entre os membros da família, pareciam tão mortos quanto a matriarca que, em breve seria sepultada, assim que terminasse o processo de mumificação do seu corpo.

Devido as mortes subsequentes, por medo de uma possível maldição, serviçais começaram a partir, na calada da noite, infiltrando-se clandestinamente nos barcos que aportavam nas imediações e seguiam pelo Nilo, indo parar em vilarejos e cidades erguidas às margens do rio. Quando a família percebeu o que estava acontecendo, Radamés e Bes tomaram a iniciativa de reunir os empregados que restaram, juntamente com os sacerdotes, na esperança de abrandar seus temores diante dos últimos acontecimentos.

Reunidos na grande sala, Kissa e sua filha, Amunet, Radamés e os dois filhos, Nathifa, Bes e Kanope, o filho do casal, permaneciam em silêncio, abatidos e aflitos pelo medo de perderem todos os empregados e, com isso, não haver mais ninguém para ajudá-los em sua propriedade rural.

Foi Kissa quem rompeu o clima funesto, dizendo:

– Agora entendo muito bem, quando os sacerdotes afirmam que não devemos ser tão confiantes quanto ao futuro, pois ele, inesperadamente, pode mudar radicalmente de uma hora para outra. Um dia podemos gozar de glória, noutro, de ruínas e da morte.

Todos ouviram o seu comentário em silêncio.

– E saber que semanas atrás, Halima, Nekhbet e Selk estavam vivas, esbanjando alegria de viver e fazendo planos para o futuro. Agora, estão mortas. Que vida mais imprevisível esta, não?

– Não devemos reclamar – observou Nathifa, diplomaticamente. – Os deuses sabem o que fazem.

– Será mesmo, Nathifa? – empertigou-se a jovem já tão sem fé. – Será que eles nunca se enganam?

E a moça se encolheu toda diante da pergunta.

Quando Nailah voltou seus olhos para os membros da família, espalhados pelos quatro cantos da sala, sentiu o pesar pela vida se redobrar. A cena era muito triste de se ver, todos pareciam verdadeiramente devastados pela dor da perda da mãe, de Halima e dos últimos acontecimentos que tanto transformaram a vida de todos naquela casa.

Quando seus olhos examinaram as crianças, até elas pareciam arrasadas com as tragédias recentes. Seus olhinhos estavam vermelhos, entristecidos e sonolentos.

– Meus queridos, a vida continua – declarou Nailah, quebrando novamente o funesto silêncio que pairava entre todos. – De agora em diante, temos de ser ainda mais fortes se quisermos reconquistar a paz nessa morada. A paz tão almejada por todos e que, sempre existiu, enquanto Imhotep estava entre nós.

– Tem razão, titia... – opinou Radamés, emocionado. – Enquanto papai viveu nesta casa, tudo sempre correu às mil maravilhas. Depois que ele se foi para o mundo dos mortos, ficamos à mercê do desgosto.

Todos concordaram e forte emoção fez com que derramassem novas lágrimas.

– Papai era mesmo o esteio desta família – completou, Radamés ainda mais emotivo. – O alicerce de todos. A paz de todos.

Voltando-se para os demais, o rapaz sugeriu:

– Façamos agora, uma oração para o nosso pai que, com certeza, por sua bondade infinita, foi absolvido por Osíris no reino dos mortos, podendo assim nos abençoar.

Todos se uniram em uma oração, o que permitiu acalmar seus corações e ter uma noite de sono mais tranquila. Uma noite em que as sombras provocadas pelo luar, balançavam-se sinistramente a uma brisa estranha soprada do que parecia ser o "nada".

Capítulo 22

Na noite do dia seguinte, o jantar em família voltou a ser uma reunião pacífica e agradável. Todos pareciam mais leves e novamente entusiasmados com a vida. Depois de se servir de tâmaras deliciosas, Nailah tomou mais um pouco do vinho saboroso e levantou-se para fazer um pronunciamento:

– Doravante, a paz voltará a reinar nesta casa...

Todos voltaram a atenção para ela, inclusive as crianças que, também estavam presentes.

– Ergamos nossas taças para brindarmos esta nova fase – completou Nailah, ligeiramente embaraçada com um inesperado tremor em sua voz.

Assim que os adultos atenderam ao seu pedido, Nailah viu a sala girar tão forte que, perdeu o equilíbrio. Apavorada, sentou-se.

Nathifa, no mesmo instante, acudiu-a.

– Tia Nailah...

A mulher mirou seus olhos, tentou dizer algo, mas não conseguiu, perdeu os sentidos. Nathifa, segurando sua mão, apertando-a com certa pressão, falou, incisivamente:

– Tia Nailah... – voltando-se para os demais, berrou: – Chamem um médico, urgente, acho que ela está morrendo!

Radamés imediatamente atendeu ao pedido da cunhada, saiu correndo em busca do médico que morava nas proximidades. Bes, nesse ínterim, tomou a tia nos braços e a levou para o seu quarto, onde a colocou em seu leito. Depois, certificou-se se ela ainda estava respirando e quando percebeu que estava, informou a todos.

– A bebida não lhe caiu bem – opinou Bes, voltando a olhar para o semblante apagado da tia.

– Sim, só pode – concordaram Kissa e Amunet, ao mesmo tempo.

– Pode ter sido também por forte emoção – sugeriu Nathifa.

– Sim, talvez...

Uma hora depois, Radamés voltou acompanhado do médico que, imediatamente se pôs a examinar Nailah. Todos aguardaram por notícias suas, na grande sala da morada e quando ele informou que a paciente estava fora de perigo, todos respiraram aliviados.

– Que notícia mais maravilhosa! – exclamou Amunet, entre lágrimas. – Por um minuto, pensei que perderíamos mais um membro da nossa família.

Radamés a consolou em seus braços, apertando-a forte e chorando com ela.

O médico, então, tossiu para limpar a garganta e perguntou:

– Alguém mais desta casa se sentiu mal?

Todos responderam que "não", quase que imediatamente.

– Mas todos beberam do mesmo vinho que a tia de vocês bebeu, certo?

Foi Bes quem respondeu:

– Sim, aliás, bebemos bastante.

Os olhos do médico, com pálpebras inchadas, fitaram-lhe com atenção.

– Então, o que fez mal a sua tia não foi o vinho.

Nathifa pediu licença a todos, para explicar ao homem sobre os últimos acontecimentos que envolveram a família. Parte da história, o sujeito já sabia e sua opinião foi:

– Sim, uma forte emoção pode tê-la feito perder os sentidos e, até mesmo, ter afetado seu estômago.

Sem mais, o médico partiu e, assim que se foi, Kissa voltou-se para Nathifa e comentou:

– Cheguei a pensar que ele nos diria que o vinho que a titia bebeu estava envenenado.

Seu riso esmaeceu quando todos se voltaram para ela, com um olhar reprovador.

– Ora, poderia ser, por que não? – defendeu-se Kissa, rubra. – Se não foi isso, pode ter sido também porque ela foi amaldiçoada por Haji. Indício de que seu espírito ainda não está satisfeito com todo mal que já nos causou.

Novo olhar reprovador por parte de todos. E ninguém mais ali quis estender o assunto.

Somente no início da tarde, do dia seguinte, é que Nailah se sentiu mais disposta a se levantar para dar alguns passos pela casa. Com a ajuda de Nathifa e Kissa, a mulher andou pela grande sala, onde foi acomodada num divã confortável, assim que se cansou.

Kissa, então, aproveitou o momento para contar a tia a respeito do que se passou pela sua cabeça em relação ao que havia lhe acontecido. Nailah, perscrutando bem o rosto da sobrinha, respondeu:

– Então, você acha que fui também amaldiçoada por Haji?

A sobrinha assentiu, suspirando pesado:

– Se todos nós fomos...

– Todos?...

– Todos, sim, titia! Com as mortes de Halima e da mamãe, todos nós fomos atingidos. Todos nós saímos feridos.

– É verdade... – concordou Nailah, pensativa, e após breve reflexão, disse: – Eu pensei que uma vez tendo Nekhbet ao seu lado, no reino dos mortos, Haji não mais pensaria em vingança. Sossegaria de vez.

– Não se esqueça, titia, de que todos nós mentimos para o irmão e para a mãe dele, quando estiveram aqui a sua procura. Mentimos, deslavadamente, e, por isso, talvez, seu espírito ainda esteja querendo se vingar de nós.

– Pode ser... – murmurou Nailah, ainda mais reflexiva. – Ou, talvez, seja porque eu tenha me enganado, Kissa. Enganado-me redondamente.

– Quanto ao que, titia?

– Quanto ao assassino. Não foi Nekhbet quem matou Haji, foi outra pessoa.

– Titia, isso não passa de um delírio seu.

– Não, Kissa. Só agora percebo o quanto fui tola. Deixe-me a sós, por favor. Preciso refletir.

E foi o que Nailah fez ao longo da tarde.

A princípio, ela pensou que Nekhbet havia matado Haji por ciúmes. Por ele ter ousado seduzir Halima, sua filha querida, na sua própria casa. Fora atrás dele naquele dia chuvoso, e o empurrou rente às pedras em que ele bateu a cabeça. Poderia também ter-lhe acertado o crânio, com uma pedra menor, para que ele realmente morresse, caso a queda não lhe tivesse sido fatal.

Selk deveria estar nas imediações e viu o que ela fez. Ao saber que tivera uma testemunha de seus atos, Nekhbet decidiu silenciar a criada, antes que ela contasse algo a alguém, o que seria uma vergonha para ela.

Por isso, envenenou sua comida.

O peso na consciência por ter assassinado o marido, fez com que Nekhbet subisse até as tumbas, no meio da noite, para lhe pedir perdão, e ao ver seu espírito, por medo, ela correu, pisou em falso e despencou colina abaixo.

Nekhbet também deveria se culpar pela morte de Halima que, morrera de tristeza pela morte do Haji que, tanto amava e pela forte emoção que vivera ao ver seu espírito.

Essa fôra a conclusão que Nailah chegara até então. Por isso acreditou que, com a morte de Nekhbet, a paz voltaria a reinar naquela família. No entanto, se não fora Nekhbet quem empurrou Haji, tampouco envenenou Selk, quem o fizera?

Nailah deixou sua mente vagar.

Se Selk fora realmente envenenada, só poderia ter sido pela mesma pessoa que empurrou Haji nas pedras. Ela testemunhara seu ato e, para silenciá-la, foi morta por envenenamento.

Mas qual dos membros da família teria feito aquilo?

Bes odiava Haji por ele ter se envolvido com Nathifa no passado. Por acreditar que ele só fora parar naquela família, por causa dela, para se reaproximar dela. Odiava-o também por acreditar que ambos haviam tido relações sexuais, quando a sós, em Tebas, o que resultou no filho que Nathifa agora gerava em seu ventre.

Nathifa amara Haji no passado. Ainda poderia amá-lo, apesar de afirmar que não. Se ainda o amava, poderia ter ficado enciumada dele por ter se casado com Nekhbert ou ter se apaixonado por Halima, especialmente por Halima que era mais jovem e mais bonita do que ela. Se fosse Haji realmente o pai do filho que Nathifa aguardava para breve, Haji poderia tê-la ameaçado contar a verdade a todos e, ela, num momento de desespero, matou-o.

Radamés, por sua vez, prometera ao pai, em seu leito de morte, manter a família unida. Com a decisão de Haji de partir com Halima para viverem em outras terras, sua promessa não poderia ser cumprida. Mas seria esse um motivo suficiente para fazer com que o rapaz assassinasse o próprio padrasto? Ou havia um motivo bem mais forte que todos ali desconheciam? De qualquer modo, Radamés se ausentara daquela casa no dia em que Haji morrera. Tivera força e oportunidade para cometer o crime.

Nailah ficou a pensar e logo passou a analisar outro suspeito.

Amunet, aparentemente não tinha motivo algum para matar Haji, mas, pelo pouco que Nailah conhecia dela, sabia que ela seria capaz de qualquer coisa para proteger o marido e seus dois filhos. Ela poderia ter visto ou presenciado Radamés, discutindo com Haji, e, num momento de fúria, empurrado o rapaz sobre as pedras, provocando-lhe a morte. Então, para impedir que seus filhos soubessem o que o pai fora capaz de fazer, o que, em sua opinião, seria vergonhoso e traumatizante para eles no futuro, ela mesma silenciou Selk por ter testemunhado o ato.

Kissa, por sua vez, estava revoltada com a mãe, por ela não ter aceitado Farik de volta ao seio daquela família. Poderia também ter se desentendido com Haji, por causa da situação ou descontado no rapaz sua raiva. Haji poderia também ter descoberto o verdadeiro motivo que levou Imhotep a expulsar Farik de sua casa e, com isso, atiçado sua fúria. Ao contar para Kissa, a jovem duvidou de suas palavras e, num rompante, empurrou Haji e, ele, por ter sido pego desprevenido, escorregou e acabou batendo com a cabeça, de forma fatal. Selk também poderia ter visto aquilo e, Kissa, de medo da reação que sua mãe e Halima teriam diante do fato, resolveu silenciar a criada, antes que ela desse com a língua nos dentes, contasse a todos que fora ela, Kissa, a verdadeira culpada pela morte do rapaz.

E a pergunta permanecia: qual dos membros daquela família poderia ter cometido aquele crime?

Nailah então pensou em Acaran. Ele também se irritara com a ida de Haji para aquela casa, porque ele, simplesmente, em pouquíssimo tempo, conquistara Halima, algo pelo qual ele tanto se esforçou e nunca conseguiu. Por ciúmes, ele também poderia ter matado Haji e Selk por tê-lo visto cometendo o crime.

Com Haji, morto de uma forma que parecesse acidente, Halima finalmente poderia vir a se interessar por ele e, com isso, casar-se-iam. Contudo, Acaran havia partido para longe depois da morte da jovem. Segundo ele, seguiria para Mênfis onde tentaria recomeçar sua vida.

Se fosse mesmo ele, o verdadeiro culpado pela morte de Haji, quem teria escrito na parede do saguão, o nome de Nekhbet com sangue de animal, para atormentá-la? Acaran já havia partido quando aquilo aconteceu. Quem escrevera e fizera outras coisas mais, tal como pôr aves mortas nos arredores da casa para provocar mau cheiro e mal-estar nos moradores teria de estar nas proximidades.

A identidade do assassino contiuava oculta.

De qualquer modo, mortes haviam ocorrido e sua intuição continuava lhe dizendo que o responsável por aquilo tudo era alguém de carne e osso. Chegou a pensar nos empregados da casa, mas descartou um a um; não teriam motivos para tanto, tampouco coragem. Temiam os deuses, maldições e assombrações. Não, nenhum deles poderia ter feito aquilo. Quem fora, então?

E novamente ela reviu Haji em pensamento, com seu rosto lindo e jovial, seus olhos castanhos e profundos, seu carisma sem igual.

Ao ouvir seu estômago roncar, Nailah decidiu ir até a cozinha servir-se de alguma coisa. Com cuidado ela se levantou e ao tomar caminho, ouviu Kisssa conversando com Bes.

– Bes, meu irmão, já que Acaran nos deixou. Esse é o momento oportumo para Farik voltar para essas terras. Precisamos de um escriba, e ele foi sempre um dos bons.

– Sim, Kissa, você tem razão. Mas a mamãe não queria sua volta, lembra-se?

– Eu sei, mas agora ela está morta. Não há porque retalharmos seu retorno.

– Eu sei, mas... Vou falar com Radamés, quero ouvir sua opinião a respeito.

– Faça isso, Bes, por favor.

– Você ainda tem como localizar o Farik?

– Sim. Sua última carta tem seu endereço.

– Está bem. Falarei com Radamés, assim que possível.

Diante do pequeno diálogo, Nailah direcionou seus pensamentos para o escriba.

– Farik... – murmurou, trazendo o rosto do sujeito à memória.

Teria ele alguma coisa a ver com tudo que estavam passando ali, nos últimos tempos? Estaria ele fazendo tudo aquilo como vingança por Imhotep tê-lo escorraçado daquela casa, anos antes?

Foi então que Amunet surpreendeu a tia:

– Tia Nailah!

– Amunet!!! – a mulher levou a mão ao peito.

– Assustei a senhora? Desculpe-me.

– Não, não... Está tudo bem.

Ao ouvir seu estômago roncando, novamente, Nailah falou com empolgação:

– Estou com fome, preciso comer algo.

– Venha, eu a conduzo até o refeitório.

Pelo caminho, Amunet lhe perguntou:

– E então, a senhora chegou a alguma conclusão?

– Não minha querida, até o momento a nenhuma, infelizmente.

Elas se dirigiam para o local quando uma sombra na parede assustou as duas mulheres, a ponto de fazê-las gritar. Tor imediatamente apareceu, olhando para as duas com seus olhinhos mimosos e inocentes.

– Tor! – exclamou Amunet em tom de reprimenda.

– Olá, mamãe.

– Era você quem fazia aquela sombra que vimos há pouco na parede?

– Sim! Estou brincando com o Kanope.

Nisso, Kanope se juntou a eles e sorriu.

– Podem continuar brincando – prosseguiu Nailah, sorrindo alegremente para os dois sobrinhos netos. – Assustamo-nos à toa.

– Andamos muito assustadas, ultimamente – admitiu Amunet ainda corada. – Pudera, depois de tudo que vem nos acontecendo.

– Sim... – respondeu Nailah, voltando os olhos para o passado.

Ao perceber sua ausência, a sobrinha a chamou:

– Tudo bem com a senhora?

– Sim... sim... Estava apenas me lembrando do tempo em que eu era criança... Quando perguntei a minha mãe a respeito das sombras, o que eram exatamente, e ela me deu a devida explicação. Ainda me recordo, como se fosse há pouco, do quanto ela riu ao me ver procurando pelas pegadas deixadas pelas sombras.

– Pegadas?!

– Sim, minha querida... Pegadas!

– Mas as sombras não deixam pegadas, titia...

– Foi por isso que minha mãe riu de mim, Amunet. Divertindo-se um bocado com a minha inocência. Nem as sombras nem os espíritos deixam pegadas e esse, é um fato tão real, quanto o amor que vem e vai para muitos, com a mesma força e intensidade das marés.

Amunet olhou bem para Nailah enquanto ela admitia:

– Vamos comer, meu estômago voltou a roncar.

E as duas seguiram para o refeitório. Logo, os demais membros da casa se juntaram as duas mulheres e também se serviram de comida. Nailah, então, com grande satisfação, falou:

– De agora em diante, meus amores, tudo será diferente nesta casa. Um novo começo para todos nós. Um novo despertar. Deixemos o passado onde é seu lugar de direito, ou seja, no passado!

Todos se mostraram felizes com o que ouviram e a noite em família foi bem mais agradável do que na noite anterior.

Horas depois, na paz do seu leito, Nailah voltou a refletir sobre as misteriosas e recentes mortes que assombraram todos naquele lar. Procurou esvaziar a cabeça para refletir melhor. Nova possibilidade a fez estremecer e se arrepiar por inteira.

E se Nekhbet não morrera porque pisara em falso, fora também empurrada de cima da colina? E se Halima também fora assassinada, envenenada por uma substância quase que imperceptível numa autópsia, para que todos pensassem que havia morrido de causas naturais? Com isso, haveria um assassino em série, perambulando por entre todos, capaz das piores artimanhas para se livrar de um por um...

Ela interrompeu seu raciocínio ao se dar conta de um fato importante:

– À noite... Todas as mortes aconteceram à noite. E três delas junto às tumbas onde Haji havia sido sepultado.

De repente, seu coração batia tão alto que Nailah teve a certeza de que qualquer um ao seu redor poderia ouvi-lo.

– Não pode ser... – murmurou ela, devotando a Ísis uma oração silenciosa e piedosa. – É macabro demais!

Ela novamente se arrepiou e disse, tomando coragem:

– Preciso ir até lá...

Nailah deixou a casa, silensiosamente, e seguiu, na calada da noite, rumo às tumbas, iluminada apenas pelo luar sinistro da madrugada em questão. Andou com todo cuidado, para não fazer qualquer tipo de barulho que pudesse despertar a atenção dos que dormiam ou dos que estivessem acordados nas imediações.

Chegando ao local, pé-ante-pé, ela confirmou suas suspeitas. Mas não teve tempo de contar nada a ninguém, seu corpo também foi encontrado ao amanhecer, esfacelado, junto às pedras aos pés da colina.

Capítulo 23

Quando a família toda se reuniu novamente na sala do casarão. Kissa, entre lágrimas, comentou:

– Haji, Halima, Nekhbet e, agora, tia Nailah... Não se esquecendo de Selk. Cinco mortes em um mês.

– Não se esqueça do morto encontrado boiando sobre as águas do Nilo, Kissa... – lembrou-lhe Amunet, com profundo pesar. – E das aves mortas jogadas rente à casa... E do nome de sua mãe rabiscado a sangue na parede e do rato morto deixado sob o ladrilho do quarto de sua mãe, com o nome dela amarrado em torno do seu pescoço. E da inscrição na pedra junto ao túmulo de Haji.

Todos se arrepiaram.

– Não adianta mais orarmos – concluiu Amunet, arrasada. – Se todas as orações que fizemos, até o presente momento, foram em vão, é porque estamos realmente amaldiçoados.

– Você crê realmente nisso, Amunet? – questionou Kissa, arrepiando-se frente à possibilidade.

– Que outra explicação você daria para toda desgraça que se abate sobre nós, Kissa?

– Tem razão, Amunet. Toda razão.

Com a morte fatídica de Nailah, os empregados que ainda haviam permanecido na propriedade, foram embora na calada da noite sem sequer se despedirem da família. Para eles, não havia mais dúvidas quanto à maldição que, muito em breve, acabaria com todos que permanecessem naquela morada. Até mesmo os embalsamadores não queriam mais continuar o processo de embalsamamento dos corpos da família, por medo, também, do que poderia lhes acontecer se continuassem envolvidos com aquela gente.

Bes e Radamés partiram então em busca de novos empregados, mas, assim que eles sabiam do local onde iriam trabalhar, recusavam-se terminantemente a proposta de trabalho. O boato de que a propriedade dos herdeiros de Imhotep havia sido amaldiçoada pelo segundo marido da matriarca, corria o Egito à velocidade do vento.

— Sem empregados, estamos liquidados, Amunet – desabafou Radamés, arrasado.

— Eu sinto muito, meu amor.

Amunet abraçou o marido, como se o abraço pudesse protegê-lo de todo mal. Então ele disse, quase chorando:

— Mas eu ainda tenho fé. Os deuses nos protegerão.

— Já não confio mais neles, Radamés!

— Como não, Amunet?! Sempre foram de confiança... Nunca falharam conosco.

— Como você ainda pode acreditar nisso, Radamés, depois de tantas orações e rituais que fizemos para proteger nossa morada?

— Amunet, por favor...

— Temos de ser realistas, Radamés. Nossas vidas correm perigo. Temo pelos nossos filhos, por mim, por você, por todos desta casa.

— Eu sei, mas...

— O melhor a se fazer, é irmos embora daqui.

— Embora?!

— Sim. Antes que a maldição de Haji destrua todos nós.

— E vamos viver do quê, Amunet? Nasci de pai rico, longe daqui, serei pobre, um qualquer. Será muito difícil para mim ter de viver longe de tudo que é meu, de tudo a que já estou tão acostumado, desde menino.

— Daremos um jeito, Radamés. Há muitos ricos precisando de bons empregados de confiança.

— Amunet, por favor, nada mais vai nos acontecer – protestou o marido, com forçada confiança.

— A quem você quer enganar Radamés? Sabe muito bem que a maldição não vai terminar, enquanto não atingir com a morte, todos os membros da sua família.

— Amunet, ouça...

— Ouça-me você, Radamés! Façamos o que eu digo, pelo bem dos nossos filhos. Longe daqui, Tor e Hator terão bem mais chances de sobreviverem.

— Amunet...

A mulher não conseguiu dizer mais nada, chorou, desesperada,

147

fazendo com que o marido tambem chorasse com ela. Minutos depois, Amunet retomava o assunto:

– Nós precisamos salvar os nossos filhos da maldição de Haji, Radamés. Eu lhe imploro, partamos daqui, o quanto antes.

– Mas, Amunet, meu amor, aqui está toda a nossa riqueza. Todos os nossos bens, o futuro promissor que podemos dar aos nossos filhos.

– De que valerá toda essa terra, todos os bens, se nossos filhos estiverem mortos? Além do mais, nossas preciosidades foram enterradas com seu pai, mãe, irmã, tia e avós.

– Porque pertenciam a eles. Assim manda a tradição. Com o tempo, conquistaremos as nossas preciosidades.

– Que seja então noutras terras, bem longe daqui.

– Dê-nos mais um tempo, Amunet.

– Não, Radamés, nem um minuto mais. Inclusive, já pode ser tarde demais para fugirmos deste lugar.

O homem se aquietou. A esposa estava certa. Ir embora dali, o quanto antes, era mesmo o que parecia ser a única e melhor escolha para eles e para todos de sua familia que ainda estavam vivos.

Quando Bes soube da decisão de Radamés, correu imediatamente para falar com Amunet, na tentativa de fazê-la mudar de ideia.

– O que será de mim, sozinho nessas terras, Amunet? – disse ele, em tom desesperador.

Ela o impediu de continuar:

– Bes, ouça-me bem! Pegue sua esposa, seu filho e partam conosco, o quanto antes.

– Você está se precipitando, Amunet...

– Não é precipitação alguma, Bes. É proteção. Prevenção. Inclusive, para o filho de vocês que em breve nascerá.

Ele, mais uma vez tentou se opôr, mas ela, impostando a voz, falou antes:

– Você ainda não percebeu que o espírito de Haji está levando um a um de nossa família para junto dele? Não sossegará, enquanto não levar todos. A vingança dele não se restringe somente a sua mãe, mas a todos que eram vinculados a ela. Todos que o praguejaram, por ter se casado com Nekhbet. Todos, sem exceção!

– Amunet...

– Você sabe muito bem que o que digo, é a mais pura verdade.

– Mas tudo isso aqui... Toda essa terra nos pertence!

– Pertencia, Bes. Pertencia! Agora faz parte das trevas.

O moço arrepiou-se.

Quando Kissa soube da decisão de Amunet e Radamés, desesperou-se tal qual seu irmão mais novo. Amunet imediatamente tentou convencê-la a partir com eles, explicando seus motivos.

– Não posso ir. Farik voltará para cá, cedo ou tarde...

– Não se apegue mais a essa esperança, Kissa.

– Mas ele me escreveu dizendo que voltaria...

– Se sua mãe consentisse, Kissa. Mas ela não conssentiu, lembra?

– Por causa da tia Nailah, mas agora tanto ela quanto a mamãe estão mortas, não há mais motivos para impedir a volta de Farik para este lar.

– Não se iluda mais com esse sujeito, Kissa. Se ele realmente quisesse algo sério com você, não teria sumido do mapa, da noite para o dia, como fez no passado. Além do mais, mesmo com Farik de volta a essa casa, a maldição de Haji continuará. Especialmente em torno de você e de Sagira, sua filha, que são sangue do sangue de Nekhbet. Para mim, Haji não sosssegará enquanto não levar cada membro da família de Nekhbet para junto dele. Vocês duas não podem continuar à mercê desse perigo. Você não quer isso para sua filha, quer?

– Não, certamente que não! – Kissa engoliu em seco.

– Então, minha querida.

As palavras de Amunet novamente pesaram sobre a jovem.

– Está bem – Kissa acabou concordando. – Vou-me embora com vocês. Você tem razão, Amunet, essa pode ser mesmo a nossa única salvação. Minha e de minha filha.

Voltando os olhos para as terras ao longe, Kissa, muito tristemente comentou:

– Longe daqui, seremos pobres... Vamos provar da pobreza que tantos repudiam, que tantos abominam.

Amunet a lembrou:

– Mas ainda estaremos vivos, Kissa. Vivos! Pense nisso.

– De que me vale permanecer viva, sendo pobre e só? Você ainda tem seu marido, Nathifa o dela, eu não tenho ninguém, na verdade, nunca tive homem algum do meu lado.

– Mas você tem sua filha e a possibilidade de encontrar um novo amor.

Ela riu, sardônica e disse:

– Minha esperança era reencontrar Farik e com ele me casar e ser feliz como sempre sonhei. Mas, parece que os ventos nunca sopram a meu favor.

– Tenho fé de que longe daqui você possa encontrar um homem decente com quem possa ser feliz. Que possa também vir a ser um bom pai para Sagira.

– Sim, talvez... – murmurou Kissa, sem muita esperança.

E voltando os olhos para o passado, trazendo Haji de volta a sua memória, a jovem comentou:

– Haji não podia ter morrido jamais. Ele era bom, um moço bom e um de nós, no entanto, o matou.

– Não, Kissa! – exaltou-se Amunet.

– Matou-o, sim, Amunet! Se não fosse, não estaríamos passando por essa desgraça.

E tanto ela quanto Amunet se arrepiaram diante daquelas palavras.

Acelerando o processo de mumificação, os corpos de Halima, Nekhbet e Nailah foram finalmente sepultados somente com a presença da família. Visto que ninguém mais ousava se aproximar da propriedade, eles tiveram de se incumbir com as honrarias finais e o sepultamento.

Junto ao sarcófago de Nekhbet foram deixados todos os seus pertences que não eram poucos. Imhotep fora um marido que passara a vida toda cobrindo a esposa de joias, das mais valiosas e, por isso, poderia se dizer que os pertences de Nekhbet valiam tanto quanto as terras junto ao Nilo, que agora pertenciam aos herdeiros do casal.

Sem perder mais tempo, todos estavam prontos para partir.

Com medo de que até mesmo seus pertences estivessem amaldiçoados por Haji, a família deixou praticamente tudo na casa, levando consigo somente o que era básico e necessário.

Com lágrimas nos olhos, Bes avistou pela última vez o local onde havia nascido e crescido. Radamés também se mostrava emotivo diante do que via. Saber que não mais poderiam contar com a herança que há muito vinha passando de geração para geração, era quase desesperador. Saber que agora seriam empregados ao invés de patrões, era tão desesperador quanto. Mas os deuses haveriam de protegê-los, guiá-los para um lugar onde pudessem reconstruir suas vidas e, quem sabe, dar um futuro mais promissor para os seus filhos.

Participaram dessa fase da história os seguintes personagens:

Imhotep (O patriarca da família)
Nekhbet (A matriarca da família)
Nailah (A irmã solteira de Nekhbet)

Radamés (Filho mais velho de Imhotep e Nekhbet)
Amunet (Esposa de Radamés)
Tor (Filho mais velho de Radamés com Amunet)
Hator (Filho caçula de Radamés com Amunet)

Kissa (filha de Imhotep e Nekhbet)
Sagira (Filha de Kissa com o marinheiro)
Farik (O escriba por quem Kissa foi apaixonada) Apenas citação.

Bes (Segundo filho homem de Imhotep e Nekhbet)
Nathifa (Esposa de Bes)
Kanope (Filho de Bes com Nathifa)

Halima (Filha caçula de Imhotep e Nekhbet)

Acaran (O escriba que substituiu Farik)
Selk (Criada de confiança de Nekhbet)

Haji (O segundo marido de Nekbet)
Abadi (Irmão de Haji)
Sabah (Mãe de Haji e Abadi)
Izonia (Vizinha de Haji e Abadi em Tebas) Apenas citação.

151

Segunda Parte

Prólogo

As águas do Nilo brilhavam à luz do sol numa tarde bonita do segundo mês da enchente do que viria a ser o ano de 2000 antes de Cristo. Por sobre um barco, mãe e filha apreciavam a paisagem que ladeava o rio. Foi então que a garotinha avistou o local abandonado às margens do Nilo.

– Mamãe? – perguntou ela com súbito interesse.

– Sim, filha.

– Que lugar é aquele?

Ao voltar os olhos para onde a menina apontava com o dedo, a mãe não soube o que responder.

– Diga, mamãe, que lugar é esse?

Diante da pergunta da criança, um senhor, ajudante da embarcação, respondeu:

– Esse lugar, pequenina, é um lugar que deve ser esquecido por todos.

Tanto a menina quanto a mãe se assustaram com a resposta em tom melodramático.

– Por quê? – indagaram as duas, quase que ao mesmo tempo.

– Porque é um lugar amaldiçoado, minhas queridas.

– Amaldiçoado?!

– Sim. Amaldiçoado. Ninguém ousa pôr os pés ali desde então.

– Ninguém?

– Ninguém! Aquele que ousar, corre risco de ser amaldiçoado também.

Mãe e filha se arrepiaram.

A menina olhou com mais atenção para o lugar e avistou um moço sobre a plataforma de madeira junto à margem do Nilo, onde outrora muitos barcos aportaram. Seu rosto era claro, diferente dos egípcios que conhecera até então. Ele dirigia o olhar para o além do horizonte como se buscasse algo escondido ali. Era um rosto bonito e triste ao mesmo tempo. Envolto de tristeza e amargura, dava pena de se ver e, ao mesmo tempo, mal-estar.

Então, seus olhos abaixaram para a superfície do Nilo, o rio que dava vida ao Egito, o qual poderia ser chamado também de coração da civilização egípcia, demorou ali por quase um minuto e, só então, voltou-se na direção da menina. Quando seus olhos se encontraram com os dela, algo dentro da pequenina se acendeu. Foi como se ambos houvessem se reconhecido, porém, sem nunca terem se encontrado.

– Mamãe – murmurou ela. – A senhora vê o que eu vejo?

A mãe voltou-se para a filha com um olhar apreensivo.

– Ver? Ver, o quê, Nebseni?

– O moço de rosto bonito às margens do Nilo?

– Moço de rosto bonito?

– Lá! – continuou a menina, apontando com o dedo.

Mas quando ela virou-se novamente naquela direção, já não podia ver mais ninguém ali. Teria Nebseni contemplado um homem de carne e osso ou um espírito vagueando por lá? A resposta foi obtida minutos depois, pelo mesmo senhor que há pouco respondera sua primeira pergunta.

– O que a menina viu foi um espírito, minha senhora. Muitos já o viram.

– Espírito?! De quem? Quem é ele?

O homem olhou para um lado e depois para o outro e, abaixando a voz, respondeu:

– Daquele que amaldiçoou o lugar. Seu nome era Haji. Foi o segundo marido da dona da propriedade. Depois da sua morte misteriosa, seu espírito começou a assombrar a família porque dizem que um deles o assassinou. A maldição do morto foi tão forte que três membros da família morreram de forma impressionante, além de empregados da casa. houve também inscrições ameaçadoras feitas a sangue nas paredes da casa, além de animais mortos que misteriosamente apareciam por ali. Um horror! Diante disso tudo, a família se viu obrigada a se mudar dali, abandonar completamente tudo o que lhe pertencia por herança, seguindo cada um para um canto do Egito.

– Nunca mais se soube deles, digo, dos familiares?

– Não.

– Que situação, hein? Ter de abandonar sua morada, suas posses e recomeçar do zero.

– Nem fale.

– Não é nada fácil.

– Não é. Mas pelo menos ficaram livres da maldição. Quer dizer, assim espero que tenham ficado.

– Também espero. Coitados. Que os deuses os protejam.

– Sim.

A egípcia voltou a se arrepiar, abraçando fortemente a filha que permanecia com a imagem do rosto do moço que vira há pouco, colada na sua lembrança, algo que ela jamais haveria de se esquecer.

154

Capítulo 1

Sabendo que ninguém às margens do Nilo lhes daria emprego se soubesse que faziam parte da família cujas terras haviam sido ameaçadas pela morte misteriosa de um jovem, todos decidiram esconder sua verdadeira origem.

A fim de não levantar suspeitas, Radamés, esposa e filhos seguiram para um lado, Bes, esposa e o filho do casal, para outro, levando com eles, Kissa e sua filha. Com sorte, eles logo conseguiram empregos em áreas rurais e, assim, puderam recomeçar suas vidas, ainda que modestamente.

Depois de se ajeitarem na sua nova morada, Bes voltou-se para a esposa e disse, com surpreendente aspereza:

— Ocorreu-me, agora, que se você continua grávida, mesmo depois de toda a maldição lançada por Haji, sobre a minha família, é porque certamente o filho que você gera em seu ventre é mesmo dele, Nathifa.

— O que foi que você disse? – exaltou-se a mulher, diante da suposição levantada pelo marido. – Não acredito que, depois de tudo o que passamos, você continua duvidando de minha fidelidade para com você.

— Continuo sim, Nathifa! Quão tolo fui eu para não ter percebido isso antes, bem antes! Aposto que minha família e os empregados de casa, assim que souberam do seu envolvimento com o estafermo do Haji, antes de ele se casar com minha mãe, riram um bocado de mim pelas costas.

— Bes, ouça-me!

— Ouça-me você, Nathifa! Se pensa que sou otário, está muito enganada. Seu plano e do seu amante pode ter parecido perfeito no início, mas agora...

— Bes...

Ele novamente a interrompeu:

— Diga-me se não estou certo após ouvir minha teoria. Você vai a Tebas na companhia de minha mãe, para rever seus familiares enquanto

155

ela estivesse cumprindo suas obrigações na cidade. Então, reencontra o calhorda do Haji, por acaso, e passam dias juntos se amando, traindo-me, despudoradamente. Não há perigo algum de serem descobertos, afinal, estou longe, muito longe de Tebas, não só eu, como todos que podem flagrá-la com o seu amante.

Bes tomou ar e prosseguiu:

— Então, o inevitável acontece! Dentro em breve, você terá de voltar para casa na companhia de minha mãe, e, com isso, você e Haji terão de se separar, o que será dolorido para ambos. Surge então uma ideia, uma brilhante ideia para impedir que isso aconteça. Se Haji seduzir minha mãe e ela cair na sua lábia, os dois se casarão e ele passará a viver na mesma propriedade em que você vive. Lado a lado, os dois poderão viver como amantes, encontrando-se às escondidas. O plano é perfeito e dá certo, pois minha mãe acaba se encantando por Haji. Ao saber que você está grávida, torna-se de extrema importância para ele permanecer ao seu lado, pois só assim poderá viver ao lado do filho que terá com você.

Bes deu um suspiro e, exibindo no rosto aquele ar de superioridade que Nathifa tanto detestava, questionou:

— Foi isso, não foi?

A resposta dela foi rápida e severa:

— O ciúme está fazendo-o delirar, Bes. Simplesmente, delirar!

Ele também lhe respondeu severamente:

— Foi exatamente assim que aconteceu, Nathifa! Eu sei! Não adianta negar.

Novo suspiro e ele voltou a falar, furioso:

— Idiota! Como eu fui idiota!

Ela se levantou e foi até ele, agarrando firmemente seu braço:

— Bes, não é nada disso.

Ele se livrou dela com um safanão e gritou:

— É isso, sim!

— Bes, eu o amo!

Ele gargalhou, cheio de ironia:

— Você é mesmo uma falsa, dissimulada, uma serpente.

— Ouça-me, Bes.

— A minha vontade, a minha real vontade, Nathifa, desde que soube do seu envolvimento com aquele pulha, era ter-lhe dado uma surra, só não fiz porque estava grávida e eu jamais mancharia minha alma com algo abominável contra um ser indefeso.

— Não, Bes, o filho é seu!

156

– Não é, por isso que o espírito daquele desgraçado protege a sua cria!

– Bes, por favor.

– Assuma, Nathifa, será melhor para você!

– Eu jamais o traí com Haji. Quantas vezes vou ter de lhe repetir isso? Eternamente?

Sem mais, o marido partiu, pisando duro e cuspindo pelas ventas. Nathifa então, voltou os olhos para o horizonte onde reviu Haji em pensamento: lindo, altivo e imponente, como se tornara ao amadurecer. Estaria seu espírito se sentindo vitorioso depois de todo estrago que causara à família de Nekhbet? Sim, só podia...

Foi então que ela prestou melhor atenção aos olhos do rapaz que via em sua lembrança e se surpreendeu ao encontrar uma tristeza profunda e vasta pairando ali. Não havia o prazer de uma vingança, tampouco o triunfo por tê-la realizado, havia apenas tristeza, uma quase infinita tristeza.

Aquilo deixou Nathifa intrigada. Se todo o mal que se abatera sobre a familia de Nekhbet fora obra do espírito de Haji, por que ele não lhe parecia contente com aquilo? E a pergunta vagou por sua mente, até se silenciar por completo.

Quando Kissa encontrou a cunhada naquela tarde, Nathifa se encontrava em seu quarto, sentada no ponto mais escuro do aposento, quando não iluminado por uma lamparina.

– Você amava Haji, não é mesmo, Nathifa? – perguntou-lhe Kissa sem rodeios. – Você o amava, eu sei, eu sinto.

– Não, Kissa! Amar mcsmo, de verdade, eu só amei seu irmão. Por isso me casei com ele.

– Desculpe dizer, mas, depois que soube do seu envolvimento com Haji no passado, cheguei a pensar que houvesse se casado com Bes, somente por ele ter condições de sustentá-la.

– Não, minha querida. Casei-me com Bes porque eu realmente me apaixonei por ele. Ele sempre foi mais maduro, mais homem, mais...

– Do que Haji, você quer dizer?

– Sim, Kissa. Por isso me apaixonei por ele. Haji foi apenas uma paixão de adolescente. Eu gostava dele, não nego, sim, sempre gostei. Sempre fora gentil comigo, doce e amável, mas não era um homem no sentido total da palavra, era apenas um adolescente como eu, imaturo e inexperiente com a vida. Você sabe que Abadi, seu irmão, apesar de ser mais jovem do que Haji, sempre me pareceu mais maduro do que ele.

157

Nathifa fez uma pausa e com determinação, falou:

– Penso que foi melhor Haji ter morrido. Algo me diz que, enquanto ele permanecesse no seio de nossa família, nós nunca mais encontraríamos a paz de outrora.

– Não se esqueça, minha cunhada – obsevou Kissa, gravemente. – Que mesmo com ele morto, essa paz jamais foi recuperada. E não creio que volte a ser como um dia foi.

Diante do comentário, Nathifa se calou por não ter como contestá-la.

Diante do desprezo do marido, Nathifa seguia seus dias chorando muitas vezes calada. Ao encontrá-la triste e melancólica, os olhos de Bes brilhavam tomados de satisfação. Ver a esposa sofrendo, era o que ele mais queria, era a forma ideal, em sua opinião, de fazê-la pagar por tê-lo traído com Haji.

– Você não tem pena de mim, Bes? – perguntou Nathifa, certo dia, ao vê-lo olhando para ela tão friamente.

– Não, Nathifa, não tenho!

– Mesmo eu estando grávida de um filho seu?

– Jamais você irá me convencer de que esse filho é meu, Nathifa. Você sabe que não é! Ele é apenas fruto de uma traição insana da sua parte.

– Bes, por favor... Não me trate assim!

– Trato, e deveria fazer pior. Mandá-la embora daqui.

– Você não teria coragem porque me ama.

– Não...

– Me ama sim, Bes!

– Não, Nathifa! O meu amor por você morreu no dia em que descobri sua traição. Só a mantenho ao meu lado, porque ainda é a mãe de Kanope, meu filho adorado.

Breve pausa e ela perguntou:

– Você irá mesmo desprezar essa criança que gero em meu ventre?

– Sim! Você a terá, mas ela nunca me terá como pai. Nunca!

– Você ainda vai se arrepender do que diz, Bes.

– Eu nunca me arrependo de nada, Nathifa. Nunca! Só os fracos se arrependem e eu nunca fui fraco. Em minha família, eu fui sempre o mais forte e meu pai sabia disso, sempre soube, por isso não me poupava elogios.

Sem mais, Bes deixou a esposa, acariciando seu ventre, procurando se controlar para o bem da criança que crescia ali.

Quando Kissa tentou falar com o irmão a respeito da sua desconfiança para com a esposa, Bes, como sempre, recusou-se a ouvi-la.

Finalmente o bebê nasceu, era um menino que, por sugestão de Kissa, foi chamado de Dilano. O nascimento do irmão foi recebido com grande alegria por parte de Kanope. Para ele, ter um bebê chorão dentro de casa, era muito mais divertido do que irritante.

O nascimento do menino não comoveu Bes em nenhum momento. Como havia prometido à esposa, ignorou a criança desde então. Era como se ele não existisse. Quando, sem querer, ele batia os olhos no menino, fofinho e sorridente, Bes se lembrava imediatamente de Haji e tinha novamente a impressão de que ele havia voltado à vida por intermédio da criança.

Capítulo 2

Enquanto isso, noutro extremo do Egito, Amenophis, o novo faraó, visitava as pirâmides ao lado de sua jovem esposa Thermuthis. O esforço físico para chegarem ao topo de uma delas, deixou-os sem fôlego, afinal, subir 400 degraus sob o sol escaldante do deserto não era nada fácil. Em compensação, a vista que tiveram dali compensava qualquer esforço.

Antes de partirem, o faraó deu uma última olhada especulativa em direção ao horizonte, admirando mais uma vez a linda vista que se tinha do sol que para eles, na ocasião, era o rei supremo. Só então, segurando a mão da esposa, ambos seguiram escadaria abaixo.

Anoitecia quando chegaram à cidade. Os pés doíam de tanto caminhar, tudo o que mais desejavam naquele momento era um lugar onde pudessem descansar por completo. Foi então que o inesperado aconteceu: um homem surgiu do nada, segurando uma faca e avançou na direção do faraó. Segurou-o por de trás, de forma a subjugá-lo por inteiro.

– Não se aproximem! – berrou, furioso.

A rainha gritou, histérica, e correu na direção das sentinelas que ficaram sem saber o que fazer.

Impondo a faca na direção do pescoço do faraó, o sujeito repetiu as ameaças. Foi então, em meio a uma súbita distração do algoz, que um moço saído das sombras, segurou-lhe o punho, provocando-lhe tremendo susto com a aparição repentina. Com isso, a faca caiu de suas mãos e o faraó se libertou dos seus braços. Enquanto seu salvador se atracava com o homem, as sentinelas, rapidamente correram para apartar a briga e dominaram o agressor que começou a grunhir feito um porco, ao ser estripado. Só então notaram que ele havia sido esfaqueado na altura do abdômen, por aquele que salvara o faraó.

O sujeito, suando em profusão se desculpou:

– Eu não queria ter feito isso. Mas era ele ou eu. Era ele ou o faraó!

O faraó se achegou ao moço e lhe pediu calma.

– Uma canalha desses não merecia outra coisa, senão a morte – falou, muito emocionado. – Você salvou a minha vida. Ser-lhe-ei eternamente grato.

O sujeito se ajoelhou diante dos pés do faraó e disse, respeitosamente:

– Só cumpri o meu dever, Vossa Majestade.

– Eu sei. Mais uma vez obrigado.

E o sujeito fez nova reverência.

– Qual o seu nome, meu caro? – quis saber o rei.

– Abadi, a seu dispor – respondeu o moço, voltando seus olhos vermelhos e lacrimejantes na direção daquele que todo povo egípcio respeitava acima de tudo.

– Levante-se, por favor! – pediu-lhe o faraó, ajudando o rapaz. – Jante comigo esta noite.

– Não sou digno de tamanha gentileza, Majestade.

– Eu insisto! Por favor.

E foi assim que Abadi se tornou amigo do faraó, uma amizade que se estendeu e se fortificou ao longo dos anos, permitindo que ele se tornasse o seu braço direito.

Nesse ínterim, Radamés, Amunet e os dois filhos se adaptavam a sua nova morada, uma casa muito simples na periferia de um vilarejo. O trabalho de Radamés agora, seria ajudar um famoso embalsamador da época, durante o processo de embalsamamento e mumificação dos corpos. Para ele, aquilo foi um tremendo desafio, uma vez que nunca gostou sequer de tocar num morto. Mas ele precisava do emprego, não tinha escolha, se quisesse sobreviver. Era aquilo ou trabalho braçal sob o sol a pino, construindo estátuas a mando do faraó.

O senhorio para qual Bes agora trabalhava, certo dia notou o desprezo com que o moço tratava o menino já com quatro anos na ocasião. Quis então saber o motivo e quando Bes desconversou, ele procurou Nathifa para lhe falar a respeito, em particular. Foi com grande emoção que ela contou-lhe o porquê de o marido desprezar o segundo filho do casal.

– Eu sinto muito – falou o homem que sempre tivera bons olhos para o pequeno Dilano. – E saiba que acredito em você, quando afirma não ter traído seu marido. Posso ver em seus olhos que me diz a verdade.

161

– Obrigada por confiar em mim, senhor.

– Sabe, minha senhora, eu sempre quis ter um filho homem. Cheguei a tê-lo, mas ele não sobreviveu por muito tempo. Na segunda gravidez de minha esposa, acreditamos que nasceria novamente um menino. Veio então uma menina que minha esposa rejeitou desde o primeiro instante, por não ser o menino que eu tanto sonhei ter. Quando ela novamente engravidou, renovou-se a esperança de termos finalmente o garoto tão sonhado. Eu queria, sim, um menino, não nego, mas se viesse outra menina, ela seria acolhida em meu lar e em meu coração, com o mesmo carinho. Jamais a rejeitaria por isso. Pois bem, a criança nasceu e era novamente uma menina para tristeza e decepção de minha esposa. Ela, então, num momento de fúria, quando não havia ninguém por perto, matou o bebê e se matou. Fez tudo isso na frente da nossa menina que ficou em choque por dias, e levou quase dois anos para se recuperar do choque.

– Que triste – murmurou Nathifa, com lágrima nos olhos.

– Sim, muito triste.

– Eu perdoei a minha esposa pelo que ela nos fez, ainda que eu saiba que diante do deus Osíris, ela não foi perdoada. Porque seu coração pesou mais do que a pena da verdade que representa a bondade.

– Que gesto mais nobre o do senhor.

– Obrigado.

Breve pausa e o senhorio prosseguiu:

– Mesmo depois de tudo que minha esposa fez, ela foi embalsamada e mumificada como manda a boa tradição, e durante seu funeral recebeu todas as honrarias devidas e, até hoje, levamos oferenda ao seu túmulo para alimentar o seu Ka.

– O senhor realmente perdoou a sua esposa. O perdão é uma dádiva muito rara de se alcançar. Por muitas vezes, eu mesma, não consegui encontrar o perdão necessário para dar àqueles que tanto me magoaram.

– Cada um tem o momento certo para dar o devido perdão a quem necessita, não é mesmo?

Nathifa assentiu. Nova pausa e o sujeito lhe fez uma proposta:

– Tenho uma sugestão para lhe fazer, Nathifa. Sinta-se à vontade para recusá-la, se achar que não convém. Visto que moro só em minha rica morada, gostaria de levar o pequeno Dilano para morar comigo, onde seria criado da melhor forma possível. Com você morando em minha propriedade, você teria liberdade total para ficar junto dele, quando bem quisesse. O filho continuaria sendo seu, como é de direito, eu apenas o criaria, faria a imagem do pai que se recusa a aceitá-lo como filho. Faço-lhe essa sugestão, até audaciosa da minha parte, porque gosto do menino e já que não tive filho, ele poderia muito bem substituí-lo, de certa forma.

– Mas e sua menina, o que houve com ela? Aquela que sobreviveu.

O homem abaixou o rosto, respirou fundo e só então falou:

– Ela também se matou anos depois.

Nathifa se arrepiou.

– Que dó!

– Sim, foi uma pena. Por ela ter sido rejeitada pela mãe e ter visto a própria mãe, matando a irmã a sangue frio e a si mesma, em seguida, ela certamente não ficou bem da cabeça. Na verdade, ela nunca mais se recuperou. Achamos que poderia voltar ao normal com o tempo, mas... Isso nunca aconteceu. Ao saber que a mãe a odiara por querer um filho homem e ter nascido no lugar, a menina começou a rejeitar sua alma feminina. Não queria ser mais mulher e, por isso, começou a se portar como homem, o que certamente provocou espanto em todos que a cercavam e críticas. Diante do olhar preconceituoso da maioria, minha filha foi ficando cada vez mais deprimida, e ainda que eu a aceitasse do jeito que era e pedisse a todos que não a julgassem, muitos, infelizmente, não conseguiam esconder seu preconceito. O final, você já sabe...

– Que história mais triste.

– Sim. – Ele enxugou os olhos lacrimejantes e disse: – Eu aceitaria minha filha de todo jeito. Foi uma pena ela ter se voltado contra si mesma.

– Sem dúvida.

– Como vê – continuou o senhorio, sabiamente. – Todos nós, sem exceção, temos uma passagem triste de nossa vida para contar ou ocultar. Muitos, por sinal, têm bem mais do que uma.

– Verdade.

Nova pausa e o sujeito perguntou:

– E então, o que me diz a respeito da proposta que lhe fiz?

– Bem, preciso falar com meu marido, antes de tomar uma decisão. De qualquer modo, sou muito grata ao senhor por querer nos ajudar diante desse infortúnio.

– Aguardarei sua decisão.

Sem mais, o senhorio partiu.

Ao reencontrar Bes naquele fim de tarde, Nathifa lhe falou sobre a proposta do senhorio. Bes, na mesma hora, deu de ombros.

– Você não se importa, não é mesmo, Bes? – indagou Nathifa, já

163

esperando por aquela reação da sua parte.

Novamente ele deu de ombros.

– Então, Dilano passará a morar com o senhorio daqui para frente. Será melhor para ele, será melhor para todos nós.

E foi assim que o menino, de certo modo, foi adotado pelo rico senhor daquelas terras.

Diante da mudança, Nathifa acreditou que Bes acabaria sentindo falta do menino na casa, o que não aconteceu. Ele realmente não fazia questão do garoto. Para ele, quanto mais longe o menino ficasse, melhor, o que era uma pena para ambos.

Capítulo 3

Na casa do senhorio, o pequeno Dilano, já com oito anos de idade nesta ocasião, era tratado como um príncipe, como se ele fosse realmente um filho legítimo do dono da casa. Kanope e Sagira, com dez anos de idade nesta data, também usufruíam das mordomias do menino, por estarem sempre na sua companhia.

Certa vez, a pequena Sagira voltou-se para o tio, pegou-o pela mão e o conduziu até onde os priminhos estavam brincando. Ao perceber o que a menina pretendia, Bes travou os passos e se irritou com ela.

– O Dilano... – tentou dizer a garotinha, mas Bes não lhe permitiu. Furioso, agarrou a menina pelos ombros e falou, com todo ódio de que dispunha em seu coração:

– Eu não gosto dele, Sagira. Entendeu? Não gosto desse moleque. E você e o Kanope deveriam ficar longe dele. Bem longe!

A menina era ainda muito criança para compreender realmente sua posição diante do garoto. Ao reencontrar Kissa, a irmã rapidamente repreendeu Bes, pelo seu gesto há pouco:

– Você não deveria ter descontado sua raiva em minha filha, Bes. Ela estava apenas tentando ser gentil com você. Só isso!

– Eu gosto da Sagira, Kissa, se fui agressivo com ela, perdão!

– Sei que você gosta mais dela do que do Dilano, seu filho...

– Ele não é meu filho, Kissa! Entenda isso de uma vez por todas. Aquele pirralho é filho daquele desgraçado que destruiu a nossa família.

– Mas você não tem certeza.

– Nem você tem a certeza de que ele não é realmente filho daquele estafermo.

– Mas eu acredito em Nathifa.

– Pois eu, não!

– Então por que continua dormindo ao seu lado?

– Porque ela é minha mulher.

– Eu sei. Mas sei também que é muito mais pelo fato de você amá-la, do que propriamente por ela ser sua mulher, que você se mantém fiel a ela. Ainda que a trate mal, sendo sempre ríspido com ela, você ainda a ama, imensamente.

O rosto dele desmoronou e antes que ficasse ainda mais sem graça diante da irmã, Bes seguiu seu rumo.

Ainda que Dilano recebesse muito amor por parte daquele que o criava, o garoto ocupava seu tempo, desenhando algo que, de certo modo, encobria sua carência paterna. Isso fez com que ele se tornasse um bom desenhista e pintor, chamando atenção do dono das terras, onde a pequena família passou a morar e trabalhar. Maravilhado com seu talento para artes, o senhorio passou a fornecer papiros para o menino ter onde fazer suas pequenas obras. Assim sendo, Dilano enchia um papiro após outro com paisagens coloridas e deslumbrantes. Logo, Kanope e Sagira desenhavam com ele, estimulados por sua aptidão artística.

– Ele deve ter puxado Halima – comentou Kissa, com Nathifa, certo dia.

Nathifa concordou:

– Sim, sem dúvida. Afinal, nenhum outro membro da família de Imhotep e Nekhbet, tinha tanta aptidão para a arte como ela.

– Pobre Halima... – murmurou Kissa, com lágrima nos olhos. – Morrer tão moça...

– Foi mesmo uma pena. Não gosto nem de lembrar.

– Nem eu. Coisas tristes devemos mesmo é esquecer.

– Sem dúvida.

Dias depois, Bes estava sentado sob a sombra de uma palmeira, admirando o cair da tarde, quando Dilano lhe fez uma surpresa.

– Olá – disse o garoto, timidamente.

Bes, conscientemente ignorou o menino que ficou impressionado, mais uma vez, com aquela expressão tão assustadora e severa na face do sujeito.

Estendendo sua mãozinha direita na direção de Bes, Dilano falou:

– Fiz para o senhor.

Era uma linda gravura, desenhada por ele, num papiro de alta qualidade. Os lábios de Bes se torceram num sorriso sem humor.

– Saia daqui, moleque! – rosnou ele, sem nenhum tato.

Nisso, Kanope se juntou a eles, sorriu para Dilano e beijou seu pai. Bes retribuiu o beijo do filho mais velho, com grande entusiasmo e, ainda, acariciou sua cabeça com ternura. Ia dizer algo para Kanope, mas ao se deparar com os olhinhos vivos e carentes de Dilano, mudou drasticamente de ideia.

– Suma daqui, moleque! – ralhou Bes novamente com o menino. – Já lhe disse para se afastar de mim.

– Dilano é muito legal, papai – interveio Kanope a favor do irmão.

– Se fosse de verdade, Kanope, não seria tão inconveniente!

Nunca Bes se mostrara tão azedo.

Kanope olhou para a gravura que o irmão segurava nas mãos e a elogiou:

– Mas que lindo! Você é mesmo um grande desenhista, Dilano. – Voltando-se para o pai, o garoto falou: – Veja, papai! Que linda gravura.

– Eu fiz para ele – explicou Dilano, ainda tentando ser agradável com Bes.

– Ouviu, papai? Ele fez para o senhor. Veja! Pegue! Agradeça!

Bes não fez nem uma coisa nem outra, simplesmente levantou-se e saiu, apertando o passo, explodindo de raiva.

Kanope voltou-se então para o irmãozinho e disse, num cochicho amigável:

– Às vezes o papai é ranzinza, mas no fundo é bom camarada.

O menino abaixou a cabeça e Kanope imediatamente tentou reanimá-lo.

– Venha! Vamos brincar!

E lá foram os dois se divertir. Correram atrás dos gansos, patos e grous. Observaram os criados cuidando da horta e colhendo os vegetais, bem como outros preparando uma vaca para ser abatida. O mais interessante foi assistir ao preparo da cerveja e a irrigação que os egípcios tinham por hábito fazer, para manter a plantação sempre viçosa.

Diante da cena tocante vivida minutos atrás, Nathifa se aproximou do marido e disse, com todas as letras:

– Você tem tanto ódio do menino, que não consegue ver que ele é a sua imagem e semelhança.

– Não diga sandices, Nathifa.

– O ódio realmente o deixou cego, Bes. Cego! Qualquer um pode notar a semelhança entre você e DIlano. Até mesmo um cego.

Sem mais, ela o deixou só e pensativo.

Assim que Kanope reencontrou o pai, naquele dia, tomou coragem para lhe perguntar o que há muito coçava sua garganta:

– Papai, por que você não gosta do Dilano?

Bes jamais pensou que o filho adorado lhe faria tal pergunta:

– E-eu...

– Diga, papai. Dilano é tão bom para nós, especialmente para o senhor.

– Não gostaria de falar a respeito disso com você, Kanope, você é ainda muito criança para compreender meus motivos. Mas um dia, um dia, prometo lhe dar a devida explicação.

O menino assentiu, sem saber ao certo se deveria. Desde então, passou a tratar o irmãozinho com atenção redobrada, exercendo o papel de irmão e pai do garoto, ao mesmo tempo.

Kanope também estava disposto a aproximar Dilano do pai e, foi por isso que, certo dia, quando Bes o convidou para ir com ele de companhia ao vilarejo mais próximo de onde moravam, Kanope fez sinal para o irmão e disse:

– Papai e eu estamos indo ao vilarejo. Venha conosco!

Bes se opôs à ideia no mesmo instante:

– Não tem espaço, Kanope.

– Como não, papai? A gente espreme.

E antes que Bes se opusesse novamente à ideia, o garoto estendeu a mão para Dilano e o puxou para cima da carroça, fazendo-o se sentar ao seu lado. Logo se viu que o menino estava contente com o convite e com o passeio que fariam.

Bes ficou tão irado com a presença do menino, que para disfarçar sua raiva, entregou-se a um assovio estridente e exagerado.

Apesar dos pesares, os irmãos se divertiram um bocado.

Quando Nathifa percebeu que o senhorio demonstrava interesse por Kissa, decidiu falar com a cunhada a respeito.

– Ele é um bom sujeito Kissa. Poderia ser um excelente marido para você e também um ótimo pai para Sagira.

– Eu sei, mas...

Nathifa completou a frase por ela:

– Mas ele não é Farik, seu adorado Farik, certo?

Kissa riu e Nathifa, pasma, quis saber:

– Você ainda o ama? Mesmo?!

A moça admitiu que sim, porque assim realmente ditava o seu coração.

– Sim, Nathifa, eu ainda o amo.

– Jura mesmo?

– Sim!

168

– Que amor mais lindo o seu por ele, hein?

– Igual ao que você sente por Bes.

– É verdade.

Risos.

– E por falar em Farik, Kissa, por onde será que ele anda?

– Bem, isso eu já não sei lhe responder. Depois que partimos de casa, pedi ao escriba desta propriedade, para lhe escrever uma carta, contando onde eu estava morando agora. Ela foi enviada, para o endereço que ele colocou na última carta que me remeteu. Todavia, nunca obtive resposta. Aqui, pelo menos, nunca chegou carta alguma.

– Ele deve ter se mudado?

– Pode ser.

– Que pena!

– Sim, uma pena.

– Mesmo assim, percebo que você ainda tem esperanças de reencontrá-lo, certo?

Kissa fez que sim com a cabeça.

– Que esperança a sua, hein? Porém, já se passou tanto tempo desde que, chegamos aqui, você não acha que, nesse período, ele pode ter se casado com outra?

– Já pensei nisso também, Nathifa, mesmo assim, ainda mantenho esperanças de reencontrá-lo livre, totalmente livre para mim.

– Isso que é otimismo, hein?

– Sem dúvida.

Breve pausa e Kissa fez novo desabafo:

– O que importa é que Farik sempre me amou. Disso, eu nunca tive dúvidas. O fato de ele ter ido embora de nossas terras, de uma hora para outra, sem sequer se despedir de mim, deve ter outro motivo... Só sei que eu e ele ainda nos encontraremos e acabaremos nos casando. Aguardo por esse momento ansiosamente há anos.

– Acho tão bonito da sua parte, manter acesa em seu coração a paixão por esse homem, mesmo depois de ele tê-la abandonado.

– Um amor como o nosso, Nathifa, não pode terminar com um distante do outro. Nenhum grande amor deve terminar assim, concorda?

Com certo pesar, a cunhada opinou:

– Infelizmente, minha querida, muitos amores acabam dessa forma. Nenhum amante conhece seu destino até que se encontre de fato com ele. O destino dos amantes é inesperado... Sempre inesperado. Quem dera, pudéssemos prever tudo que vai nos acontecer, para evitarmos tristezas e separações.

– Quem dera, Nathifa... Quem dera!

– Mas, tristezas e separações são inevitáveis. Não se pode viver somente em meio a alegria; a vida não quer, e penso que a alegria não consegue existir sem coexistir com a tristeza.

– Belas palavras, Nathifa. Belas palavras! – elogiou Kissa, sorrindo ternamente para a cunhada a quem tanto queria bem.

Mais um ano havia se passado e Kissa partia rio acima, como de hábito, a pedido do senhorio, até a cidade de El Kapur, para comprar tecidos e outras utilidades que só uma mulher teria bom gosto para adquirir. Como sempre, Kissa deixava Sagira sob a responsabilidade de Nathifa, sabendo que a menina estaria em boas mãos durante sua ausência.

Depois de percorrer muitas lojas por El Kapur, Kissa fez uma pausa para ir às margens do Nilo, espairecer um pouco. Estava exausta, mas era uma exaustão gostosa, tranquila. Por minutos, ela ficou sentada sobre um lugar apropriado, admirando o rio, enquanto sua mente vagava longe, sob as sombras do passado...

Foi então que ela avistou uma barcaça chegando e sobre ela, um velho conhecido seu.

– Farik! – exclamou Kissa, pondo-se de pé, imediatamente. – É ele! É ele, sim! – tornou ela, feliz, seguindo em direção do pequeno cais.

Ao vê-la, o sujeito grandalhão também se mostrou surpreso:

– Kissa! Quanto tempo!

Ela correu até ele e o abraçou, apertado.

– Que saudade... Que saudade!

Havia algo de diferente nele, mas ela não soube precisar o quê.

– Esperei tanto por você, Farik. Recebi a carta em que você pedia permissão a minha mãe para voltar para nossa casa, mas quando eu finalmente pude lhe responder, nunca obtive resposta da carta enviada.

– Imprevistos, Kissa. Certas coisas fugiram ao meu controle e, por isso, tive de mudar do lugar em que eu morava na ocasião em que lhe remeti a tal carta. Por isso, a sua nunca chegou as minhas mãos. Confesso a você que pensei, sim, em procurá-la na propriedade de vocês, mesmo sem saber se sua mãe consentiria com a minha volta, mas, então, soube que vocês haviam partido de lá. Não se falava noutra coisa pelo Egito do que a maldição que se abateu sobre a sua família.

– A notícia parece que correu na velocidade do vento...

– É mesmo verdade?

– Sim, Farik. É.

– Que coisa, não?

170

– Nem fale. Depois lhe conto em detalhes, se quiser.

– Sim, sim... – ele girou o pescoço ao redor e disse: – Preciso apanhar minhas coisas. Espere um minuto.

Ao voltar, ele parecia mais aliviado.

– Pronto, já despachei tudo para a minha morada. O que faz em El Kapur?

– É uma longa história. Se tiver tempo e paciência, eu até conto para você.

– Por favor. Sou todo ouvidos.

– Bem...

E Kissa lhe contou tudo a respeito do casamento de Nekhbet com Haji e o desfecho trágico que teve tudo aquilo.

– Que triste tudo isso, Kissa. Eu sinto muito.

– Pois é.

– Sua mãe e sua tia até que tinham certa idade, já haviam vivido um bocado, mas Halima... Coitadinha, morrer tão moça.

– Foi mesmo uma pena. Até hoje choro por ela.

Breve pausa e Kissa retomou sua narrativa:

– Depois que partimos de nossas terras, cada membro da família teve de recomeçar a vida, arranjar um trabalho para se sustentar. Antes éramos os patrões, hoje somos empregados. Estamos vivendo assim já há dez anos. Dez longos anos.

– Que virada do destino, hein? – O tom de Farik ainda demonstrava espanto.

– Nem fale!

Breve pausa e ela voltou a falar, num tom mais tenso:

– Há outra virada do destino na minha vida, Farik. Aconteceu logo depois que você partiu da nossa casa. Eu estava tão revoltada com você, mas tão arrasada por você ter ido embora, de uma hora para outra, sem se despedir de mim, sem me levar com você que... Bem, eu me entreguei a um marinheiro e, desse ato, nasceu minha filha. Seu nome é Sagira.

– Quer dizer então que você teve uma filha? Já deve estar grande, não?

– Sim. Sagira já está com quase doze anos de idade completos. Já é quase uma mocinha.

– Adoraria conhecê-la.

– É mesmo?

– Sim, por que, não?

– Poxa, pensei que... – ela suspendeu a frase por outra. – E você se casou?

171

– Não, ainda estou solteiro.

Kissa simplesmente adorou ouvir aquilo, pois lhe deu a certeza de que o tempo o havia conservado daquela forma, para finalmente poderem se casar, como ela tanto sonhara. As palavras dele a seguir, foram:

– O que fazia você às margens do Nilo a essa hora?

– Breve pausa do trabalho. Vim à cidade para fazer compras para o senhorio das terras onde moro e trabalho.

– Compreendo.

– Hoje você trabalha como escriba para quem, Farik?

A pergunta o surpreendeu.

– Não, Kissa, hoje tenho meu próprio negócio. Meu último patrão me deu uma boa recompensa por um serviço que lhe prestei e, isso fez com que eu tivesse condições de me tornar o meu próprio patrão.

– Que bênção!

– Sem dúvida.

E novamente ela sentiu algo de diferente nele. Não o suficiente para impedi-la de dizer que ainda o amava.

– É verdade, Farik... Jamais me esqueci de você. Até hoje, não sei ao certo o que o fez partir, sem sequer me dizer adeus. Mas deve ter tido um bom motivo para isso.

– Foi seu pai quem me pediu para ir embora, Kissa. Amunet fez intrigas entre mim e ele.

– Amunet?!

– A própria! Aquilo lá não é flor que se cheire. Parece uma boa moça, fiel ao seu marido e à família, mas por trás de toda sua elegante calmaria, esconde-se uma naja perversa e venenosa.

O tom que ele usou fez Kissa se arrepiar.

– Poxa, jamais pensei que Amunet fosse esse tipo de pessoa.

– Ela engana muita gente com aquele rostinho bonito e aquela voz macia. Na verdade, ela engana todos.

– Sim, certamente.

A seguir, Farik fez questão de acompanhar Kissa até a estalagem onde ela se encontrava hospedada.

– Bem... – murmurou ele, ao chegar ali.

E mirando fundo em seus olhos, ele a beijou. Um beijo que significou tudo para Kissa e um pouco mais.

– Vamos combinar de nos ver mais amanhã, se puder? – disse ele a seguir.

– Eu adoraria.

E assim marcaram a hora e se reencontraram novamente junto ao

Nilo, ao cair da tarde, onde puderam conversar mais tranquilamente.

– Pensei em você a noite toda, Kissa... – admitiu ele, olhando compenetrado para ela. – Mal consegui dormir direito por isso.

– Eu também fiquei pensando em você, Farik.

– Cheguei a uma conclusão a respeito do nosso encontro.

– Qual?

– Encontramo-nos novamente, depois de tantos anos, porque é mesmo para ficarmos juntos. Creio também que não me casei, com mulher alguma, nesse período, porque meu coração foi sempre seu. Haveria de ser, no final.

– Poxa, suas palavras me emocionam.

Tomando-lhe as mãos, ele, com sua voz grave e retumbante completou:

– Case-se comigo, Kissa. E farei de você a mulher mais feliz do Egito.

– Casar-me com você? É o que mais quero.

– Então...

E os dois se abraçaram.

– E quanto a minha filha Sagira?

– O que tem ela?

– Você a aceitará convivendo conosco?

– É óbvio que sim, Kissa! Que espécie de homem você pensa que eu sou?

– Poxa! Todos tinham tanto receio de que você não a aceitaria. Que o fato de ela ter nascido, nos separaria...

– Bobagem. Sagira, ao meu lado, estará em tão boas mãos quanto você, Kissa. Farei também o papel de padrasto para ela.

– Obrigada.

No momento seguinte, Farik levou Kissa para conhecer a casa onde morariam, assim que se casassem.

– É modesta. Ainda não é tão gloriosa quanto a que sonho ter um dia, mas...

– Para mim é perfeita, meu amor. Tem até piscina. Só mesmo os ricos conseguem morar num local assim. Você realmente se tornou um homem abonado, parabéns!

– Isso tudo é fruto de muito trabalho e muito esforço, Kissa. Muito empenho.

– Você merece.

E carinhosamente ela o beijou.

173

Capítulo 4

Sem mais, Kissa terminou de cumprir sua missão na cidade e voltou para as terras do seu senhorio, levando tudo o que ele havia lhe pedido para comprar. Então, contou esfuziantemente para Nathifa a respeito do seu encontro com Farik.

– De agora em diante, Nathifa, tudo será diferente para mim e Sagira – comentou Kissa, com grande entusiasmo. – Não que minha vida aqui tenha sido ruim, não foi! O senhorio sempre foi muito bom para mim e Sagira, mas...

– Seu lugar é ao lado de Farik, certo?

– Sim, minha querida. Porque sempre sonhei com isso.

– Que bom que ele aceitou sua filha de bom grado.

– Foi o que mais me emocionou, Nathifa.

– Isso é prova de que as pessoas sempre podem nos surpreender com coisas boas, Kissa.

– Sem dúvida. Agora preciso comer algo, pois meu estômago voltou a roncar.

– É pra já!

E a moça se serviu das sobras do almoço e quando Bes se juntou a elas, ficou a par também dos últimos acontecimentos, envolvendo Kissa e Farik. Minutos depois, abraçando Sagira, Kissa explicou à filha, os novos rumos que a vida das duas tomaria a partir de então. Sagira não ficou muito feliz não, pois o casamento da mãe implicaria na sua separação dos primos que ela tanto adorava.

– Mas nós poderemos voltar para vê-los, minha querida. E Kanope e Dilano também poderão ir nos visitar, não se preocupe.

Mas a menina não pareceu satisfeita. O que ela mais queria, mesmo, era permanecer ali, naquele local onde se acostumara a viver com o tempo e na presença dos dois primos.

O dia da despedida foi árduo para todos, com muitas lágrimas, cada um ali disse adeus um para outro. Da barcaça, rumo a El Kapur, Kissa e Sagira acenaram para os familiares que tanto amavam. Bes queria ter acompanhado as duas, mas diante da estação da colheita, não podia se ausentar. Mas logo iria até El Kapur, visitar a irmã e rever Farik de quem fôra sempre muito amigo e nele confiava, plenamente.

Em El Kapur, Kissa pôde, finalmente, apresentar a filha a Farik que a recebeu de braços abertos.

– Mas que menina linda!

A garota enrubesceu, diante do elogio e do olhar penetrante do futuro marido de sua mãe.

– Seja muito bem-vinda, Sagira. Muito bem-vinda!

Depois de a mãe e filha deixarem seus pertences na casa, o casamento entre Farik e Kissa aconteceu. Naquele instante, Kissa poderia dizer, sem sombra de dúvida, que aquele era o dia mais feliz de sua vida nos últimos tempos.

Ao voltarem para casa, os dois tiveram sua primeira noite de amor, enquanto Sagira dormia sossegada, noutro cômodo da morada. Nessa hora, Kissa teve novamente a certeza de que a felicidade viera para ficar em sua vida. Todavia, na manhã do dia seguinte, Farik voltou a residência, logo após ter saído para o trabalho, informando que, por motivos profissionais, eles teriam de se mudar dali, para outra cidade.

– É mesmo?!

– Sim, minha querida. Eu sinto muito. Mas não posso perder esta oportunidade.

– É claro que não.

– Então arrume suas coisas, rapidamente, pois temos de partir daqui, o mais rápido possível.

E Kissa fez tudo acelerado. Somente a bordo da barcaça, é que ela se lembrou de perguntar ao marido:

– E quanto ao Bes? Precisamos avisá-lo que estamos nos mudando.

– Sim, sem dúvida. Escrever-lhe-ei informando, não se preocupe.

A moça pareceu mais tranquila.

– E, afinal, para que cidade estamos indo? Você ainda não me disse.

– Para Mênfis, Kissa. Mênfis!

– Onde ficam as pirâmides?

175

– Exato!

– Uau! Mas que cidade mais interessante para se morar.

– Achei mesmo que você gostaria de lá.

E ambos se abraçaram e ele beijou a esposa na testa. A única chateação naquilo tudo era que Sagira acabaria morando bem mais longe dos primos que ela tanto amava.

A adaptação de Kissa e Sagira a nova cidade e a nova morada aconteceu sem maiores problemas. A casa em que eles viveriam agora era completamente oposta a que ela conheceu em El Kapur. Era o tipo de moradia em que somente os pobres da época, viviam. A localização também não era das melhores. Por que Farik não comprara uma casa em melhores condições do que aquela, sendo que estava tão bem financeiramente, foi sempre uma pergunta que ela deixava para fazer depois e nunca fazia.

Tudo ia bem até que Sagira começou a dormir mal, comer pouco, e parecer cada dia mais doente e infeliz. Desde então, Kissa, muito pacientemente levava a menina até o templo mais próximo de sua casa, onde os sacerdotes a benziam para protegê-la de todo mal. Mesmo assim, a pequena continuava sem apresentar melhoras consideráveis, o que deixava Kissa muito preocupada e chateada.

Chegou o dia, então, em que Kissa voltava da loja de secos e molhados que ficava a poucas quadras de sua casa, carregando duas sacolas, ligeiramente pesadas, quando avistou Sagira, saindo de sua casa pela porta da frente, correndo com toda força de que dispunha.

Quando Kissa percebeu que a menina ia colidir com um senhor puxando uma carriola, cheia de alimentos para vender no mercado local, gritou:

– Sagira!

Mas ela não ouviu a mãe, colidiu em cheio com o veículo. Kissa, imediatamente largou suas compras e correu até lá.

– Sagira! – exclamou, tentando reanimar a menina. – Fale comigo, filha!

A cabeça da garota sangrava, o que deixou Sagira ainda mais assustada.

– Minha senhora... – prontificou-se um egípcio que ia passando por ali. – Vamos levá-la até um médico. Há um, no final desta rua, posso carregar a menina nos braços, se a senhora quiser.

– Boa ideia. Obrigada.

Nisso, uma vizinha gritou para Kissa, dizendo que pegaria e cuidaria de suas compras largadas na calçada, até que ela voltasse. Kissa agradeceu à mulher e seguiu o sujeito, levando Sagira nos braços. Quando no local, o médico examinou a menina e disse:

– Foi apenas um corte na cabeça, nada grave. Ela ficará boa.

Só então Kissa deu vazão ao choro contido e foi consolada pela ajudante do médico em questão. Para alegria de todos, a pequena recobrou a consciência, fazendo com que Kissa aninhasse a filha, acariciando seu rostinho meigo e angelical.

– Sagira, meu amor...

– Mamãe...

– Está tudo bem, minha querida, foi apenas um susto. Um susto nada mais.

– O Farik... Ele vai ficar bravo comigo, não vai?

– Não filha, foi um acidente, aconteceu sem querer. Não se preocupe, tudo vai acabar bem.

Quando finalmente as duas voltaram para casa, Farik estava ansioso por notícias suas. Kissa então lhe explicou o que havia acontecido e o fulano, muito amavelmente, fez um agrado em Sagira, dizendo:

– Não se preocupe, Sagira. Eu, Farik, vou protegê-la, sempre!

E Kissa mais uma vez se emocionou diante do carinho com que o marido tratava sua filha.

Foi naquele mesmo dia, tarde da noite, que Sagira, em seu leito, desabafou com a mãe:

– Mamãe...

– Diga, Sagira, o que é?

A menina teve grande dificuldade para responder:

– Não gosto daqui. Quero voltar para junto de Kanope e do Dilano.

– Eu sei o quanto você gosta deles, meu amor, mas nossa realidade agora é outra. Estou casada com Farik, ele agora é seu padrasto... Mas em breve, muito em breve, nós iremos visitar seus primos, Farik já nos prometeu essa viagem e ele sempre cumpre com o prometido.

E os olhos da menina se arregalaram, diante da afirmação.

Capítulo 5

Kissa, ao agradecer a vizinha por ter apanhado suas coisas, naquele momento tão difícil e inesperado pelo qual passara, a mulher lhe perguntou:

— Mas, afinal, o que deixou sua filha tão assustada? Ela disse? A senhora não perguntou?

— Bem, é a casa... Desde que nos mudamos para cá, ela anda assustada, sabe?

— Entendo. Talvez seja melhor a senhora pedir a um sacerdote que benza o lugar.

— Boa ideia. Farei isso agora mesmo.

Assim que chegaram à morada, o sacerdote fez seus rituais e perguntou a Sagira que, olhava para ele com curiosidade.

— Já passou o susto, menina?

Ela apenas fez que sim com a cabeça.

— Quando for atravessar uma rua, minha querida, olhe sempre para os dois lados, antes de fazer. Combinado?

A garota novamente assentiu, com um leve balançar de cabeça.

— Que bom!

Ao vê-la mover os lábios, o sacerdote incentivou-a a falar:

— O que foi, minha querida, diga-me!

Sagira tentou, mas nenhuma palavra conseguiu atravessar seus lábios delicados. Voltando-se para Kissa, o sujeito comentou, baixinho:

— Alguma coisa anda assustando a menina... Algo de que ela tem muito medo de falar a respeito.

— Sim, eu já notei...

Foi então que Kissa se lembrou da maldição de Haji. Estaria ele visitando sua casa e atormentando Sagira?

Em particular, ela conversou com o sacerdote que ouviu toda a história de seu passado, com profundo interesse. Ao término, Kissa lhe implorou, mais uma vez, que ele guardasse segredo daquilo.

Diante dos olhos assustados de Sagira, o sujeito lhe deu um conselho bastante prático:

– Toda vez que você tiver medo de algo, minha querida, peça ajuda aos deuses, eles hão de protegê-la.

A menina novamente o olhou com grande atenção.

Naquela mesma noite, Kissa falou com Farik a respeito da casa em que moravam e que tanto parecia incomodar Sagira.

– Mudarmo-nos, daqui?! – surpreendeu-se o sujeito, elevando a voz.

– Sim, Farik! Nossa amada Sagira começou a se comportar estranhamente, depois que nos mudamos para cá.

– Bobagem.

– Falo sério, Farik. Por favor!

– Kissa, mudar de casa não é tão fácil quanto você pensa.

– Mas...

– Você não pediu ao sacerdote para benzer a casa?

– Pedi.

– Então, tudo vai passar. Tranquilize-se.

– É, você tem razão. Acho que estou me precipitando... Por outro lado...

– O que é?

– Tenho medo de que os tormentos de Sagira, sejam por causa do Haji, o segundo marido de minha mãe, aquele que assombrou nossas terras.

– Sim, Kissa, você tem razão. Pode mesmo ser obra dele.

– Tomara que não.

– De qualquer modo, vamos contar com os deuses. Se você, por intermédio do sacerdote lhes pediu ajuda, eles hão de nos ajudar. Tranquilize-se.

– Está bem.

Ainda assim, Kissa dormiu mal aquela noite e, por diversas vezes, foi até o quarto da filha ver se ela dormia bem.

Dias depois, Kissa novamente encontrava a filha, assustada, toda encolhida num canto da casa.

– Sagira, o que foi?! – exaltou-se Kissa, enquanto a garota se abraçava a ela, apertado.

A menina parecia sem ar, não conseguia responder a nenhuma pergunta.

– Sagira, meu amor, acalme-se!

A mãe levou a filha até a cozinha e lhe serviu um copo d'água.

– Beba, minha querida. Beba!

Ao perceber que a garota estava mais calma, Kissa insistiu:

– Agora, responda-me, minha querida. O que foi que a deixou assim tão assustada?

A menina, com muita dificuldade tentou falar, mas nada conseguiu.

– Você, por acaso, tem visto um moço bonito perambulando por nossa casa? – inquiriu Kissa, olhando seriamente para o rosto da filha.

Sagira imediatamente negou com a cabeça.

– O que foi que viu, então?

Novamente a menina engoliu em seco.

– Diga, meu amor, diga...

E apertando a filha, num abraço protetor, Kissa se lembrou de Haji e se perguntou, mais uma vez, se ele não estaria novamente assombrando suas vidas? Por via das dúvidas, era melhor pedir auxílio protetor aos deuses, por intermédio dos sacerdotes. E assim fez Kissa, logo pela manhã do dia seguinte.

Meses depois, Kissa havia ido ao mercado central onde colidiu, sem querer, com uma de suas vizinhas.

– Olá – disse a mulher, transparecendo certo nervosismo.

– Olá – respondeu Kissa, sem notar o estado desalentador da mulher.

– A menina – perguntou a fulana, pegando firmemente no braço de Kissa. – Onde está ela?

– Minha filha?

– Sim, onde?

– Em casa, pelo menos a deixei lá.

– A senhora não deveria deixá-la sozinha. Ainda mais, depois que ela andou tendo problemas, não é mesmo?

– Sim, mas meu marido está lá. Qualquer emergência...

A mulher levou a mão ao peito, transparecendo mal-estar.

– A senhora não está bem?

– Realmente não estou. Será que a senhora poderia me acompanhar até a minha casa?

– Bem, eu...

– Por favor.

– Está bem.

Ainda que incerta se deveria ou não, Kissa acompanhou a mulher até sua morada.

– Já que veio até aqui – falou a mulher, olhando atentamente para Kissa. – Não acha melhor dar uma olhada na sua filha?

– Não é preciso.

– Eu insisto.

– Mas...

A mulher tornou a segurar Kissa firmemente pelo braço e insistiu:

– Vá, agora! Por favor!

Tanto o tom como a expressão da mulher, assustaram Kissa que, sem delongas foi até sua casa, chegando de surpresa. O lugar estava em silêncio, havia apenas um murmúrio de vozes vindo do quarto de Sagira; assustada, Kissa correu para lá e o que viu deixou-a horrorizada. Farik abusava sexualmente da menina.

– Tire as mãos de cima dela! – gritou Kissa, histérica.

Farik voltou-se para ela, feito um raio, enquanto a garota permanecia em estado de choque. Em outro ataque histérico, Kissa o estapeou e cuspiu-lhe na face.

– Minha filha... Minha filha! – gritava ela, enquanto ele a segurava pelos punhos.

– Cale essa boca! – retrucou ele, severo. – Ninguém fala assim comigo, sua ordinária.

Ela, com os olhos aterrorizados voltados para ele, perguntou, com a voz que ainda lhe restava:

– O que deu em você, Farik? O que deu em você?

– Cale sua boca! Estou enjoado de você, Kissa. Desse seu jeito meloso de falar e...

– Eu quero saber! Responda! O que deu em você?

Ele se manteve em silêncio, peitando-a pelo olhar.

– Diga, Farik... O que deu em você?

Por fim, o sujeito falou:

– Eu sempre gostei de garotinhas, Kissa... E não sou só eu que gosto, há muitos outros da minha idade que preferem elas às mais velhas.

– Isso é nojento.

– Que se lasque se é ou não!

– Então é por isso que Sagira quer ir embora dessa casa, por sua

181

causa. Como fui cega! E você queria me fazer acreditar que o verdadeiro motivo era Haji. Haji e sua maldição.

— Era mais fácil.

— Estou decepcionada... Arrasada.

— Problema seu!

— Você não tem dó de mim?

— Eu? Não!

— Mas e o amor que você dizia sentir por mim?

— Nunca foi um grande amor, Kissa. Eu só me casei com você porque precisava de uma tonta ao meu lado, como esposa, para melhorar a minha imagem perante a sociedade. E também porque gostei muito da ideia de ter uma garota, disponível, vivendo sob o mesmo teto que o meu.

— Mas você disse que me amava...

— Eu dizia porque caía bem, só por isso. Tanto no presente quanto no passado, eu teria me casado com você para poder ficar bem na sociedade. Não era por amor, nunca foi!

— Mas...

— Aquela idiota da Amunet me pegou com a filha de um dos empregados. Ficou horrorizada e contou para Imhotep. Ele não acreditou nela, a princípio, mas ficou de olho em mim, então me pegou fazendo algo pior e acabou me expulsando de lá.

— Algo pior?

— Uma experiência que eu estava tendo na época

— Que tipo de experiência, Farik?

— Com os mortos.

— Você é um monstro! Você é horrível!

— Eu sou o que sou. E gosto de mim do jeito que sou. E acho bom você se comportar, manter sua boca calada, se quiser que eu continue sustentando você e a sua filha.

— Eu vou-me embora com ela! Vou voltar agora mesmo para a casa do meu irmão.

— Você não vai a lugar nenhum, Kissa! Se tentar, eu mando pegarem sua menina. Sei bem aonde seu irmão mora, sei como fazer, portanto, fique na sua! Agora eu tenho de cuidar dos meus negócios.

— Farik...

— Até!

Sem mais, ele partiu e só então, Kissa se voltou para a filha que se mantinha estática sobre o leito. Abraçando desesperadamente a garota, ela lhe falou, entre lágrimas:

– Acabou, filha! Acabou! Mamãe está aqui. E nunca mais alguém vai ousar tocar um dedo em você, sem o seu consentimento.

E novamente ela abraçou a menina.

Quando Farik voltou para casa, naquele final de tarde, encontrou a esposa com suas trouxas de roupas, pronta para partir.

– O que é isso? – indagou ele, lançando-lhe um olhar amedrontador.

– Vou-me embora, Farik.

– Embora?! – desdenhou ele suas palavras. – Já lhe disse que daqui você não sai!

– Mas eu tenho de ir. Não posso mais conviver sob o mesmo teto com uma criatura horrenda como você.

– Horrenda, é?

E, num rompante, ele agarrou a moça pelo pescoço e a arrastou até seu quarto, onde lhe deu uma surra. Sagira permaneceu no cômodo ao lado, tapando os ouvidos com a mão, enquanto o desespero novamente tomava conta dela. Ao terminar de espancar a esposa, Farik pareceu respirar aliviado.

– Ah!!! – exclamou, embevecido do que fez. – Há tempos que eu precisava fazer isso.

Kissa permanecia imóvel, chorando de dor pelos ferimentos e pela revolta por descobrir que, o sujeito que sempre amou, não valia nada. Era, propriamente dizendo, um carrasco. Ao vê-lo seguindo até Sagira, agachando-se diante da garota e tocando-lhe o rosto, Kissa quis detê-lo, mas já não tinha forças para aquilo. Restou-lhe apenas chorar sua desgraça, enquanto o sujeito novamente abusava da menina.

Por medo de que Farik realmente fizesse algo contra ela ou Sagira, Kissa permaneceu submissa ao marido endemoniado. Continuou cuidando da casa, como faria uma esposa dedicada, fingindo para todos que a conheciam, que sua vida ao lado de Farik era perfeita. Obviamente que as vizinhas sabiam do que estava ocorrendo entre os dois, por mais que a moça tentasse manter as aparências.

Desde então, Farik fez de Kissa uma verdadeira escrava, exigindo que ela lhe preparasse almoços fartos, com variedade de carnes. Um dia era pato, noutro grou, depois gansos e, assim por diante.

Restava a Kissa, orar com fervor para que a deusa Ísis a livrasse de todo aquele mal. Era sua única esperança diante do horror que se tornou sua vida e a da pequena Sagira.

Capítulo 6

Foi no mercado central, semanas depois, enquanto comprava carne de vaca, que Kissa foi surpreendida por um velho conhecido seu.

– Kissa! – exclamou o sujeito. – É mesmo você?

Os olhos dela se abriram, maravilhados.

– Acaran?!

– Que bom reencontrá-la, minha querida – continuou o escriba, realmente feliz pelo reencontro. – Como vai você? E Sagira?

Os lábios dela tremeram, enquanto ela engolia em seco, morta de vontade de lhe contar seu drama. No entanto, por medo de Farik, ela mentiu:

– Estamos bem.

– Kissa, não sabe o quanto me alegra vê-la viva e gozando de saúde.

– Eu também estou feliz por revê-lo, Acaran.

– Bom saber. Mas o que faz em Mênfis, Kissa?

– Bem... É uma longa história...

E assim ela contou como reencontrou Farik e se casou com ele.

– Então, Kissa, você finalmente o reencontrou, como tanto queria. E acabou também se casando com ele, como tanto desejava. Que maravilha!

– E você, se casou?

– Sim, mas ela morreu no parto do nosso primeiro filho.

– Eu sinto muito.

– Foi realmente triste. Desde então, estou só. Pelo visto a vida me quer só. Tirou de mim, primeiramente, Halima, depois minha esposa...

– Que pena!

Ela procurou sorrir e ele, novamente teve a sensação de que havia algo de errado com ela.

184

– Soube que vocês todos se mudaram das terras de sua família. Que cada um foi para um lado. O Egito inteiro sabe sobre a maldição de Haji.

– Sim, Acaran, tivemos mesmo de mudar de lá por causa da maldita maldição. Você sabe que eu ainda me recuso a acreditar que Haji, aquele moço tão bom, tenha feito isso conosco.

– Pois é, minha querida, ele parecia tão bom sujeito e, no entanto... Há muitos homens como ele, que parecem bons quando na verdade...

Kissa se arrepiou.

– O que foi esse arrepio? Está tudo bem com você?

Novamente ela sentiu vontade de lhe pedir ajuda, mas evitou, no mesmo instante, outra vez, por medo do que Farik poderia fazer-lhe como vingança.

– Bem, Acaran, eu preciso ir. Tenho ainda muito o que fazer em casa. Foi bom revê-lo. Adeus!

Ele, olhos atentos a ela, respondeu, pensativo:

– Adeus, Kissa!

E sem mais, ela voltou a fazer as compras que lhe cabia, enquanto Acaran ficou de longe a observá-la. Discretamente, a seguiu até sua casa e, assim que pôde, tomou informações sobre o casal, com algumas vizinhas dali. Naquele mesmo dia, ao cair da tarde, Acaran aguardou por Farik, até que ele deixasse a casa, em direção ao seu trabalho. Nunca o havia visto antes, mas sabia que era ele, por vê-lo deixando a casa onde Kissa morava.

Assim sendo, ele o seguiu pelas ruas de Mênfis, sem se deixar notar, até o local onde Farik dizia trabalhar. Nem precisou entrar ali para saber que se tratava de um prostíbulo e, com meninas, muitas delas escravas, ainda nos seus doze, treze anos de idade.

Acaran ficou imediatamente horrorizado com aquilo, a ponto de querer invadir o local e esmurrar o sujeito. Ele também logo concluiu que se Farik mantinha um lugar daqueles para sobreviver, deveria ser também um nojo para com Kissa e Sagira. Talvez, mantivesse as duas sob o seu domínio, por meio de ameaças.

Tomado de indignação, Acaran voltou à casa de Kissa naquele mesmo instante, pegando a jovem de surpresa com a sua chegada.

– Acaran! – surpreendeu-se a moça. – Como me descobriu aqui?

– Eu a segui, Kissa. Achei que havia alguma coisa de errado com você e quis saber o que era. Já sei que Farik não é boa pessoa. Por isso, você tem muito medo dele.

Nesse momento, a moça desabou, agarrou-se ao velho amigo escriba e chorou, aflita. Em meio a soluços, contou-lhe detalhadamente todo o seu drama, deixando Acaran ainda mais horrorizado com tudo.

— Nós vamos dar um jeito nisso, Kissa, não mais se amofine.

— Tenho tanto medo dele, Acaran. Tanto medo! Farik não presta. Não é nada daquilo que eu pensei que fosse. É, na verdade, completamente o avesso do que pensei que seria.

— Eu sei, minha querida... Eu sei... Mas eu vou ajudá-la diante disso tudo.

— Cuidado, Acaran, pois ele pode matá-lo!

— Eu sei me cuidar, Kissa, não se preocupe.

E novamente os dois se abraçaram, apertado.

— Farik é um escriba, não é? Pois bem, ele também deve tirar proveito disso. Ler coisas que, na verdade, não estão escritas nos papiros que recebe para tradução. Deve inventar palavras para tirar proveito próprio.

— Foi o que Abadi nos disse certa vez. Lembra-se dele? O irmão de Haji?

— Sim, sim...

— Pois bem, ele nos disse, quando esteve em casa com sua mãe para rever Haji que se a maioria dos egípcios não sabe ler hieróglifos, estão sempre a depender de um escriba para decifrá-los; um escriba mal intencionado pode, muito bem, mudar o conteúdo de uma carta. Dizer que ali está escrito algo que na verdade não está. Ou omitir um fato importante ou até mesmo alterá-lo em benefício próprio. Quem vai saber se ele mentiu?

— É verdade. Agora me lembro.

— Pois então...

— Só não se esqueça, minha adorada Kissa que, eu também sou um escriba. E, com isso, posso pegar Farik nas suas falsificações.

E ela olhou para ele, com olhos esperançosos.

No dia seguinte, Farik recebeu um comunicado na sua própria casa, dizendo: "Estamos a par de seus atos escusos, toda informação apurada sobre a sua pessoa, já está nas mãos do faraó."

Farik não pôs fé alguma naquilo, para ele, era obra de algum invejoso e ele, na hora certa, saberia se safar, caso o faraó realmente tomasse alguma providência contra ele.

Naquela tarde, ao se preparar para partir, Farik se voltou para Sagira e disse:

— Você vem comigo!

Kissa se opôs àquilo no mesmo instante.

– Não, Farik. Ela não!

Sem lhe dar ouvidos, o sujeito segurou a menina pelo braço e repetiu:

– Venha!

Kissa, ao tentar impedi-lo, foi esbofeteada pelo sujeito, tão fortemente que caiu ao chão. Impiedosamente ele tornou a esbofeteá-la, seguido de alguns pontapés.

– Já lhe disse para não se intrometer na minha vida! – grunhiu, furioso.

Sem mais, ele partiu levando Sagira, com quase treze anos de idade na ocasião, que chorava calada diante tudo aquilo. Kissa permaneceu caída ao chão, em desespero, esvaindo-se em sangue e lágrimas. Não demorou muito e Acaran apareceu.

– Kissa!

Ele rapidamente prestou socorro à moça.

– Sagira! – falou ela com dificuldades. – Ele a levou, vai fazer dela uma...

Ela não conseguiu terminar a frase.

– Não, minha querida. Vou impedi-lo!

– Seja rápido, então, por favor!

Sem mais, Acaran partiu, apressado para o prostíbulo. Precisava salvar Sagira das garras daquele louco, o quanto antes. Já deveria ter tirado Kissa e a garota das mãos do cafajeste. Seu plano de intimidá-lo com a carta ligada ao faraó, fôra fraca demais para persuadi-lo a parar com tudo aquilo.

Chegando ao seu destino, Acaran encontrou o lugar em silêncio atípico. Ao entrar, o que viu, não o chocou tanto quanto deveria. Farik estava caído no meio do salão, esvaindo-se em sangue, enquanto as garotas que ele mantinha ali, olhavam horrorizadas para ele.

Sagira permanecia em pé, quase a um metro de distância do sujeito, também olhando com espanto para ele, agonizando em dor. Acaran mirou bem em seus olhos que ainda podiam vê-lo, apesar do desespero que sentia naquele instante.

– Ajude-me – pediu Farik, num fio de voz.

Acaran, pesando o bem e o mal, respondeu:

– Peça ajuda a elas, se pelo menos uma delas sentir verdadeiramente pena de você, é porque você ainda é digno de pena.

Os olhos do sujeito olharam ainda mais expressivamente para o escriba. Então, Farik gritou, um grito curto e rasgado:

– Ajudem-me! Ajudem-me!

Mas nenhuma garota dali ousou atender ao seu pedido, assim como delatar qual delas havia feito aquilo ao cafetão.

Ao saber de tudo, Kissa chorou de alívio e emoção.

– Ele teve o que procurou. Onde já se viu fazer uma coisa dessas com aquelas pobres criaturas? Ele não precisava disso. Era um escriba, um grande escriba, poderia ter tido êxito como tal.

– Isso prova, minha querida, que nem todos sabem aproveitar suas oportunidades.

Breve pausa e Kissa, olhando com renovado desespero para ele, perguntou:

– E agora, Acaran? O que será de mim e de Sagira?

– Vou cuidar de vocês, da mesma forma que prometi encontrar um lar para aquelas meninas que Farik mantinha trabalhando para ele, em seu prostíbulo.

E assim ele fez. Por ser influente como escriba, conseguiu empregar todas em lares respeitosos e de bons patrões. Desde então, Acaran acolheu Kissa e Sagira em sua casa e ao ver-se cada vez mais íntimo da moça, pediu-a em casamento.

– Casar?! – surpreendeu-se Kissa, maravilhada.

– Sei que não sou o sujeito que você tanto sonhou em se casar, mas...

– Não, você não é. Mas o tal sujeito com o qual eu tanto sonhei em me casar, jamais chegaria aos seus pés, Acaran. Além do mais, eu também não sou a garota que você tanto amou...

– Eu sei... Mas agora é de você que eu gosto. É você que eu amo.

E aquelas palavras deixaram Kissa ainda mais maravilhada.

Com a bênção dos deuses, eles se casaram e, finalmente, Sagira teve um lar e um pai decente.

Capítulo 7

Ao completar seus catorze anos de idade, Kanope procurou Bes para lhe falar a respeito de Dilano.

— Papai — começou o adolescente, seriamente. — Anos atrás perguntei ao senhor, por que não gostava do Dilano e o senhor me disse que eu era muito criança para compreender seus motivos. Pois bem, agora já estou crescido e gostaria que o senhor me falasse a respeito.

Bes fôra pego de surpresa. Jamais pensou que o filho adorado voltaria a se importar com aquilo. Depois de breve hesitação, Bes finalmente lhe foi sincero:

— Não tenho Dilano como meu filho, Kanope!

— Como não, papai?

— Dilano não é meu filho.

— O que diz?!

— Sua mãe me traiu com outro sujeito e dessa traição nasceu Dilano, é por isso que não suporto o garoto.

— Minha mãe...

— Ela mesma! Se duvida de mim, pergunte-lhe. Se ela for sincera com você, o que duvido muito que seja, porque nunca foi com ninguém, dirá a verdade.

A conselho do pai, o menino conversou com Nathifa, assim que encontrou um momento oportuno.

— Vou lhe contar tudo, Kanope... Desde o início... — prontificou-se a mulher, pondo-se a falar em seguida.

Ao término da narrativa, o garoto comentou:

— Quer dizer então que a senhora e o Haji já se conheciam, antes de ele se tornar o segundo marido de minha avó?

— Sim.

189

– É compreensível que o papai pense mal da senhora, todos os fatos apontam nessa direção.

– Mas nada do que seu pai pensa, realmente aconteceu, filho. Tudo o que se passa na cabeça dele, é fruto do ciúme excessivo que ele sempre sentiu de mim e de todos.

– Ciúme?!...

– Sim, Kanope, a pior praga que existe no ser humano.

– Ciúme... – repetiu o garoto, articulando criteriosamente cada sílaba.

– O ciúme pode destruir uma pessoa, um casal, uma família. É muito importante saber lidar com ele.

– Entendo...

Breve pausa e o garoto perguntou:

– E quanto as nossas terras, mamãe. O que foi feito delas?

– Pelo pouco que sei, Kanope, ninguém nunca mais ousou pôr os pés ali. Coisas estranhas continuaram acontecendo a todo aquele que entrasse na propriedade.

– Então a maldição continua...

– Sim e ainda custa-me acreditar que Haji tenha se tornado mau, depois de morto. Conhecendo-o, desde os dez, onze anos de idade, como eu o conhecia, é difícil acreditar que ele possa ter se tornado um indivíduo maléfico e vingativo. Em todo caso, as pessoas mudam ao longo da vida, muitas que foram boas tornam-se más. Da mesma forma que nós nunca conhecemos alguém de fato, a fundo, mesmo vivendo com ela diariamente.

O menino, pensativo, comentou:

– Mas suponhamos que não tenha sido Haji quem amaldiçoou nossas terras, mamãe.

– Mas, Kanope, só pode ter sido ele. Somente ele teria motivos para se revoltar contra nós.

– Ainda assim, suponhamos que não tenha sido ele. Por ele ter tido sempre bom coração, como a senhora mesma disse.

– Sim...

– Então...

– Mas se não foi Haji quem amaldiçoou o lugar, Kanope, quem teria sido e por quê?

– É uma pergunta e tanto, mamãe.

– Se é. Uma pergunta para a qual nós nunca obteremos a resposta, meu filho. Nunca!

190

E uma ruga vincou a testa de Nathifa.

Um ano depois, Bes encontrava Nathifa na tarde que caía, observando Dilano, com treze anos na época, preenchendo um papiro com uma linda gravura, a poucos metros de onde ela estava sentada.

– Nathifa! – chamou o marido, com o tom de voz áspero que passara a usar com ela, desde que supôs que ela o havia traído com Haji. – Onde está o Kanope?

– Não sei! – respondeu a mulher, ficando imediatamente em estado de alerta. – Pensei que estivesse com você.

– Não o vejo desde o almoço.

– Eu também não.

Os dois se dispuseram a procurar o jovem e Dilano também saiu à procura do irmão. Logo, o senhorio e alguns criados se juntaram a eles na busca. No entanto, por mais que vasculhassem cada canto da propriedade, Kanope não foi encontrado. Bes e Nathifa já estavam desesperados. O que teria acontecido ao adolescente? Foi então que Dilano teve uma ideia e, subitamente saiu correndo.

– Dilano! – chamou-o Nathifa.

Mas o menino não parou, continuou correndo em direção à tumba que havia sido construída para o senhorio ocupar, quando morresse. Entrou no pátio interno do local, chamando por Kanope e, só então desceu a escada que levava à câmara mortuária.

– Kanope! – chamou o garoto repetidas vezes.

Já que o sol não penetrava o interior do mausoléu, ficava difícil enxergar alguma coisa ali com clareza. Só mesmo quando os olhos do menino se acostumaram a pouca luz, é que ele pôde avistar o irmão caído aos pés da escada.

– Kanope! – exclamou ele, impondo mais força na voz.

O garoto tentou reanimar o irmão e conseguiu.

– Dilano! – exclamou Kanope feliz por revê-lo. – Acho que torci meu pé, pois não consigo me levantar.

Dilano tentou ajudá-lo, mas sua força não era suficiente para apoiar o irmão.

– Chame o papai – sugeriu Kanope, a seguir. – Diga-lhe onde estou. Traga-o até aqui.

O menino assentiu e correu atrás de Bes que ao seu chamado, seguiu atrás do filho em direção à tumba e, depois, até o interior da câmara mortuária onde Kanope se encontrava precisando de ajuda. Sem delongas,

191

Bes pegou o filho mais velho no colo e o tirou dali.

Nathifa e o senhorio ao verem-no voltando com o garoto, também suspiraram aliviados. O menino foi deitado num divã onde recebeu cuidados. Bes, então, derramou-se em lágrimas, agradecido aos deuses por ter o filho de volta são e salvo. Por quase uma hora, ele chegou a pensar que o menino havia morrido.

Só então Bes observou Dilano, parado ali do lado, olhando com ternura para o irmão. Pela primeira vez, Bes olhou para o menino com olhos mais serenos e pôde, finalmente, notar a semelhança que havia entre os dois.

Então, ele pegou um papiro, alguns pincéis e começou a desenhar para os filhos.

– Papai! – exclamou Kanope. – O senhor desenha e pinta tão bem quanto o Dilano.

Em meio a um sorriso bonito, Bes respondeu:

– Quando criança, eu sempre fui muito de desenhar e pintar. Sua mãe e muitos lá de casa, pensam que só Halima, minha irmã caçula, é que tinha aptidão artística, mas é porque não me conheceram antes, quando criança, época em que eu preenchia um papiro atrás do outro, com infinitas gravuras coloridas.

– Então o Dilano puxou ao senhor.

Bes, com lágrimas nos olhos assentiu e, no minuto seguinte, voltou a desenhar com o menino para alegrar Kanope, durante sua recuperação.

Mais tarde, naquele mesmo dia, ao se ver a sós com Nathifa, a mulher lhe foi severa:

– Você foi cruel, Bes! Muito cruel! Você viu Dilano desenhando, tal como você fazia quando criança e, mesmo assim, não admitiu que ele era seu filho. Viu a semelhança física entre os dois e, mesmo assim, nada fez para não dar o braço a torcer. Para não ter de admitir que errou a meu respeito e a respeito dele. É, você foi mesmo cruel conosco! E consigo próprio, porque isso o fez se afastar do menino, seu filho, o que mais puxou a você.

– Nathifa... – ele tentou falar, mas forte emoção calou-lhe a voz.

Desde então, a relação do casal ficou ainda mais estremecida, contudo, Bes foi se aproximando mais e mais do filho mais novo e, logo, eram tão ligados quanto ele era com o mais velho. Isso acabou fazendo com que Nathifa voltasse às boas com Bes e pacificasse definitivamente a relação do casal.

Um ano depois do incidente com Kanope na tumba, Nathifa desabafou com o marido:

– Só de pensar que meu Kanope poderia ter morrido naquele dia... – Ela novamente se arrepiou e chorou. – O mais curioso naquilo tudo, foi ele ter escorregado, caído e perdido os sentidos, enquanto visitava uma tumba. E ter dito que só foi até lá, porque ouviu um barulho estranho, ecoando do interior da câmara mortuária. Isso me fez lembrar de Haji na ocasião. Pensar que poderia ter sido ele o responsável por aquilo. Havia descoberto o nosso paradeiro e voltado a nos assombrar.

Bes também se arrepiou diante da possibilidade.

Foi então que Kanope fez uma observação muito pertinente:

– Mamãe, papai, eu estava aqui pensando... Desde que nos mudamos para cá, tanto a senhora, como o papai, eu e Dilano continuamos tendo problemas. Ficamos doentes, precisamos de auxilio médico e sacerdotal. Tivemos desentendimentos, dramas como todo mundo. Rico ou pobre, amaldiçoados ou não.

- Sim, meu filho e daí? – perguntou Bes atento ao jovem de quinze anos então. – Aonde você quer chegar?

- Ora, papai... Se o mal nos acompanha aonde quer que estejamos, não há motivos então para vivermos longe das terras que nos pertencem. Se temos de enfrentar desafios longe de lá, podemos enfrentá-los lá mesmo, cuidando do que é nosso.

Bes estava surpreso com o comentário do filho.

– Belas palavras, Kanope.

– Se assim é, papai, deveríamos voltar para lá.

– Voltar?!

– Sim!

– Ainda tenho medo, filho.

Foi Nathifa quem falou a seguir e, muito seriamente, dessa vez:

– Kanope está certo, Bes.

– Será mesmo que devemos, Nathifa?

– Sim.

– Você nunca me falou tão sério assim antes, Nathifa, digo, nesse tom, com essa segurança transparente na voz.

– É porque nunca estive tão certa de algo nos últimos tempos como me sinto agora.

– Você não tem mesmo receio?

– Não, mais.

Ele fez uma pausa e disse, seriamente:

– Vou pensar no assunto.

E de fato pensou e, mesmo se decidindo a voltar, ele não podia abandonar o senhorio de uma hora para outra. Só mesmo quando terminasse a colheita, eles partiriam. Até lá, também, o senhorio já teria tido a oportunidade de encontrar um substituto para ele, um empregado a sua altura para administrar o lugar.

Quando esse dia finalmente chegou, todos se despediram do senhorio com grande emoção. Dilano que havia sido tratado pelo homem como um filho, prometeu ir vê-lo sempre que possível. E agradeceu por todo carinho que recebeu da sua parte desde que ele o adotou, de certo modo. Bes também lhe agradeceu por tudo e lhe pediu desculpas por ter ignorado o filho, durante tantos anos.

– O importante, Bes – salientou o homem, seriamente. – É que você despertou e, desde então, passou a ser um grande pai para Dilano, da mesma forma que sempre foi para Kanope.

Bes novamente agradeceu ao senhorio com lágrimas nos olhos e tomaram o barco que os levaria de volta às terras de seu pai ao leito do Nilo.

Junto à balaustrada da barcaça, observando as atraentes margens do rio mais imponente do mundo, Bes se mantinha pensativo, sentindo a emoção crescer em seu interior, diante do que estava prestes a acontecer em sua vida.

Ao ver-se em terra firme, Nathifa suspirou e disse, radiante:

– Voltamos! Voltamos para casa.

Os filhos seguiram à frente, em direção à morada há tantos anos abandonada, enquanto Bes permaneceu ali, olhando para as águas douradas pelo sol intenso do Egito, tal qual fazia quando era criança, enquanto pescava na companhia do pai. Aquela era uma recordação boa, digna de ser lembrada para sempre, pois enchia seu coração de alegria.

– Você não vem? – perguntou-lhe Nathifa, convergindo os olhos amorosamente na sua direção.

– Vou, sim, Nathifa. Só quero contemplar o Nilo mais um pouquinho.

Ela o aguardou pacientemente. Ele então fez um desabafo:

– Mal posso acreditar que ficamos catorze anos longe daqui. Catorze longos anos. Quase uma vida.

– Não pense mais nisso.

– Eu tento. Juro que tento, mas é quase impossível deixar de pensar. Quando olho para trás e me deparo com todo transtorno que passamos por causa daquele sujeito, meu coração se enche de revolta...

– Acabou, meu querido. Acabou! Estamos prontos para recomeçar e só seremos felizes, se deixarmos de olhar para trás, para o nosso passado. Que o presente e o futuro sejam, de agora em diante, o alvo eterno da nossa atenção.

– É fácil dizer, difícil é fazer...

– Você pode. Estou ao seu lado para ajudá-lo.

– Obrigado. Sem você, eu não seria nada.

E os olhos dele, minando lágrimas e mais lágrimas, encararam a esposa que ainda se desmanchava de amores por ele.

Até pôr toda casa em ordem, haveria muito trabalho. Por ter sido abandonado há anos, o local estava imundo e carente de consertos. Mas eles haveriam de deixar tudo limpinho novamente, com tudo no seu devido lugar, ainda que para isso levassem semanas.

Visto que o lugar ainda era tido por muitos como amaldiçoado, eles haveriam de ter dificuldades para arranjar empregados para ajudá-los, especialmente na morada, mas, com sorte, quem sabe não conseguiriam.

– Nós vamos conseguir, papai – afirmou Kanope, muito certo do que dizia.

– Estou aqui mais por sua causa do que por qualquer outra coisa, filho.

– Eu sei. E não irá se arrepender.

A disposição do adolescente era incrível; com muito tato ele logo conseguiu pessoas para ajudá-los, afirmando, com o apoio dos sacerdotes, que o lugar já não mais apresentava perigo.

Assim, conseguiram reativar a agricultura que logo prosperou.

Bes também se surpreendeu com Dilano que, tal como o irmão, mostrava-se cheio de energia e determinação para com o trabalho e demais responsabilidades a seu encargo. Só agora, ele podia ver claramente o quanto ele e Dilano eram semelhantes, a cópia fiel um do outro, na sua tenra juventude. Foi nesse momento que ele finalmente tomou coragem de pedir desculpas ao filho, por tê-lo maltratado a vida toda.

Capítulo 8

Ao completar seus dezesseis anos de idade, Hator, o filho mais novo de Radamés e Amunet, quis ir a Tebas, obter informações sobre o curso especializado para se tornar um escriba. Essa também seria a primeira vez em que o garoto estaria na cidade mais imponente do Egito da época. Com o consentimento dos pais, o jovem seguiu caminho, deslumbrando-se com o local.

Num único dia, barcaças carregando egípcios de diferentes regiões do Egito, ancoravam no porto da cidade. Caravanas de camelos entravam e saíam dali, conduzidas por homens que pareciam príncipes, com suas túnicas esvoaçantes e seus turbantes de seda. Ao correr os olhos pela massa humana que ocupava o ponto mais popular da cidade, Hator avistou uma jovem que muito lhe prendeu a atenção.

Quando seus olhares se cruzaram, o interesse de um para o outro cresceu por igual. Um sorriso bonito despontou no rosto do rapaz, como se ele tivesse reencontrado uma pessoa querida que há muito não via.

Sem se aperceber, Hator avançou na direção da beldade, como que atraído por um ímã. Em meio à movimentação do povo, a jovem foi desaparecendo até o rapaz perdê-la de vista. O desespero o fez apertar o passo e colidir com um sujeito que não gostou nem um pouco do que aconteceu.

Ainda que chocado com sua reação, Hator lhe pediu desculpas e prosseguiu, ansioso para reencontrar tão maravilhosa criatura. De repente, uma voz metálica e imperiosa cortou todas as demais:

– Abram caminho! Abram caminho para o faraó!

Quase num passe de mágica, a densa aglomeração se abriu para deixar passar tão exuberante e respeitada figura, sobre uma liteira aberta, seguido por seu séquito. Do alto, numa enorme cadeira dourada, o faraó inspecionava a população com seus olhos atentos e um sorriso gentil, pairando em seus lábios carnudos. Diante da jovem, por quem Hator ficara tão deslumbrado, o rei fez um aceno, despertando um sorriso feliz na mocinha.

Quando os olhos dela se encontraram com os de Hator, novamente, o rapaz mais uma vez perdeu o fôlego diante de sua beleza. Sem mais, aproximou-se dela e se apresentou.

– Meu nome é Hator. Muito prazer.

– O meu é Zahra. Sou filha de Hassani e Nerfertari. O prazer é todo meu.

Um sorriu para o outro e Hator comentou, com sinceridade:

– O faraó... Jamais pensei que poderia vê-lo tão de pertinho... Foi emocionante!

– Ele é amigo do meu pai – explicou Zahra, olhos atentos ao jovem.

– Então foi por isso que ele acenou para você.

– Sim. Eu e Garai, o filho do faraó, somos amigos desde crianças.

– Quer dizer que você também conhece o herdeiro do trono?! Nossa, que honra!

A seguir, Hator compartilhou com a moça seus planos para o futuro. E ela o ouviu, atentamente, com o maior interesse. Depois, convidou-o para conhecer o palácio do faraó, uma vez que tinha acesso ao lugar.

Hator mal pôde acreditar quando se viu no interior do local, onde o faraó se mantinha em seu trono banhado a ouro, iluminado por lamparinas, tochas e velas que pareciam fazer sua vestimenta, feita do melhor linho egípcio branco, brilhar como se tivesse luz própria.

Suas joias também reluziam tão maravilhosamente como o faraó no todo. Seu pescoço era adornado por um colar de ouro, com entalhes em marfim, lápis-lazúli e cornalina; nos braços, braceletes e nos tornozelos, argolas em forma de serpente com olhos de esmeralda, que se equiparavam aos olhos brilhantes e cheios de vida daquele que detinha o poder supremo sobre o país.

Orquídeas dos confins do Alto Nilo, enfeitavam o grande salão, deixando o ambiente ainda mais bonito. Tocadores de alaúde preenchiam o lugar com música boa e agradável aos ouvidos.

Nessa visita, Zahra apresentou Garai a Hator que, respeitosamente se curvou diante do príncipe.

Naquele mesmo dia, ao cair da noite, Zahra quis ter uma opinião da mãe a respeito do que havia acontecido com ela, naquela tarde.

– Mamãe.

– Diga, filha.

– O que a senhora faria se se apaixonasse por um moço pobre?

A pergunta surpreendeu Nefertari.

– Bem, filha, eu, com sinceridade, seria capaz de tudo por ele, como seria toda mulher que se apaixona perdidamente por um homem. Em todo caso, no mundo em que vivemos, os miseráveis não tem vez, entende?

– Não. Sinceramente, não.

– É que você é ainda muito menina. Em todo caso, fale-me mais desse rapaz. O que pretende ele fazer ou estudar para garantir seu sustento no futuro?

E Zahra contou tudo para mãe que, ao final, deu sua mais sincera opinião:

– Se ele quer se tornar um escriba, já é um bom sinal. Porque os escribas no Egito sempre têm emprego e ganham bem. Razoavelmente bem.

– Que bom ouvir isso da senhora. Quero muito que o papai o conheça e o aprove.

– Pelo visto, esse moço mexeu um bocado com você, Zahra.

– Mexeu, sim, mamãe.

– Que bom, traga-o aqui para nos apresentá-lo.

– Está bem.

E foi assim que Hator conheceu Hassani e Nefertari, pais de Zahra, a garota por quem se apaixonou. Logicamente que o rapaz omitiu fatos a respeito do passado de sua família, como Radamés havia lhe sugerido. Por superstição, muitos poderiam evitá-los se soubessem que eles pertenciam à família cujas terras foram amaldiçoadas no passado, por um espírito vingativo.

Ao voltar para a casa, Hator contou a seus pais, com grande alegria, a respeito de Zahra, da paixão que estava sentindo pela jovem e ela por ele.

– E a família da moça? É gente de bem? – quis saber Radamés feliz com a empolgação do filho mais novo.

– Sim, papai. Gente boa e educada. Tanto a mãe quanto o pai. Pensei a princípio que me receberiam mal por eu ser pobre, mas não. Tanto ele quanto ela me receberam com muito agrado.

O rapaz fez uma pausa e num tom muito diferente, continuou:

– Pergunto-me sempre, se eu não deveria contar a eles que sou membro da família cujas terras ao leito do Nilo foram amaldiçoadas no passado.

– Não faça isso, Hator. Se quer realmente ser feliz ao lado dessa moça, não lhes conte nada a respeito. Se souberem, os pais dela certamente impedirão seu casamento com a jovem. Somos um povo supersticioso, capaz de tudo para evitar maus agouros.

– Mas, papai, um dia ela terá de saber a verdade. Não é certo criar um relacionamento fundado em mentiras.

– Você é quem sabe, filho. Se sentir na alma que a verdade sobre sua família não vai destruir a sua paz ao lado dessa moça, então, conte-lhe tudo.

– O senhor acha mesmo que o passado que envolve nossa família é capaz de destruir essa paixão que vivo por Zahra e ela por mim?

– Por ela, talvez não. Mas pela família dela, sim! Se souberem, podem, sim, interferir no relacionamento de vocês.

– Mas os pais dela me pareceram tão boa gente.

– E são desde que nada ameace a filha deles. Ainda mais tendo uma só. É filha única, não é?

– É, sim.

– Pois então... Eu mesmo se estivesse no lugar deles e, soubesse do seu passado, por mais que o conhecesse, não permitiria a união de vocês. Porque um pai e uma mãe prezam, acima de tudo, o bem-estar e a segurança de seu filho. Algo que você só vai entender quando tiver os seus.

Hator ficou pensativo desde então.

De volta a Tebas, Hator decidiu contar a verdade a Zahra.

– Achei que você deveria saber de tudo antes de se decidir casar comigo. Não sou de mentir, não gosto de mentiras. Não seria certo casar-me com você, ocultando esse fato.

– Tem razão e sua sinceridade muito me orgulha, Hator. Faz-me confiar ainda mais em você, meu amor.

– Obrigado.

– De qualquer modo, nada direi aos meus pais. Como você mesmo disse, eles podem não gostar. Contaremos depois, quando já estivermos casados.

– Você é quem sabe.

Chegou o dia, então, em que Hator levou seu pai para Tebas, com ele, para apresentá-lo a Zahra, como há muito desejava. Tanto Radamés quanto a jovem se simpatizaram muito um com o outro. Logo, ela quis apresentá-lo a seus pais. Marcou dia e hora, ainda que sua mãe estivesse temporariamente viajando.

Ao chegarem à mansão, onde residia Zahra e os pais, Radamés não pôde deixar de se deslumbrar com o lugar. Há muito que não via tanto luxo reunido num só local.

– Meu pai logo estará de volta – anunciou Zahra com sua graciosa feminilidade. – Quero muito que o conheça. Minha mãe, no entanto, ficará para outra ocasião. Seguiu o Nilo até as pirâmides.

– Não faltará oportunidade.

Nisso, Hassani, o pai da jovem chegou e, assim, que adentrou sua morada, estranhou os visitantes.

– Zahra, minha filha, está tudo bem por aqui?

– Oh, sim, papai. Aproveito para apresentar ao senhor, o pai de Hator, meu noivo.

Radamés, com requintada polidez, deu um passo à frente e fez uma reverência.

– Muito prazer. Radamés ao seu dispor.

Foi quando seus olhos colidiram com os do pai da moça, que Radamés sentiu um forte arrepio.

– Papai... – acudiu Hator. – Está tudo bem?

– Sim, sim, meu bom Hator... – respondeu Radamés, sem tirar os olhos de Hassani. – É que tive a impressão de já conhecer o seu futuro sogro...

Hator voltou a olhar curiosamente para Hassani, que também se mantinha olhando para Radamés, com certo alarme nos olhos. Radamés voltou a se dirigir a ele:

– Já nos vimos antes, não? – perguntou, olhando cada vez mais atemorizado para o sujeito. – Em algum lugar do passado?

– Não que eu me lembre – respondeu Hassani com frívola determinação.

– É que... – Radamés engoliu em seco. – Você me lembra uma pessoa que conheci há muito, muito tempo atrás.

– Quem exatamente?

– Um sujeito... Seu nome era Haji. Viera de Tebas.

– Tebas?...

– Sim! Você e ele são muito semelhantes. Ele teria a sua idade hoje, se tivesse vivo.

– Haji era seu nome, é isso?

– Sim... Sim.

Hassani encarava Radamés com olhos curiosos.

– O que fazia esse sujeito?

– Ele, bem... Ele foi o segundo marido de minha mãe.

Zahra interferiu na conversa:

– O senhor me parece necessitado de um copo d'água. Vou buscar...

– Obrigado.

Uma súbita vertigem fez com que Radamés se apoiasse junto às paredes.

– Papai... – agitou-se Hator, amparando-o em seus braços.

Radamés procurou se controlar, enquanto flashes e mais flashes do passado invadiam seus pensamentos.

Zahra logo reapareceu, trazendo a água.

– Beba, vai se sentir melhor.

Radamés atendeu ao pedido da moça, enquanto seus olhos voltaram a focar o rosto impassível de Hassani. Um minuto depois, ele novamente se dirigia ao indivíduo.

– O senhor nunca conheceu alguém chamado Haji? Nunca teve um irmão com este nome?

– Haji... – balbuciou o sujeito. – Que eu me lembre, não! Irmão, com este nome, eu também não tive.

Foi o modo com que Hassani abraçou a filha que deixou Radamés ainda mais ressabiado.

Hator, cada vez mais preocupado com o estado do pai, escorou-o nos braços, dizendo:

– É melhor irmos embora. Papai deve estar exausto da viagem. Não deve também ter se alimentado direito, por isso ficou assim.

– Mas...

– Voltaremos numa hora mais adequada.

Sem delongas, despedidas foram feitas, e Hator partiu com Radamés.

Assim que se foram, Hassani voltou-se para a filha e, muito seriamente, perguntou:

– O que sabe a respeito da família do seu pretendente, Zahra?

– Bem...

– Algo me diz que você escolheu o rapaz errado.

– Não, papai, não!

– Pois para mim, a família desse sujeito esconde alguma coisa, algo de muito grave em seu passado.

E a jovem imediatamente recordou-se das palavras de Hator. Sim, ela sabia do segredo da família e também que se seu pai soubesse de tudo, não consentiria jamais com o casamento dos dois.

201

Capítulo 9

Ao chegarem à estalagem, Hator novamente procurou acalmar o pai.

– O que está havendo, papai? Quem é Haji?

– Haji é o nome do homem que desgraçou as nossas vidas, Hator.

– Segundo sei, papai, esse tal de Haji morreu já faz anos.

– Mas o pai daquela moça, Hator... O pai dela lembra Haji em tudo. Praticamente em tudo!

– Pessoas se parecem, papai. Muitas são semelhantes.

– Ali não é um caso de semelhança, filho.

– Talvez ele tenha tido um irmão gêmeo, do qual nunca se soube a existência.

– Haji tinha sim, um irmão, mas não era gêmeo dele. Não que eu me lembre.

– Esse tal de Haji realmente deixou o senhor traumatizado.

– A todos nós, filho. Pois seu espírito destruiu a nossa família.

– Não se precipite nas suas conclusões, papai.

– Está bem, talvez você tenha razão. De qualquer modo quero voltar para casa o quanto antes, preciso conversar com sua mãe a respeito disso. Quero muito ouvir a opinião dela.

E Radamés não mais teve paz, enquanto não se viu diante da esposa.

Assim que adentrou sua morada, contou tudo para Amunet.

– Não pode ser o Haji, Radamés – argumentou a mulher, muito segura do que dizia. – Haji morreu há quinze anos. Eu vi, você viu, todos o viram morto e mumificado.

– Eu sei...

– Se sabe, para de insistir nessa ideia estapafúrdia.

– Mas Haji e Hassani são extremamente iguais... Não consigo deixar de avaliar a semelhança entre os dois.

– Esqueça isso, meu marido. Está perdendo seu sono à toa.

– Mas...

– Se Hassani e Haji fossem a mesma pessoa, como ele poderia ter ficado rico e poderoso em tão pouco tempo? Não faz sentido.

– Também me perguntei a mesma coisa, Amunet! A mesmíssima coisa!

Houve uma pausa prolongada até Amunet sugerir:

– Só se...

– Diga, Amunet.

– Seria o espírito de uma pessoa morta, capaz de ocupar o corpo de uma viva, e, com o tempo, imprimir sua personalidade e fisionomia a ela?

– Você quer dizer...

– Sim, Radamés. Seria o espírito de Haji capaz de possuir o corpo de outro ser? No caso, desse tal de Hassani, imprimindo nele sua fisionomia, trejeitos e personalidade?

– Seria? – empertigou-se Radamés.

– Passo a pergunta para você.

Radamés ficou a pensar mais uma vez.

– Quero muito que o veja, Amunet. Com seus próprios olhos para que não pense que estou delirando.

– Está bem. Farei. E serei sincera com você, depois de vê-lo.

– Obrigado.

Hator se uniu aos pais a seguir.

– E então, a que conclusão chegaram?

– A nenhuma – respondeu Amunet, sorrindo e fazendo um agrado no rosto do filho amado. – Mas para tranquilizar seu pai, de uma vez por todas, irei a Tebas com vocês, numa próxima ocasião, para ver de perto seu futuro sogro, Hator.

– Está bem, mamãe. E visto que o papai não se sossegará enquanto esse dia não chegar, partiremos para lá o quanto antes.

– Boa ideia, filho.

E assim foi feito. Logo na manhã seguinte, depois de deixarem tudo sob a responsabilidade de Tor, o casal, na companhia do filho mais novo, partiu numa barcaça em direção a grandiosa cidade egípcia da época.

Quando lá, por sugestão do próprio Radamés, Amunet foi sozinha até a casa de Hassani, para vê-lo de perto, sem fazer alarde do que pretendia. Ao avistar o sujeito, saindo de sua morada, ela se aproximou dele, como quem não quer nada, com olhos atentos ao seu rosto, para tirar tamanha dúvida do marido.

– Haji! – exclamou Amunet em seco, estremecendo de forte emoção.

O sujeito a viu, mas não lhe deu a devida atenção, continuou seu caminho, enquanto ela procurou um lugar para se escorar e se recuperar do choque.

Ao vê-la naquele estado, um passante lhe prestou ajuda.

– A senhora está bem?

– Estou... Estou sim.

Ela agora arquejava violentamente.

– É melhor tomar uma água. Vou providenciar.

E assim fez o fulano. E com sua ajuda, Amunet conseguiu reencontrar o marido na pousada. Depois de agradecer o estranho que a acompanhou até lá, Radamés acudiu a esposa.

– Respire fundo, meu amor. Por favor!

Quando os olhos dela colidiram com os dele, Radamés sorriu:

– Não lhe disse que eles se pareciam?

– Sim, Radamés. São iguais. Semelhantes demais!

– Semelhantes, não, meu amor. Idênticos!

– Sim, idênticos. Mas Hassani não é Haji. Haji está morto. Morto e mumificado.

O marido mudou o tom a seguir:

– Vamos supor, por um momento, que Haji e Hassani sejam a mesma pessoa, Amunet.

– Mas isso não faz sentido, Radamés. Todos nós vimos Haji morto.

– E se tudo não passou de uma farsa?

– Mas...

– É. Uma encenação.

– Mas, Radamés, por que haveria Haji de se fingir de morto para todos nós? Se não gostava da sua mãe, bastava partir, sumir, sei lá... Para que nos atormentar, fingindo-se de assombração? Além do mais, ele estava apaixonado por Halima, pretendia ir embora com ela.

– Se eu pudesse obter as respostas para todas essas questões, Amunet, eu estaria feliz a uma hora dessas. Mas eu ainda vou descobrir todos os porquês. Não sossegarei, enquanto não o fizer. E se eu conseguir provar que Haji e Hassani são a mesma pessoa, eu hei de acertar as contas com aquele safado que nos ludibriou por algum motivo que, até então, não consigo ver a razão.

Amunet refletiu por instantes e depois opinou:

— Se Haji foi mesmo capaz de arquitetar um plano desses, ele será bem capaz de fazer qualquer coisa para impedi-lo de dizer a verdade. Além do mais, que provas temos contra ele?

— Temos a nossa palavra.

— De nada servirá a nossa palavra, Radamés. Será a nossa palavra contra a dele. Além do mais, sendo Hassani, amigo do faraó, querido por ele, o faraó se voltará contra nós por acusá-lo de tamanha barbaridade, tendo somente nossa palavra como argumento.

— Aí é que está. Se Haji e Hassani forem mesmo um só, é de extrema importância que o faraó saiba da verdade, antes que também seja ludibriado por ele, se é que já não foi.

— Acho melhor esquecermos tudo isso.

— Não posso, é uma questão de honra.

— E quanto ao nosso filho?

— Se for mesmo verdade, Hator não poderá se casar com a filha daquele monstro.

— Ele vai sofrer um bocado por isso, ele ama Zahra.

— Eu sei... Mas será para o seu próprio bem.

Foi então que Radamés assoviou, tomado de súbita euforia.

— Amunet, meu amor, aí é que está o nosso grande trunfo.

— Onde?

— Se Hassani for realmente Haji, ele simplesmente se oporá ao casamento do nosso filho com a filha dele. Não vai se sentir bem criando laços com a nossa família. Mesmo porque, sabe muito bem que todos os membros irão certamente à cerimônia de casamento, e, com certeza, poderão reconhecê-lo.

— Nisso você tem razão, Radamés. Por outro lado, se ele não se opuser, é porque ele não é realmente quem pensamos ser. Trata-se apenas alguém muito parecido com Haji.

— Exato! O tempo dirá! Vamos ver como Hassani reagirá de agora em diante.

— Sim, vamos aguardar.

No minuto seguinte, o casal mergulhou em nova reflexão, desta vez, um pouco mais profunda. Foi Amunet quem rompeu o silêncio, dizendo:

— Se Hassani for realmente Haji, só há um modo de ele ter enriquecido em tão poucos anos. A mulher com quem ele se casou, é de família rica. Por isso ele se tornou tão abastado.

— Já pensei nisso também. Mas segundo informações que obtive a respeito deles esta tarde, a riqueza vem dele próprio e não dela.

— Hum... Pobre mulher. Pode estar casada com um louco. E alguém tem de avisá-la.

— Ela pode ser de grande ajuda no nosso plano de desmascarar o estafermo.

— Se ela o ama, jamais ficará do nosso lado. Uma mulher apaixonada é capaz de qualquer coisa para manter o homem amado ao seu lado.

Radamés sorriu para a esposa e foi adiante:

— Seria você capaz de fazer qualquer coisa por mim?

Amunet se aproximou dele, beijou-lhe nos lábios e disse, amorosamente:

— Sim, meu amor. É claro que sim.

Os dois se abraçaram e trocaram demorados beijos.

Ansioso para chegar a uma conclusão em relação àquilo tudo, Radamés partiu com Amunet rumo à casa de Hassini, na esperança de surpreender o sujeito com a aparição dos dois. Foi Zahra quem os recebeu à porta.

— Olá, Zahra, como vai? Seu pai está? Eu e minha esposa gostaríamos de trocar uma palavrinha com ele.

— Pois não. Queiram entrar, por favor.

A jovem, como sempre, foi extremamente polida e delicada com todos. Conduziu o casal até uma das salas da casa, onde pediu que a aguardassem ali e foi chamar seu pai. Não demorou muito para que ela retornasse na companhia de Hassani que, ao encontrar Radamés e Amunet aguardando por ele, assustou-se, consideravelmente.

— Zahra, minha filha, o que está havendo aqui?! – perguntou Hassani visivelmente irritado.

— Haji! – exclamou Amunet, dando um passo na sua direção.

— Não sou Haji, meu nome é Hassani – retrucou o sujeito, avermelhando-se todo.

Sem perda de tempo, Radamés agarrou o homem e começou a berrar com ele.

— Diga, seu desgraçado! Diga que é você, vamos!

— Solte-me! Solte-me! – berrava Hassani, enquanto tentava se livrar das mãos do seu algoz.

206

O faraó chegava à morada bem naquele instante, e, por isso, pôde presenciar a discussão. Imediatamente pediu aos seus guardas que apartassem a briga.

– O que está havendo aqui? – perguntou, elevando a voz. – Qual o motivo desta agressão?

Foi Hassani quem respondeu:

– Este homem, majestade... Ele insiste em dizer que sou outra pessoa. Que não sou quem sou. Está me confundindo com outro sujeito. Já lhe disse que não sou quem ele pensa que é, mas ele insiste.

Radamés se defendeu:

– Não estou louco, não! Esse homem é mesmo Haji. Haji!

Soltando-se das mãos das sentinelas, Radamés foi para cima do faraó e o segurou, fortemente:

– Majestade, o senhor tem de acreditar em mim. Por favor!

Sua atitude foi encarada pelo rei como falta de respeito, um despautério. Sendo o faraó muito amigo de Hassani, mandou prender Radamés no mesmo instante, por desacato e perturbação.

– Não, meu marido, não! – exaltou-se Amunet, mas foi em vão.

O faraó também lhe foi severo:

– A senhora também se ponha no seu lugar ou acabará tendo o mesmo fim.

Zahra tentou novamente acalmar Amunet que, em seguida, foi levada de volta à estalagem em que se hospedara. Hator, ao vê-la chegando naquele estado, quis logo saber o que havia acontecido.

– O papai endoidou?! E a senhora também! Vocês não podiam ter feito o que fizeram. Deu no que deu!

– Hator, meu filho. Apesar da minha idade, eu ainda estou bem lúcida. Por isso lhe digo, com toda certeza do mundo: não posso provar que o pai de Zahra é realmente Haji, mas que ambos são idênticos, ah, isso, são! Sem sombra de dúvida. Eu mesma fiquei impressionada com a semelhança entre os dois. Tanto na voz quanto nos trejeitos.

– Como disse ao papai: pessoas se parecem umas com as outras, é natural que isso aconteça.

Amunet não soube mais o que pensar. Restava agora orar para que os deuses protegessem e libertassem Radamés da prisão.

Hator falou a seguir:

– Vou conversar com Hassani, só ele pode interceder a favor do papai. A senhora fique aqui e procure se acalmar, tudo acabará bem, não se preocupe. Volto logo!

Duas horas depois, Hator reaparecia na estalagem, procurando pela mãe.

– Falou com ele? – perguntou Amunet sem esconder a aflição.

– Falei.

– E ele?

– Bem, ele me disse que não tem poderes para tirar o papai da prisão. Mas que fará tudo que estiver ao seu alcance, apesar de o faraó ser genioso e seus assessores tanto quanto. Não perdoam desrespeito e transgressões.

– Pobre Radamés. O que será dele?

– Vamos esperar pelo melhor, mamãe. De uma coisa a senhora pode estar certa. Hassani se mostrou realmente chateado com tudo o que aconteceu. Ou melhor, com tudo que ainda está acontecendo. Pude ver nos olhos dele, o quanto tudo isso o aborrece. A própria Zahra me contou que ouviu o pai lamentar entre lágrimas, o acontecido, dizendo: isso não podia ter acontecido. Não podia...

Amunet uniu as mãos em louvor e, no dia seguinte, logo pela manhã, tomou a barcaça junto ao Nilo, de volta a sua morada onde havia deixado o filho mais velho, cuidando de tudo, sozinho. Levou consigo a promessa que Hator lhe fez: a de tirar o pai da prisão, o quanto antes.

Capítulo 10

Uma semana havia se passado desde que Radamés havia sido largado num calabouço. Foi então que ele recebeu uma visita.

Seguindo por um longo corredor iluminado por tochas que emitiam sombras bruxuleantes, a visita movia seus pés com profunda concentração, acompanhada do carcereiro.

No fim do corredor, ambos se depararam com uma sentinela que após reconhecer seu superior, deu um passo para o lado, revelando uma escada que descia para o que parecia ser um abismo negro.

Os dois desceram cuidadosamente os degraus, guiados por uma tocha flamejante, até chegarem às masmorras. Mais alguns passos e os degraus se tornaram escorregadios, era preciso pisar com cautela. O degrau seguinte era mais íngreme e a fez perder o equilíbrio, por pouco não foi ao chão.

– A senhora está bem? – preocupou-se o carcereiro.

– Sim, estou.

Com isso, eles desceram ainda mais para o fundo. Ao voltar os olhos para trás, a mulher já não podia mais avistar a porta pela qual haviam passado há pouco. Finalmente, eles chegaram ao que parecia ser uma câmara mortuária só que para vivos.

– Ele está aqui! – anunciou o carcereiro.

Ao mencionar que gostaria de ficar ali, sozinha, o carcereiro imediatamente se opôs.

– Pode ser perigoso, senhora.

– Nada tenho a temer. A poderosa Ísis me protegerá!

– Sem dúvida, mas...

– Por favor.

– Está bem. Qualquer emergência é só gritar que virei correndo.

– Obrigada.

Diante da porta do local, a mulher se manteve parada. Sua mão tornou a apertar o colar, como quem faz para se acalmar. Respirando fundo, finalmente ela abriu a porta para enfrentar seu destino.

Foi o tilintar das chaves na grande argola que despertou o prisioneiro, imerso em pensamentos que o levaram para longe, muito longe da sua triste realidade.

A porta foi se abrindo vagarosamente até se escancarar totalmente. Com a aparição da tocha que Nefertari empunhava numa das mãos a escuridão foi afugentada.

Radamés temeu, por um momento, olhar para quem havia chegado; pessoa, esta, que foi se aproximando cuidadosamente de sua figura, sentada ao chão, com o rosto apoiado numa das mãos.

Nefertari postou-se diante dele e, com voz tomada de emoção, falou:

– Vim ver como está passando. Posso me achegar?

Só então Radamés arriscou um olhar na direção da recém-chegada. Ao vê-la, iluminada pela luz oscilante da tocha, espremeu os olhos para poder enxergá-la melhor.

– Vivendo aqui nessa escuridão, minha visão ficou embaçada – explicou ele.

– Eu sinto muito.

Radamés respirou fundo e em tom de desabafo, falou:

– Por que perde seu tempo comigo? O homem que mandou me aprisionar aqui não presta. É um mentiroso, um ladrão, um...

– Ele é meu marido.

O assombro se repetiu na face sofrida de Radamés.

– Seu marido?!

– Sim, meu marido.

– Pois você corre grande risco de vida. Você e sua filha. Pois estão unidas à figura mais ultrajante que deve haver no planeta e perante os deuses. Salvem-se enquanto há tempo.

– Salvar-me?

– Sim, salve-se! Você e sua filha. Partam para bem longe. A maldição pelo que ele fez aos deuses não deve tardar a chegar. Seu marido não é quem diz ser. Esconde um passado sujo. Um golpe terrível contra os deuses. É um pulha. Não passa de um.

– Eu não posso.

– Por quê?

– Porque o amo. Amo-o perdidamente.

210

A cabeça dela pendeu para baixo e um choro agonizante irrompeu de seu interior. Ele também chorou.

– Por amor somos capazes de fazer as piores loucuras – confessou ela, minutos depois.

– Por amor? – indagou ele, procurando conter o choro.

– Sim, por amor – confirmou ela, resoluta.

Radamés se fez sincero mais uma vez ao dizer:

– Nem sempre o amor faz bem às pessoas. Para muitos, escraviza e faz de seu coração e de sua vida, um deserto árido e solitário.

– Eu sei.

Ela suspirou, enquanto ele se perguntava, mais uma vez, onde já ouvira aquela voz, pois lhe era muito familiar. Mais um minuto de silêncio e ele insistiu:

– Atenda ao meu pedido. Fuja do seu marido. Fuja!

A voz dela soou mais alta e mais clara a seguir:

– É muito tarde para voltar atrás, Radamés... Muito tarde.

A menção de seu nome o fez olhar para ela com mais atenção. Um grito irrompeu de sua garganta e, naquele exato momento, ele deu salto para trás, prensando as costas contra a parede, fria e úmida. O horror se estampava agora na sua face, um horror crescente.

– Radamés... – repetiu a mulher, também demonstrando aflição na voz.

– O que vejo diante dos meus olhos me assombra... – murmurou ele atônito. – Pergunto aos deuses se é real ou apenas uma visão, uma loucura?

– Ouça-me – insistiu ela.

– Afaste-se de mim! – grunhiu ele, tremendo por inteiro.

Dos olhos dela, agora minavam lágrimas que pareciam intermináveis.

– Isso é loucura! Só pode ser loucura! – Exaltou-se Radamés novamente em pânico.

Ela tentava falar, mas não conseguia. Ele também não lhe permitia. Grunhia feito um animal ao ser abatido.

– Ouça-me – insistiu ela, mais uma vez. – Deixe-me falar, por favor.

Ele finalmente se controlou e ela pôde dizer, o que tanto achava ser necessário.

– Foi por amor, Radamés. Por amor, entende?

Os olhos dele se arregalaram ainda mais, pareciam que iriam saltar

211

das órbitas. E tudo o que ela conseguiu dizer, no minuto seguinte, foi o mesmo que havia dito segundos atrás:

– Foi por amor, Radamés... Por amor...

O pranto calou-lhe a voz e ele, então, aproximou-se dela e, com a mão trêmula, tocou seu rosto.

– Não pode ser... Não pode! – murmurou ele, atabalhoadamente.

Ela quis evitar seus olhos e não conseguiu.

– Radamés... – sibilou lamuriosa. – Eu não queria que você descobrisse jamais. Nunca!

– Você... – tornou ele, atônito. – Você... – Faltava-lhe voz. – Nossa adorada e estimada Halima...

– Sim, Radamés, eu mesma!

Os segundos agora pareciam sangrar.

– Isso é loucura... – declarou ele novamente. – Eu a vi morta! Todos a viram!

– É uma longa história, meu irmão. Uma longa história...

– Isso só pode ser um pesadelo. Um maldito pesadelo!

Ele espremeu os olhos e, entre dentes, grunhiu;

– Não diz mais nada, por favor! Vá embora daqui! Suma, vamos!

– Não posso ir, Radamés. Não, sem levar você comigo. Vim para libertá-lo.

Ele a interrompeu, mirando furiosamente seus olhos:

– O que foi que você fez conosco, Halima? Que loucura foi essa da qual você tomou parte?

Ela engoliu em seco e ele, descontrolando-se mais uma vez, gritou:

– Responda!

Ela tinha de ser forte, fora até lá por um propósito e tinha de cumprilo. Assim sendo, ela se pôs a falar:

– Eu amava Haji, Radamés. Fiquei louca por ele e ele por mim. Planejamos ir embora de lá, para sermos felizes noutro lugar. Seria o mais prudente a se fazer diante da situação. Ah, meu irmão, ele me fazia tão bem, tão feliz... Eu estava louca por ele. Perdidamente apaixonada.

Ela fez uma pausa e prosseguiu:

– Quando chegou a notícia de que ele havia morrido, eu quase enlouqueci... Quando suspeitamos que ele pudesse ter sido assassinado, eu quase enlouqueci então de revolta... Cheguei a pensar que a mamãe o havia assassinado, para se vingar dele e de mim, ao mesmo tempo, por termos ousado nos amar sem respeitá-la.

212

Nova pausa de impacto e ela continuou:

– Você deve se lembrar que eu cheguei a ver o espírito de Haji por duas vezes e ninguém me acreditou. Pois bem, crente de que ele estava guardando sua tumba, fui até lá no meio da noite, disposta a encontrá-lo. Eu estava tão apaixonada por ele que quis morrer somente para poder me unir a ele no além da morte. Quando lá, eu realmente o vi, e logo percebi que ele não era um espírito, era ele próprio, o mesmo Haji em carne e osso que conheci. Por pouco não gritei, por pouco não perdi os sentidos.

Ela tomou ar antes de retomar sua narrativa:

– Ao me ver, Haji ficou desesperado, e penso que estava disposto a continuar se passando por espírito se eu não tivesse ido para cima dele e o estapeado até ele me segurar pelos punhos e me pedir calma. Eu chorava e ele também, desesperadamente. Então, subitamente, meu ódio se dissipou e eu o beijei, loucamente, tanto quanto ele e, nos amamos, ensandecidamente sob a luz intensa do luar.

Ela enxugou as lágrimas e prosseguiu:

– Saber que o amor da minha vida estava vivo, foi uma alegria tão grande que, fiquei abobada, fora de mim. Então, Haji pegou delicadamente em meu queijo e me fez encará-lo novamente.

"Halima eu a amo tanto", disse-me ele, apaixonadamente.

"Eu também o amo, Haji!".

"Se você me ama, mesmo, vai tomar parte do que planejei".

"Planejou?!".

"Sim, Halima... Planejei."

Ele calou-se por um tempo, como que para pôr os pensamentos em ordem e explicou:

"Muitos da sua família me odiaram e me desprezaram, desde o primeiro instante em que cheguei à morada de vocês."

Eu nada disse, pois sabia que aquilo era a mais pura verdade.

"Eles quiseram me ver morto! Brutalmente morto!", continuou ele, severo.

Aquele era outro fato incontestável.

"Então, Halima, eu decidi brincar com todos. Fazer cada um provar do gostinho da maldade que me desejaram."

"Haji..."

"Deixe-me terminar, por favor, meu amor!"

Silenciei-me e ele concluiu:

"Decidi então passar-me por morto para, depois, fingir que voltei do reino dos mortos para assombrar todos. Costumava brincar disso com

Abadi, meu irmão, quando éramos criança. Só não esperava me apaixonar por você, minha brincadeira nos afastaria um do outro, mas seria por pouco tempo, você sofreria, certamente, mas por muito pouco tempo. Logo, eu haveria de contornar a situação a nosso favor."

"Mesmo sabendo que eu iria sofrer, você foi adiante com esse seu plano sórdido?!"

"Sim, Halima, porque ainda estou com raiva, muita raiva de todos. Não sossegarei enquanto não lhes der uma lição. Eu sinto muito!".

Ficamos temporariamente emudecidos, enquanto eu me sentia completamente perdida, sem saber o que fazer diante daquilo tudo. Haji então me disse:

"Halima, você me ama que eu sei. É louca por mim e, por isso, vai me ajudar a concluir meus planos."

Engoli em seco.

"Mas eu não posso fazer isso contra a minha família!", respondi, aflita.

"Você pensa que eles a amam como você os ama? Não, Halima, não a amam. Irmãos competem uns com os outros, noras com outras noras, cunhados com cunhados... Tudo vai bem até que, os filhos dos seus irmãos, seus sobrinhos, ganham prioridade na vida deles. Aí, você se torna secundária para todos, sua existência não é mais tão importante porque, nada é mais importante para eles do que a própria prole e o cônjuge."

"Meus irmãos não são assim!"

"Você pensa que não são. Veja sua mãe, por exemplo, dizia amar tanto o seu pai, mas assim que ele se foi, ela se casou com outro e lhe juro, ela faria, mesmo que ele não a tivesse aconselhado a se casar de novo."

Mordi os lábios, sentindo-me derrotada diante das suas palavras.

"Bes e Radamés me odeiam, desde o primeiro instante em que pousaram os olhos em mim, não por ciúme de sua mãe, mas por terem de dividir a herança comigo. É pela ganância que eles me odeiam e desejam me ver morto. Com suas cunhadas, o pensamento não é diferente. Nem mesmo com sua tia, pois ela prioriza os sobrinhos que são, para ela, como os filhos que não pôde ter."

Eu não tinha como defender ninguém, pois o que Haji dizia, era a mais pura verdade.

"De todos na sua casa, Halima, você foi a única que realmente gostou de mim. A única que me ama de verdade."

"Não sou, não! Mamãe também o ama.

"Engana-se, Halima. Engana-se, redondamente."

"Se ela não o amasse, não teria se casado com você."

"Há muito ainda que você precisa aprender sobre a vida, Halima. Sua mãe se casou comigo não porque se apaixonou por mim, como eu e você nos apaixonamos um pelo outro. Ela se casou comigo para não ter de encarar a velhice. Para viver a doce ilusão de que ainda é jovem como eu."

As palavras dele me deixavam cada vez mais impressionada. Eu estava tão apaixonada por Haji, que aceitaria qualquer explicação que ele me desse. Sendo assim, forjamos a minha morte, ele me deu algo para beber que faria eu parecer morta por um tempo, então, quando meu corpo estivesse só na câmara mortuária, ele o substituiria por outro, assim como fez com o seu, antes do embalsamador começar o processo de embalsamamento. Uma vez que o embalsamador não conhecia a nossa fisionomia, não poderia saber que os corpos ali não eram os nossos.

Um respiro e Halima prosseguiu:

– Envolta num manto com capuz, eu embarquei numa barcaça que me levou até um vilarejo, onde eu ficaria aguardando por Haji. Quis ficar com ele, mas ele achou que comigo ali, eu acabaria atrapalhando seus planos. Semanas depois, ele chegou até mim e foi quando soube que eu já estava esperando um filho dele. Dali, partimos para Tebas, onde ele conseguiu se reerguer financeiramente, por meio de um parente rico que lhe deixou uma boa quantia de herança.

Ela suspirou e completou:

– Haji pretendia expor a verdade a todos, revelar que tudo não passara de uma brincadeira, mas temeu a revolta de vocês, especialmente depois que a mamãe morreu de forma tão estúpida.

– Não foi só ela quem morreu por causa da infantilidade de seu marido, Halima. Outros morreram – observou Radamés seriamente.

– Eu sei! Por isso, Haji não pôde revelar a vocês o que realmente pretendia com tudo aquilo.

Ela engoliu em seco e voltou a se defender:

– Eu era louca por Haji, Radamés. Ainda sou! Ele é o grande amor da minha vida, o homem com quem eu sempre sonhei em me casar.

Radamés rangeu os dentes de revolta.

– Você ainda tem a coragem de me dizer que ainda ama esse sujeito?

– Sim, Radamés. Ainda o amo. Mas paguei caro por esse amor, muito caro! Porque me separou da família que eu tanto amava.

Radamés novamente urrou, tomado de fúria:

215

– Você vai pagar por tudo que nos fez, Halima. Por tudo!

– Eu já paguei, Radamés. Por ter me separado de vocês, que eu tanto amava.

– E você chama isso de amor? De amor, respeito e caráter?

Ele novamente a fulminou com os olhos e se fez severo:

– Como você pode ter feito uma coisas dessas conosco, sua família, sangue do seu sangue? O meu ódio por você é tanto agora, que sinto vontade de cravar minhas mãos no seu pescoço e matá-la.

– Eu não o recrimino por pensar assim.

– Você destruiu a nossa família, tudo por causa de um...

– Um grande amor – apressou-se ela em dizer.

– De um louco!

– Um louco amor que seja.

Ele chorou.

– Eu a amava Halima, todos a amavam.

– Eu também, meu irmão, ainda os amo...

– Ama, nada!

– Amo, sim! Nunca deixei de amá-los. Mas...

Ela respirou fundo, enxugou os olhos e procurou ser forte mais uma vez:

– Mas Haji ofuscou todos vocês. Num dia eu gostava dele, no outro eu o amava loucamente. Eu o queria junto a mim para todo o sempre. Ele me seduziu e eu me entreguei a ele por inteira.

Ela suspirou e ele, novamente, revelou sua indignação diante dos fatos:

– Que loucura tudo isso, que loucura... O faraó tem de saber com quem ele está lidando. Quão nociva pode ser a amizade de Haji para ele.

– Ele nunca acreditará em você, Radamés. Você nada poderá provar contra o Haji. Se houvesse algo que pudesse registrar nossos atos cometidos ao longo do tempo, tal como faz a nossa mente, aí, sim, você poderia provar alguma coisa, de outra forma...

– O faraó tem de ser alertado.

– Esqueça isso, Radamés.

Ele bufou.

– É melhor mesmo esquecer. Afinal, o que posso fazer estando preso a este lugar?

– Vou libertá-lo daqui.

– Você?

– Sim, foi para isso que vim. Assim que soube que era você, não poderia deixá-lo ficar num lugar desses. Eu mesma intercedi a seu favor junto ao faraó. Era o mínimo que eu poderia fazer por você, meu irmão.

– Lógico, depois de todo mal que nos fez.

– Prometa-me que irá embora daqui, Radamés. Que voltará para junto de sua esposa e, nunca mais, ousará importunar Hassini com as mesmas acusações.

– Não sei se posso lhe prometer isso, Halima.

– Por favor, meu irmão. Essa condição foi imposta pelo próprio faraó, para que o libertasse. Vá embora de Tebas e se esqueça de que me encontrou.

Ele fez breve reflexão e concordou:

– Eu vou. Mas saiba que você não merece perdão. Você destruiu a nossa família. Você não merece sequer a água do Nilo para se banhar, tampouco a luz glamourosa do Egito sobre a sua cabeça.

Ela nada respondeu, porque sabia que não havia nada que pudesse dizer em sua defesa.

Capítulo 11

Ao reencontrar o filho, Hator se emocionou ao rever o pai, livre.

– Papai, o senhor, liberto! Mas que notícia mais maravilhosa.

– Onde está sua mãe, Hator?

– Voltou para casa, onde poderia colaborar com Tor nos afazeres por lá.

– Fez bem. Também preciso voltar. Você me acompanha?

– Sim, certamente.

Durante o trajeto, Radamés se manteve sério e pensativo.

– O faraó o libertou, papai. Que bom! – falou Hator, tentando animar o pai.

– Sim, mas com a ajuda de uma mulher. A mãe da jovem que você tanto ama.

– Zahra?!

– Sim!

– O senhor está me dizendo que Nerfertari ajudou-o a se libertar da prisão?

– Ela mesma! Só que esse não é o seu verdadeiro nome. Seu nome real é Halima e ela é minha irmã, a irmã caçula que até horas atrás, pensei estar morta.

O rapaz arqueou as sobrancelhas, surpreso e crente de que o pai estava delirando.

– Você deve estar pensando que fiquei maluco, não é, depois de ter ficado aprisionado por dias? Pois bem, vou contar-lhe tudo. Desde o início.

E assim fez Radamés, repetindo também toda a história, nos seus mínimos detalhes, para Amunet e Tor quando os encontrou. Ao término, todos se mantinham boquiabertos, ainda custando lhes acreditar naquilo tudo.

218

– O que posso esperar da vida depois disso? – murmurou Radamés com voz cansada e tristonha. – Ela não tem piedade dos bons, se tivesse, não permitiria que o mal se espalhasse, atingindo os bons de coração. Acho que nunca mais voltarei a ter fé nos deuses. Nunca mais.

Foi Tor quem falou a seguir:

– Papai, Haji e Halima receberão a punição devida pelo que fizeram, só que do outro lado da vida.

– E se não houver esse outro lado, Tor? Escaparão impunes de todo mal que nos causaram?

Amunet, sempre disposta a abrandar as tempestades emocionais, sugeriu:

– Perdoe Halima, Radamés, ela não tem culpa. Haji a enfeitiçou com sua lábia, com sua juventude e sua beleza, da mesma forma que fez com sua mãe.

– Culpo-a, sim! Ela sabia que o que estava fazendo era errado e foi conivente.

– Era apenas uma jovem inexperiente. Inexperiente e apaixonada. Perdidamente apaixonada.

– Que fosse, ainda assim não era motivo para ajudar aquele monstro a destruir nossa família. E, agora, eles estão lá, numa linda morada, ricos, estimados por todos, especialmente pelo faraó. Ele tem de saber quem são eles, na verdade. Do que foram capazes de fazer conosco.

Amunet voltou a opinar:

– O faraó jamais acreditará que os dois foram capazes de uma trama dessas.

– Temos de provar para ele de algum modo, Amunet.

– Esqueça-se disso, Radamés. Vamos voltar para a nossa casa e recuperar o tempo perdido. Libertar-nos, de uma vez por todas, desse passado horrível.

– Casa... Você disse casa, Amunet?

– Sim, meu amor. Se Haji está vivo, não há maldição alguma, nunca houve. Nossas terras às margens do Nilo ainda são nossas e, para lá, devemos voltar com os nossos filhos.

– Você tem razão, Amunet. Toda razão!

E finalmente, um brilho de alegria conseguiu atravessar os olhos do homem que, há dias, fôra fustigado pelo ódio e pela revolta do que descobrira.

E a viagem de barco até lá, foi uma das mais emocionantes já vividas por Radamés, Amunet e os filhos. Ao pisar novamente em suas terras, Radamés se curvou e beijou o chão.

– Estou de volta, meu pai... – declarou, muito emocionado. – De volta ao lugar que sempre foi nosso.

Nada mais ele conseguiu dizer, o pranto não lhe permitiu.

Ao se aproximarem da casa, logo perceberam que estava habitada. Quando Bes avistou o irmão, chegando com a esposa e os filhos, largou imediatamente o que fazia e correu na sua direção.

– Radamés! Radamés, meu irmão!

– Bes! Quanta alegria em vê-lo!

Os dois se abraçaram, forte e demoradamente. Depois se admiraram mais um pouco, enquanto um batia no ombro do outro, como quem faz por estar alegre com um reencontro.

– Bes, meu amado e estimado Bes...

– Meu bom Radamés, meu irmão e meu segundo pai...

Novo abraço e novas lágrimas provocadas pela forte emoção do reencontro se repetiram. Nesse ínterim, Nathifa havia se juntado aos recém-chegados.

– Há quanto tempo vocês estão aqui? – quis saber Radamés, então.

– Não mais que um ano, meu irmão.

Radamés olhou-o com mais atenção e admiração e a pergunta inevitável, saltou-lhe à boca:

– Como tiveram coragem de voltar para cá se...

Nem foi preciso completar a frase, Bes foi rápido em responder:

– Foi Kanope, meu segundo filho, quem me encorajou a voltar e enfrentar a maldição, caso ainda houvesse uma.

– Não há maldição alguma, Bes. Nós fomos todos enganados. Prepare-se para o que tenho a lhe contar, é deveras chocante e revoltante. Diz respeito a Haji.

– Haji?!

– Sim. Ele está vivo, Bes. Vivo!

– Não, Radamés, isso não! Impossível. Haji está morto, morto e embalsamado.

Ouviu-se então a voz de Nathifa, perguntando:

– Você disse vivo, Radamés?

– Sim, Nathifa: vivo! Muito vivo e rico! Vou lhes contar o que descobri.

Radamés contou a seguir tudo o que descobriu, surpreendendo ainda mais Bes, Nathifa e os dois filhos do casal.

– Desgraçado! Desgraçado – Bes estava enfurecido.

– Acalme-se, Bes.

– Como me acalmar, Nathifa? Como?!

– Haji, vivo... – balbuciou Nathifa em choque. – Que história mais sórdida.

– Pavorosa. E tudo por causa de uma brincadeira... De uma infantilidade daquele otário. Otário, não, né? Esperto, muito esperto. Porque só mesmo uma pessoa muito inteligente para fazer o que nos fez. Se bem que isso não é sinal de inteligência, é sinal de mau-caratismo, mesmo.

Breve pausa e Nathifa aconselhou o marido, da mesma forma que Amunet aconselhara o seu:

– Esqueça tudo, Bes. Vamos recomeçar a vida. Não mais permita que aquele monstro continue a nos importunar.

– E deixá-los impunes do que nos fizeram?

– Sim. Às vezes é melhor dar dois passos para trás do que um para frente.

– Ainda assim...

– Ainda assim – completou Nathifa, seriamente. – Haji há de acertar suas contas com Osíris, quando encontrá-lo no reino dos mortos.

– E se não acertar? E se os deuses não forem reais, for tudo invenção da mente humana? Quero justiça agora, nem que tenha de ser feita pelas minhas próprias mãos.

– Bes, ouça-me, por favor! Se Haji foi capaz de fazer o que fez conosco, ele é um homem perigoso, capaz de qualquer coisa para impedi-lo de abrir a boca. Não se destrua por isso. É melhor deixar tudo como está.

O sujeito suspirou, desanimado.

– Assim como no passado... – declarou, em tom de desabafo. – Haji continua sendo o tormento das nossas vidas. Se os deuses realmente existem, por que permitiram que um mau caráter entrasse na vida de uma família honesta e devota aos céus como a nossa? Por quê?

Naquela noite, durante a ceia, apesar dos pesares, a família estava novamente feliz, como nos velhos tempos que passaram ao lado do pai e da mãe. Era bom demais poder estar de volta à morada que sempre lhes pertenceu, onde poderiam reconstruir suas vidas.

– Alguém sabe de Kissa? – perguntou Amunet, em meio à palestra descontraída.

– Não – foi Nathifa quem respondeu. – A última vez em que a vimos, ela havia partido com a filha para Tebas, onde se casaria com Farik.

– Que pena! Seria bom tê-la novamente ao nosso lado.

Todos concordaram.

– De qualquer modo, precisamos encontrá-la e lhe contar a verdade – sugeriu Bes.

– Não será difícil, Farik é um escriba, se ainda estiver vivo, pode ser localizado facilmente, uma vez que há muito poucos escribas tão profissionais quanto ele.

– Boa ideia! Mas será que Kissa realmente chegou a se casar com ele?

– Boa pergunta.

Não foi preciso fazer tal busca. O dia seguinte amanheceu trazendo uma nova boa surpresa para todos. Kissa chegou a casa na companhia de Sagira e Acaran. Urros de alegria foram dados e abraços de boas-vindas e saudade foram trocados.

– Estávamos prestes a procurar por você – falou Nathifa com grande satisfação.

– Viemos para cá assim que soubemos que a família voltara para casa – explicou Kissa, rapidamente. – A notícia de que a maldição de Haji havia terminado já corre todo o Egito.

– Nunca houve maldição alguma – adiantou-se Bes e a seguir contou tudo o que havia sido descoberto aos recém-chegados.

Ao término da narrativa, foi a vez de Kissa contar à família os martírios que passou nas mãos de Farik.

– Então, Acaran me encontrou, por acaso, no mercado da cidade e me ajudou desde então. Acabamos nos casando.

Todos ficaram surpresos e ao mesmo tempo maravilhados com a notícia.

– O que importa é que agora estamos juntos novamente, e dispostos a reconstruir nossas vidas, fazer deste o melhor lugar do Egito – falou Radamés com grande determinação.

Amunet a seguir, pediu perdão a Kissa por ter ocultado dela o que havia descoberto sobre Farik. Mas guardara segredo daquilo, porque Imhotep havia lhe pedido.

– É lógico que lhe perdoo – respondeu Kissa no mesmo instante, abraçando receptivamente a cunhada. – O papai deve ter percebido que de nada me adiantaria falar a respeito. Estando eu tão apaixonada por Farik como estava, eu certamente não acreditaria nele nem em você.

– Sim, acho que Imhotep pensou que o melhor mesmo era expulsar

Farik daqui para fazê-la se desiludir com ele.

– Antes eu tivesse, de uma vez por todas. Assim não teria caído em suas mãos e passado tudo que passei.

– Mas isso agora é passado – argumentou Nathifa, querendo ajudar todos, como sempre. – Não mais nos aborreçamos pelas amarguras já vividas.

– Boa ideia! – concordaram todos, unanimemente.

Mais tarde, naquele mesmo dia, Delano encontrou Hator sentado sob a luz do luar.

– E aí? – perguntou, querendo ser simpático com o primo. – Você deve estar se sentindo péssimo com tudo isso, não?

– Sim. Eu amava Zahra. Ainda a amo. Fizemos tantos planos para o futuro...

– Faço ideia. Ela já sabe que você e ela são primos?

– Não, ainda não! E acho melhor não saber. A verdade vai embaralhar suas ideias. Inventarei uma desculpa qualquer para romper com o nosso noivado e... Que Ísis nos proteja!

– Há de protegê-los.

Não fora somente pelo fato de Hator e Zahra serem primos que o casamento entre os dois não poderia acontecer. Sendo ela filha de Haji e Halima, os dois jamais poderiam viver em paz com suas famílias.

Capítulo 12

No dia seguinte, o surpreendente mais uma vez pegou a família de surpresa. Por volta do meio-dia, Dilano apareceu na casa, correndo.

— Papai! – disse, esbaforido. – Acho melhor o senhor e o titio me acompanharem até as tumbas.

Os dois irmãos se entreolharam, e o estado do rapaz também chamou a atenção das mulheres da casa.

— Venham todos – insistiu o jovem. – Precisam ver o que descobri.

Assim fizeram seus familiares. Chegando ao local, Dilano se explicou:

— Estão vendo essa abertura aqui? – ele se referia a uma abertura junto à entrada do túmulo de Imhotep. – Descobri sem querer...

— E daí, filho? – Bes estava intrigado.

— E daí, papai, que senti vontade de conhecer o interior do túmulo.

— Delano! – o tom reprovador partiu de sua mãe.

— Sei que eu não deveria ter entrado, mas... Foi mais forte do que eu.

Todos ali se entreolharam e o rapaz tentou continuar, mas faltou-lhe ar para prosseguir, tamanha excitação.

— Diga logo, meu filho – agitou-se Bes, impaciente. – Por que nos trouxe aqui?

— Só poderão saber, se entrarem comigo...

— No túmulo?! Não podemos. Não se deve. É sagrado.

— Eu sei, mesmo assim, vocês precisam ver o que eu descobri. Por favor!

Ainda que incertos se deveriam ou não adentrar o lugar, a família seguiu o jovem após ele, Hator e Tor empurrarem um pouco mais para o lado, a pedra sepulcral que tapava a entrada do local.

224

Logo, todos se encontravam no interior da tumba com algumas tochas acesas para iluminar o ambiente. Foi Bes quem perguntou primeiro:

– Ainda não entendi por que nos trouxe aqui, filho.

– Vocês ainda não perceberam? – indagou Dilano, girando o pescoço ao redor.

– O que há para notar, Dilano? – a pergunta partiu de Radamés.

– Ora, meu tio, a tumba foi saqueada.

Só então todos se deram conta do fato.

– Ele tem razão – murmurou Nathifa, pasma. – Todos os pertences de Imhotep se foram.

– Exato! E quem os roubou, teve o cuidado de fechar o túmulo, devidamente, para que ninguém descobrisse o saque.

– Isso só pode ter ocorrido – opinou Bes – Durante os anos em que ficamos longe daqui.

Foi Hator quem levantou a possibilidade a seguir:

– Será que fizeram o mesmo com as demais tumbas?

– Penso que sim – afirmou Dilano muito seguro do que dizia.

– Então vamos conferir – finalizou Hator, decidido.

Naquele mesmo dia, constataram que todas as tumbas pertencentes aos membros da família de Imhotep haviam sido saqueadas.

– Que desrespeito – murmurou Amunet, entristecida.

– Isso não se faz – argumentou Nathifa tão penalizada quanto a cunhada.

– Quem saqueou essas tumbas não tem coração... – admitiu Radamés, revoltado. – Eu diria mais, não podem ser egípcios.

Todos voltaram para casa, em silêncio sepulcral, nunca haviam se sentido tão invadidos e logrados em toda vida. Foi depois de muito refletir que, Nathifa voltou-se para Radamés e perguntou:

– Você disse que Haji enriqueceu porque recebeu uma herança de um parente rico e caridoso?

– Foi o que me disseram na rua quanto investiguei suas origens.

Nathifa se silenciou por um momento e quando voltou a falar, foi para dizer algo que surpreendeu ainda mais a todos:

– Haji não tinha familiares ricos. Então, a herança não pode lhe ter sido deixada por um. Ele deve ter dito o que disse, espalhado essa história para encobrir a verdadeira origem de sua fortuna.

– E qual seria ela, Nathifa?

– Vocês ainda não perceberam? Foi Haji quem saqueou as tumbas, a fortuna que possui vem dos saques que fez delas. Ele não queria brincar conosco, como forma de vingança por ele ter sido mal recebido no meio desta família, como explicou para Halima. Ele queria mesmo é nos afugentar daqui, por meio de sua suposta maldição.

– Você está mesmo insinuando que...

– Não estou insinuando, estou afirmando. O plano de Haji, o tempo todo, com suas aparições fantasmagóricas era nos convencer a ir embora deste lugar para que pudesse saquear as tumbas sem ser descoberto. Estou certa de que ele chegou aqui já com esse plano em mente. Ele acharia uma forma de nos deixar irados com ele, a ponto de querer vê-lo morto. Então, ele se passaria por vítima de um suposto assassinato e voltaria depois, como espírito, para atormentar a todos nós, por vingança.

– Ele não pode ter sido tão criativo!

– Mas foi! Só não esperava que fosse descoberto por Halima e vencido pela paixão que sentia por ela. Então, para acobertar sua verdadeira intenção, ele inventou toda a baboseira que contou para ela.

– Quer dizer que seus argumentos eram falsos?

– Sim! E só fez uso deles por evitar que Halima se revoltasse com suas verdadeiras intenções. Ela não aceitaria ver as tumbas de seus familiares, especialmente a de seu pai, saqueadas.

– Nisso você tem razão, Nathifa – empertigou-se Radamés.

Custava a todos acreditar naquilo. Foi Hator quem falou a seguir:

– Se Haji saqueou mesmo as tumbas, ele jamais temeu aos deuses.

– Sim! – afirmou Acaran bastante segura do que dizia. – Todo verdadeiro egípcio sabe que saquear uma tumba é um desrespeito tamanho aos deuses.

Amunet comentou a seguir:

– Agora que você mencionou isso, Acaran... Lembrei-me de que Haji não tem traços egípcios. Tem a pele clara, cabelos claros, olhos claros, deve ter vindo de longe, de alguma terra distante, com outra formação religiosa, por isso, não teme os nossos deuses.

– Faz sentido.

– Todo sentido.

Voltando-se para Nathifa, Amunet perguntou:

– Você, Nathifa, que conheceu Haji desde menino, nunca soube se ele veio de outras terras além do Nilo?

– Não. Quando o conheci, ele já tinha onze, doze anos de idade. Nunca falamos a respeito.

– Compreendo.

Bes, finalmente soltou sua fúria até então contida:

– Halima precisa saber do que o grande amor da sua vida foi capaz de fazer para enriquecer. Para lhe dar a vida luxuosa e farta que levam.

– Esqueça Halima, Bes – o conselho partiu de Amunet. – Haji é capaz de mandar matá-lo se você tentar dizer alguma coisa para ela.

– Amunet tem razão, meu marido. Dediquemos nossa vida, doravante, a reconstruir o nosso lar.

Radamés enlaçou o irmão pelas costas e falou, convicto:

– Nós vamos reerguer este lugar, Bes, fazer dele o mais lindo das margens do Nilo. Um lugar que os deuses sentirão orgulho de saber que existe sobre o Egito.

Bes também lhe foi sincero:

– Não sei, Radamés, não sei se vou conseguir viver sabendo que aqueles dois estão impunes.

E todos ali sabiam que ele falava sério.

Naquela noite, quando a sós com o filho mais novo, Bes desabafou, mais uma vez:

– Eles têm de pagar pelo que nos fizeram, Dilano. Nem que paguem com a própria vida. Se o faraó souber da verdade, mandará matá-los.

– Papai...

– Eu só quero fazer justiça, Dilano. Justiça!

Ainda na mesma noite, Kissa foi falar com o irmão.

– Bes, ouça-me, por favor! Nossa mãe e nosso pai jamais nos perdoariam se delatássemos Halima ao faraó.

– Mas ela errou, Kissa. Errou, errou e errou, feio!

– Todos nós já erramos na vida, Bes. Quem nunca errou?

– Alguns erros são permitidos. Outros não!

– Pois pense no nosso pai, pense na nossa mãe. Incorpore o coração de cada um e reflita.

– Vou tentar, Kissa. Prometo a você que vou.

Foi tudo o que Bes conseguiu dizer à irmã e só fez para tranquilizá-la. Estava decidido a procurar Halima para lhe contar tudo o que fôra descoberto e, com isso, acabar com sua paz ao lado do marido. Seria essa, sem dúvida, a melhor vingança para os dois.

Na tarde do dia seguinte, com todo cuidado para não ser descoberto, Bes ajeitou suas coisas e partiu, para apanhar a barcaça rumo a Tebas. Quando a família descobriu seu paradeiro, já era tarde demais para impedi-lo.

Capítulo 13

Junto à balaustrada da barcaça, observando as luzes de mais um vilarejo às margens do Nilo, Bes continuava determinado a se vingar de Haji por tudo que ele fizera contra sua família. Era um desejo tão intenso de vingança, que chegava a provocar ondas de calor por todo o seu corpo, chegando a avermelhá-lo como se queimasse de febre alta.

Voltando seu pensamento para os deuses, Bes lhes falou em tom de súplica:

— Só tenho um pedido a lhes fazer. Mantenham-me vivo, sádio e lúcido, pelo menos até que eu possa me vingar daquele desgraçado que fez minha família de idiota. É só o que lhes peço, na verdade, imploro.

E lágrimas escorreram de seus olhos, ardendo feito brasa, pelo ódio que sentia daquele que um dia fôra seu padrasto.

Ao ver Tebas, diante dos seus olhos, Bes não conseguiu deixar de se emocionar e, por um minuto, teve dúvidas se conseguiria mesmo encarar Halima, depois de tudo o que ela havia feito contra eles. Tinha medo de perder a paciência e esganá-la, tamanho ódio que sentia por ela.

Diante da morada de Hassini, Bes tomou um minuto para se acalmar. O sangue aferventava em suas veias e o coração batia acelerado no peito; chegava a transpirar em dobro, tamanha excitação. Por fim, ele se fez anunciar e logo foi recebido pela irmã.

Ao vê-la, bem diante dos seus olhos, a Bes ainda custava-lhe acreditar que fosse mesmo sua irmãzinha querida, a predileta de seu pai, adorada por todos. Com voz embargada, ele pronunciou suas primeiras palavras:

— Confesso a você que, ainda guardava em meu coração, a esperança de que não fosse você realmente. Que tudo o que Radamés nos contou, fôra fruto de sua imaginação perturbada após dias de confinamento numa masmorra. Não podia acreditar que você, Halima, que tanto amávamos

228

teria sido capaz de se juntar a um mau-caráter como Haji para...

Ele não conseguiu terminar a frase.

– Bes... – ela tentou falar, mas ele não lhe permitiu.

– Não diga nada. Apenas me ouça. Tenho algo de muito importante a lhe contar.

Suas palavras a assustaram.

– Prepare-se para o que vai ouvir. Ninguém quis pô-la a par do que descobrimos, mas eu não achei justo. Você tinha de saber de toda a verdade, sim!

– Que verdade, Bes?

– Eu vou lhe contar.

E a seguir, o egípcio relatou em detalhes a conclusão a que a família chegou, após descobrirem as tumbas saqueadas.

– Pois eu lhe afirmo, Halima, sem sombra de dúvidas, sem medo de errar, que todas as posses do nosso pai, mãe, tia, avô, avó e demais membros da nossa família, que foram deixadas junto aos seus sarcófagos, nas tumbas de nossa propriedade, foram saqueadas não por saqueadores vindos de longe, mas por esse sujeito que você chama de marido. Por isso, ele nos afugentou de lá, para que pudesse saquear tudo sem ser descoberto ou interrompido.

Ao término da narrativa, Halima ainda olhava para o irmão, com desconfiança. Ele, tão seriamente quanto há pouco, aconselhou-a:

– Se não acredita em mim, vá até nossa morada confirmar por si mesma.

Ela continuou incerta diante de tudo aquilo. Coube a ele, encerrar o encontro, dizendo:

– Agora, preciso ir. Esta casa me faz mal. Você me faz mal. Adeus, Halima.

– Bes... – chamou ela, na esperança de poder lhe ser gentil de algum modo, mas ele não lhe deu ouvidos. Atravessou a porta da casa e partiu, apressado.

Em movimento, as lágrimas que ele fez questão de esconder da irmã, por não achar digno que ela as visse rolarem por sua face, finalmente tiveram vazão. Lágrimas de saudade, lágrimas de ódio e revolta, tudo junto e misturado. O afeto que ele sempre sentira por Halima, agora se misturava ao ódio que brotara em seu coração, chegando até mesmo a lhe provocar vertigem.

Halima permaneceu na mesma posição em que Bes a havia deixado, rememorando suas palavras, desta vez com, redobrada atenção, a cada uma delas. Seria mesmo verdade o que ele lhe contou? Só de se fazer a pergunta, sentiu um novo aperto no coração. Precisava falar com o marido a respeito, e o quanto antes, para tirar aquela história a limpo.

Haji se encontrava sentado num canto da sala, saboreando uma taça de vinho quando a esposa ali chegou. Não demorou até que a voz dela ecoasse pelo aposento, num tom muito diferente do qual ela sempre usara para se dirigir a ele.

– Haji.

Ele se voltou lentamente na sua direção, olhando-a com surpresa e interesse ao mesmo tempo.

– Não me chame por esse nome – disse, enfim, estranhando seu semblante. – Sabe bem que não deve me chamar assim...

Halima o interrompeu, secamente:

– Chamo você do que eu bem quiser. Sou sua esposa!

– O que houve, Nefertari? Você me parece outra pessoa, fora de si.

– Você também pode me chamar de Halima, porque este é o meu verdadeiro nome.

– Alguém andou fazendo sua cabeça contra mim? Foi seu irmão, não foi?

– Isso não vem ao caso agora, Haji. O que me interessa saber, neste momento, é se tudo isso aqui... – Ela parou e apontou com as mãos para as paredes, mobília e objetos que enfeitavam o lugar. – Se tudo isso aqui foi realmente comprado com o dinheiro que você me disse ter herdado de um parente rico e generoso ou...

Ela o olhou mais a fundo, antes de completar:

– Ou esse homem nunca existiu. Todo o seu dinheiro e suas posses são oriundas das tumbas da minha família, saqueadas, assim que todos partiram de nossas terras, por acreditar que seu espírito havia amaldiçoado o lugar.

O sujeito mordeu os lábios e seus olhos pareceram murchar.

– Responda! – gritou ela, pela primeira vez enfurecida com ele. – Olhe nos meus olhos e me diz: é verdade? Você foi mesmo capaz de saquear os túmulos dos meus familiares para enriquecer? Foi, Haji? Diga-me!

Ele, muito trêmulo, colocou o cálice de vinho de lado e jogou a cabeça para trás, respirando fundo. Halima apertou as duas mãos contra a boca, enquanto seus olhos explodiam em lágrimas.

– Então é mesmo verdade... – murmurou ela, arrasada. – Eu não quis acreditar, não podia... Onde já se viu, o homem que eu tanto amei e, por

230

ele fui capaz de renegar toda a minha família, ser capaz de uma baixeza dessas para enriquecer? Eu não podia acreditar, mas, infelizmente, é verdade... É a mais pura verdade.

Novamente ele ousou voltar os olhos para ela, tão vermelhos e lacrimejantes quanto os seus. Disse:

— Você não me entende, Halima. Nunca poderá me entender, porque nasceu na riqueza e não na pobreza como eu.

Ela olhou ainda mais horrorizada para ele e disse:

— Mas depois de casado com minha mãe, você gozaria de uma vida farta.

— Eu queria ter uma vida farta sendo livre! Com sua mãe, eu jamais me sentiria livre. De que valeria ter fartura, se para isso eu teria de me manter num casamento infeliz?

— Então, todos lá em casa estavam certos quando diziam que, você só havia se casado com Nekhbet por dinheiro.

— Foi sim, não nego! Ela gostou de mim e eu, até que gostei dela, mas não para casar. Mas, depois... Depois de perceber que me casando com ela eu ficaria livre da miséria, juntei o útil ao agradável.

— Pobre mamãe...

— Você nunca há de me compreender. Não pode, porque nunca passou fome ou carência de pai ou mãe na sua vida. Nunca sentiu vontade de ter o que os outros tinham, porque sempre teve de tudo e continuaria a ter, porque nasceu rica. Muito rica!

— Quer dizer que por dinheiro, vale tudo?

— Pelo bem-estar, pela boa comida e fartura na mesa, sim!

— Mesmo que para isso, você zombe dos deuses? Você afronte todos eles, saqueando aquilo que pertence aos mortos?

— Disse bem, Halima. Pertence aos mortos. De que serventia tem todas as pedras preciosas, ouro, prata para um cadáver? De que vale enterrar tudo com o corpo, se o morto nunca mais poderá usufruir de tudo aquilo, que todos os seus pertences fiquem para os vivos? Esses, sim, podem usar e apreciar suas belezas.

— É questão de tradição, os deuses quiseram assim.

— Deuses?! Que deuses, Halima? Aqueles que me deixaram nascer na miséria? Na pobreza? Na solidão? Esses deuses, eu dispenso.

— Se você desdenha a nossa religião, só pode ser porque você não é um egípcio, não é mesmo?

— Não posso lhe responder se sou ou não. Tudo o que sei é que nasci pobre e teria sido pobre ou escravo, pelo resto da vida se...

– Será você um hebreu?

– Talvez... Mas se eu for realmente, não sentirei orgulho de ser, porque um hebreu nesse mundo também não vale nada. É tal qual um pobre egípcio.

Halima baixou os olhos, enquanto lágrimas voltaram a rolar por sua face devastada pela dor e pela indignação do que acabara de descobrir. Sua pergunta seguinte foi a mais difícil para ela fazer:

– Você matou minha mãe, Haji? Responda-me com sinceridade. Matou-a?

Ele rapidamente endireitou o corpo e respondeu, com precisão assustadora:

– Não! Isso não! O que realmente aconteceu, naquela noite, foi que ela subiu as tumbas, certamente em busca do meu espírito, e me pegou desprevenido. Ao ver-me, assustou-se, correu e pisou em falso. O mesmo aconteceu com sua tia. Eu jamais toquei em nenhuma delas.

– E quanto a Selk? Ela disse que o viu... Pensou também ser seu espírito.

– Ela realmente me viu e quando encontrou minhas pegadas, percebeu que eu não estava morto. Caso contrário, não as teria deixado. Ela ia acabar contando a verdade a todos, poria todo o meu plano em ruínas...

– Então você a envenenou...

– O que é uma vida de um miserável, diante da grandeza que nós dois poderíamos ter, Halima?

– Grandeza que você poderia ter, Haji, pois tudo aquilo já era meu.

Ele baixou os olhos e ela admitiu, ácida:

– Além de ladrão, você é também um assassino. Eu me casei com um ladrão e assassino.

– Um ladrão e um assassino que se apaixonou perdidamente por você. Tão apaixonado que foi capaz de revelar parte de seus planos, mudá-los, inclusive, por sua causa. Em nome do amor que eu sentia por você, Halima. Do nosso amor.

– Pois agora eu sinto vergonha desse amor, Haji. Vergonha!

Ele foi até ela, tomou-lhe as mãos e se fez sincero:

– Só quero que saiba que eu teria sido um estúpido e infeliz, se não a tivesse convencido a tomar parte do meu plano para ficar comigo, nos casarmos e termos a nossa filha. Nada disso teria me servido, sem ter você ao meu lado, Halima. Você se tornou muito mais valiosa para mim, do que qualquer bem material que eu pudesse vir a ter. Do que qualquer

232

coisa que me pudesse distanciar da miséria abominável em que eu nasci. Eu a amo, Halima. Você é tudo para mim. Você é o meu Nilo que dá força e vida ao Egito.

Ela fechou os olhos até espremê-los. Ficou assim, por alguns minutos até encontrar coragem para dizer:

– Eu vou me embora daqui, Haji.

– Não, Halima... Por favor...

– Vou, sim – reafirmou ela, com segurança redobrada. – E você nunca mais vai me ver.

Ele a segurou e ela se debatia em seus braços, quando Zahra entrou no aposento.

– Mamãe, papai... O que está havendo?

Haji soltou a esposa que, procurou se controlar, mas sem sucesso. Foi ele quem acabou respondendo à pergunta da filha:

– Briga de casal, Zahra, só isso.

– Nunca vi vocês se desentenderem antes.

– Acontece...

A filha aproximou-se da mãe e, muito carinhosamente confortou-a em seus braços.

– Não gosto de vê-los brigando. São meus pais, eu os amo...

Halima tomou ar, enxugou os olhos e voltou-se para o marido:

– Conte para ela, Haji. Conte para ela, de onde veio realmente toda sua fortuna.

– Haji?!... – estranhou Zahra.

– Sim, filha! O nome do seu pai é Haji e o meu é Halima. Esses são os nossos verdadeiros nomes.

– Haji... Halima...

Haji tentou se defender, foi até a jovem, segurou firme em seu braço e disse:

– Estão querendo pôr você contra mim, Zahra. Sua mãe está nervosa, filha. Não acredite no que ela diz.

Halima, revoltou-se no mesmo instante com suas palavras:

– Seja sincero, Haji, pelo menos com sua filha!

– Não! – ele gritou, desesperado.

– Está bem, se você não é capaz de lhe contar a verdade, conto eu!

O homem engoliu em seco, sem ter mais forças para se defender. Halima cumpriu o que dissera há pouco:

– Todas as posses do seu pai vieram das tumbas da minha família.

– Tumbas?! Sua família?!

– Sim! Que foram saqueadas por seu próprio pai com intuito de enriquecer à custa dos mortos. É uma longa história, filha...

– Quer dizer então que tudo o que Hator ouviu do pai dele era verdade.

– Sim...

Zahra se voltou para Haji e, chorando, perguntou:

– É mesmo verdade, papai?

Ele se manteve calado.

– Diga-me, por favor, o senhor foi mesmo capaz de fazer isso?

Dessa vez foi ele quem fechou os olhos até espremer, enquanto lágrimas pareciam queimar-lhe a pele. Ah, se ele pudesse estar noutro lugar, noutra situação, era o que ele mais desejava naquele instante. Por fim, o amor que ele sentia pela filha falou mais alto, o fez encarar a realidade e afirmar:

– Não posso lhe dizer que é mentira Zahra... Não mesmo, filha! E quando você souber de onde vim, da pobreza e da miséria em que nasci, você há de compreender o por que fiz tudo isso para enriquecer.

E a seguir, Haji contou à filha tudo sobre o seu passado miserável em Tebas. Uma vida de mendigo.

– Por isso, o senhor não queria o meu casamento com o Hator. O senhor mentiu para mim, papai. E eu sempre confiei no senhor.

– Fiz pelo seu próprio bem, minha querida. Pelo seu próprio bem. Eu não podia permitir a união de vocês, por tudo que aconteceu no passado e também por serem primos.

– Que decepção, papai. Que decepção!

– Não fale assim, Zahra.

– Falo! Falo, sim! E digo mais, a mamãe está certíssima em se revoltar contra o senhor. O senhor desrespeitou os deuses, os deuses que significam tudo para nós e merecem todo o nosso respeito.

E Haji não soube mais o que dizer diante do rompante da filha.

Capítulo 14

O próximo passo de Bes foi procurar Abadi para lhe contar toda verdade sobre o irmão. Demorou para localizá-lo e quando conseguiu, foi direto ao ponto:

– O meu nome é Bes, no conhecemos há cerca de quinze anos atrás. Sou um dos filhos da mulher com que seu irmão se casou. Você e sua mãe estiveram visitando nossa casa às margens do Nilo...

– Oh, sim! – respondeu Abadi, ainda olhando surpreso para o recém-chegado. – Como vai?

– Eu mentiria se lhe dissesse que estou bem. Mas vou ficar, assim que concluir o que me traz aqui.

O homem se mostrou novamente apreensivo diante de Bes que sem rodeios, falou:

– Deve se recordar que seu irmão Haji foi dado como morto, mumi-ficado e sepultado em uma de nossas tumbas, com tudo o que lhe pertencia e os rituais sagrados que toda alma merece ter nessa hora.

– Sim...

– Pois bem... Tudo isso não passou de uma farsa. Seu irmão está vivo!

E a seguir Bes resumiu tudo o que foi descoberto a respeito de Haji. Abadi ouviu tudo em silêncio e, por algumas vezes, tentou interrompê-lo, no entanto, Bes não lhe permitiu.

– O verdadeiro propósito do seu irmãzinho querido com tudo aquilo, foi...

E Bes compartilhou com o sujeito, a conclusão que chegaram a respeito do saqueamento das tumbas. Por fim, Bes concluiu:

– Abadi, se você não acredita em mim, posso levá-lo até Haji agora mesmo. Hoje ele se chama Hassani... Adotou esse nome para que nenhum membro de minha família descobrisse que estava vivo. Sei que tudo isso parece impossível, mas é a mais pura verdade.

Abadi limpou a garganta, mirou bem os olhos de Bes e, finalmente conseguiu se pronunciar:

– Eu já sabia de tudo isso, Bes.

Bes pensou não ter ouvido direito.

– Sim – suspirou o homem, com voz e rosto amargurado. – Demorei algum tempo para descobrir e quando aconteceu, duvidei que fosse verdade. Encontrei Haji por acaso, junto ao Nilo, ele e a esposa, e quando nos vimos, tanto ele quanto eu, nos mostramos perplexos e assustados.

"Haji?!", murmurei, tenso.

Ele tentou disfarçar, fingir que não era ele, mas se entregou totalmente por meio do olhar.

"Haji...", repeti, aproximando-me dele, mirando fundo em seus olhos tão transbordantes de lágrimas quanto os meus.

Notei o esforço que ele fez para me dizer:

"Olá, Abadi..."

Eu quase desmoronei nessa hora. Eu estava comovido e perplexo, ao mesmo tempo. Ver meu irmãozinho adorado, vivo, era bom demais! Uma alegria imensa, uma vitória! A emoção do reencontro me privou temporariamente dos meus sentidos, não podia raciocinar direito.

Então, ele me levou para sua casa, onde poderíamos conversar melhor. Só então, voltei a pensar direito, juntar os pontos, perceber que aquilo tudo não fazia sentido. Ele então, com grande esforço, novamente, contou-me tudo o que fez para chegar aonde chegou. Ao término de sua narrativa, eu estava enfurecido.

"Como você pôde ter me deixado pensar, durante todos esses anos, que você estava morto? Justo eu que sempre o amei tanto?"

"Abadi". Ele, lábios brancos e trêmulos, tentou se defender, mas eu não o deixei.

"Como você pôde ter feito isso comigo, com a mamãe, com toda aquela gente?"

Haji novamente tentou se defender, mas o pranto amargurado calou-lhe a voz nessa hora.

"O que foi que você fez, meu irmão?", bradei, explodindo em lágrimas.

Ficamos em silêncio por um tempo, e ele, então, ajoelhou-se aos meus pés e me pediu perdão. Eu não queria, não podia, não achava justo. Ele havia ferido a mim e a minha mãe. Afrontado os deuses, não merecia o meu perdão nem o de ninguém. Mas diante dos seus olhos suplicantes, de tudo o que ele sempre significou para mim, eu precisava perdoar-lhe, se não o fizesse, não mais encontraria a paz.

Bes, inconformado com o que ouviu, perguntou, trêmulo:

– Quer dizer então que você...

– Sim, Bes, eu já sabia. E perdoei a meu irmão por ser ele, simplesmente, o meu irmão adorado. Meu único irmão, a quem eu protegi a vida toda. O que ele fez foi errado, estúpido e infantil...

– Foi cruel, malévolo, desumano.

– Também! Ainda assim ele era o meu irmão! Ainda é o meu irmão! Eu o amo! É a pessoa mais importante na minha vida. Por isso lhe perdoei e o protegi das autoridades. Sei bem o que o levou fazer tudo aquilo, eu também compartilhei da pobreza e da miséria em que ele cresceu. Foram dias pavorosos, em que muitas vezes não tínhamos nada para comer senão migalhas, restos, podridão...

Bes permanecia chocado:

– Você deveria ter nos procurado para nos contar a verdade.

– Onde? – defendeu-se o sujeito feito um raio. – Soube que vocês haviam se mudado de suas terras. O Egito inteiro ficou a par da suposta maldição que se abateu sobre a morada de sua família. Além do mais, a verdade só lhes faria sofrer duplamente, especialmente ao saberem que a irmãzinha de vocês, havia compactuado de tão macabra trama. Até então, eu não sabia quem na verdade era Nefertari, a mulher com quem Haji havia se casado. Só vim a saber, depois.

Abadi, com lágrima nos olhos, prosseguiu:

– Entenda a minha situação. Entenda também que tudo o que você vier a fazer contra Haji, atingirá Halima, na mesma intensidade.

– Mas os dois merecem pagar pelo mal que nos causaram.

– De que isso adiantará? O que está feito, está feito. É tarde demais para puni-los.

Bes abaixou a cabeça, sentindo-se novamente derrotado e disse:

– Eu já vou indo.

– Eu sinto muito.

– De que me valem os seus sentimentos?

– Não me culpe de nada, fiz o que fiz por amor ao meu irmão. Se você estivesse no meu lugar, provavelmente teria feito o mesmo.

– Talvez...

Cabisbaixo, Bes partiu, sentindo-se duplamente derrotado pelo destino. Ao tomar a barcaça, de volta as suas terras, por todo o trajeto, ele não conseguiu desviar os olhos do horizonte, como se buscasse ali, justiça para o mal que desabara sobre a sua família querida.

Já era noite quando Bes chegou a sua morada. Ao vê-lo, Nathifa correu até ele e o abraçou.

– Meu amor... Meu amor...

Tanto ele quanto ela choraram em meio ao abraço.

– Minha querida... – murmurou o marido ao ouvido da esposa, agradecido aos deuses por estar de volta aos braços dela.

Voltando a olhá-la nos olhos, ele lhe pediu novamente desculpas por ter desconfiado dela por tantos anos.

– Isso é passado, meu amor.

– Você pode realmente me perdoar?

– Não há o que perdoar, Bes. Nunca senti ódio de você por isso.

Ao ver os filhos, Bes enlaçou um a um e lhes beijou a face.

– Meus adorados...

Kanope e Dilano retribuíram o gesto do pai, com o mesmo carinho.

– Obrigado por estarem ao meu lado.

E novamente ele intensificou o abraço a três, chorando de emoção.

Minutos depois, diante de toda família, Bes contou o que havia feito.

– Halima precisava saber da verdade. Penso que essa foi a maior revanche que a vida lhe deu, por tudo que foi capaz de fazer contra cada um de nós.

E ninguém ali ousou contestar sua afirmação, porque, no íntimo, concordaram com ele.

Capítulo 15

O clima entre Halima e Haji nunca mais foi o mesmo desde a visita de Bes. Halima se sentia cada vez pior na presença do marido e da casa. Haji tentava ser gentil com ela, para refazerem as pazes, mas ela se mostrava cada vez mais indisposta para aquilo. Certo dia, perdendo o controle novamente sobre suas emoções, Halima desabou. Chorou, sentida, e quando Haji fez menção de acolhê-la em seus braços, ela se esquivou, transparecendo nojo.

– Halima, não faça isso conosco. Éramos um casal feliz. Não permita que nossa felicidade se destrua por algo que... – ele não conseguiu completar a frase, também chorou, sentido.

Os dois agora sofriam tristes e amargurados. Foi ela quem voltou a falar, com voz embargada, sangrando, metaforicamente falando:

– Você era bom, Haji... Bom...

– Halima, por favor.

– Mas mentiu para mim.

– Por amor.

– Se eu não o tivesse descoberto vivo, você não teria ficado comigo.

– Não, isso não, Halima. Eu a procuraria, a levaria comigo...

– Não, você mente. Posso ver no seu olhar, o desespero por trás de cada palavra.

Ele jogou a cabeça para trás e chorou. Levou quase cinco minutos até que ela se pronunciasse novamente:

– Eu vou-me embora.

– O quê?!

– É isso mesmo o que você ouviu. O nosso casamento acabou. Vou arrumar minhas coisas e partir...

Ele a segurou pelo braço.

– Não, isso não, Halima, eu a amo, não vá, por favor.

Mas ela não voltou atrás.

– Não faça isso comigo – gritou ele, segurando-a mais forte.

– Me solte – pediu ela, sem alterar a voz.

– Não! Eu não vou saber viver sem você.

– Aprenda.

– Você sabe que eu não conseguirei.

Lançando olhares de terror para todos os cantos, ela questionou:

– De que me vale tudo isso, Haji, se não tenho mais a minha família querida ao meu lado?

A resposta dele foi imediata:

– Eu e Zahra somos a sua família, Halima. Eu e ela!

– Vocês dois são parte dela. O restante está lá, nas terras em que meu pai, com grande esforço em vida, conquistou.

O pior para Haji aconteceu a seguir. Ao ver a filha também arrumada, pronta para partir, questionou, aflito:

– Zahra, não me diga que você também...

– Eu tenho de ir, papai... Isso aqui tudo é uma afronta aos deuses, com os quais, sempre caminhou a minha fé. O senhor mesmo me fez acreditar neles.

– Zahra, por favor...

– Eu sinto muito, papai. Tanto pelo que o senhor foi capaz de fazer, quanto por deixá-lo por isso. Adeus!

– Vocês não podem ir. Vão se arrepender, amargamente.

Sem mais, as duas mulheres deixaram a casa, enquanto Haji gritava, histérico, a perda de ambas. Então, subitamente começou a quebrar tudo ao seu redor, jogando objetos ao chão, contra as paredes, contra os móveis, era a loucura em si, personificada numa pessoa só. Pensou em deter a esposa e a filha, mas sabia que ambas não voltariam atrás.

Os empregados da casa permaneceram chocados com o que houve, sem saber que atitude deveriam tomar a seguir.

Descendo o Nilo, lágrimas e mais lágrimas rolavam pela face de Halima. Ao seu lado, Zahra tentava consolar a mãe e a ela mesma, diante da situação mais hedionda que vivera até então, em toda sua vida.

Ao vê-la chegando ao lado da filha, a família toda se pôs em alerta.

– Halima! – a expressão de espanto partiu de Kissa.

Muito cuidadosamente a recém-chegada encarou a todos e explicou o porquê de estar ali, com a filha, depois dos erros cometidos.

240

Foi Bes o primeiro a se manifestar contra sua ida até lá.

– Você não merece o nosso perdão, Halima. Vá embora daqui! Volta pro inferno do qual tomou parte. Nunca mais nos procure.

Radamés falou a seguir:

– É isso mesmo, Halima. Faço das palavras de Bes as minhas.

Ao dar as costas para a irmã, Kissa chamou sua atenção:

– Radamés, lembra-se do que o nosso pai lhe pediu ao seu leito de morte? Que mantivesse nossa família unida, sempre? Pois bem, não se esqueça, você prometeu a ele.

As palavras da irmã comoveram o homem.

– Pense nisso, Radamés – insistiu Kissa, persuasiva. – Todos vocês devem refletir a respeito do que Imhotep pediu a Radamés. Mas não é só por isso que eu aceito Halima de volta ao seio dessa família, aceito-a de volta, por ser minha irmã e por eu saber, também, que todos erram na vida. Quem daqui já não errou? Você mesmo Bes, e você sabe muito bem do que estou falando.

Diante das palavras da irmã, Bes abaixou a cabeça, tomado de súbita vergonha.

– Saibamos perdoar. Sejamos superiores a tudo o que nos aconteceu.

Foi Radamés o primeiro a opinar diante daquele confronto tão árduo com a realidade:

– Está bem, ela pode ficar. Mas não a quero fazendo as refeições na mesma mesa que nós. Que as faça depois de todos deixarem a mesa, ou melhor, a sós, na cozinha da casa.

Todos se entreolharam, sem saber mais que atitude tomar. Kissa, então, deu um passo à frente, abriu os braços e disse, com grande emoção:

– Quanto tempo, minha irmã... Que saudade...

E ambas se abraçaram e choraram uma no ombro da outra.

– E essa jovem bonita? – perguntou Kissa, sorrindo para a sobrinha. – Quem é?

– Essa é Zahra, minha filha – apresentou Halima, com grande orgulho.

E muito carinhosamente Kissa também abraçou a jovem. A seguir, chamou Sagira para apresentá-la à prima. E novas saudações foram trocadas.

Tor, Kanope e Dilano também foram bastante receptivos à chegada da jovem, afinal, ela não tinha culpa pelo que os pais haviam feito, tanto que ela só viera saber de tudo, dias atrás.

Inspirada pelos filhos, Nathifa e Amunet também acabaram cedendo e se fizeram simpáticas para com as recém-chegadas.

Naquela noite, pouco antes de a ceia ser servida, Hator procurou seu pai e disse:

— Papai, Zahra não tem culpa do que aconteceu... Ela só veio a saber de tudo, há pouco.

— Eu sei, filho. Eu sei...

— Então volte a tratá-la bem. E permita que ela se sente conosco à mesa, por favor.

— Hator, nós sofremos tanto por causa do que o pai dessa menina nos fez.

— Disse bem, foi o pai dela quem fez, não ela! Leve isso em conta.

— Muito me admira o seu bom senso, filho. Está bem, Zahra poderá jantar conosco à mesa, mas somente ela. Halima que fique na cozinha.

Nesse ínterim, Halima encontrou Acaran a sós.

— Fico feliz em saber que você e Kissa tenham se casado. Depois de tudo o que ela passou, ela merecia mesmo um homem bom como você.

— Ela já lhe contou tudo?

— Sim.

Breve pausa e, no meio do silêncio que invadiu o ambiente, Halima perguntou:

— Você também me odeia, Acaran?

Com olhos e voz sincera ele respondeu:

— Não, Halima... Eu não a odeio. Você fez o que o seu coração mandava, porque amava Haji de paixão. Kissa também foi atrás de Farik por amá-lo desesperadamente e, isso, também foi sua ruína, de certo modo.

— Ainda bem que você apareceu e a salvou. Salvou a ela e Sagira.

— Sim... Farik foi tão mau caráter quanto... Desculpe, sei que você ainda ama Haji.

— Será? Será mesmo que eu ainda o amo, depois de saber de tudo que ele foi capaz de... Mas não sinto raiva dele, não! Só mesmo pena. Não deve ser fácil para ninguém crescer na miséria.

— Ainda assim, não é motivo para sair por aí, enganando os outros e, o que é pior, matando.

— Haji me jurou que a única pessoa que ele deu fim, foi Selk. E eu acredito nele. As demais morreram por situações diversas.

— Provocadas por ele, Halima. Ou seja, direta ou indiretamente ele matou todos.

Ela não disse mais nada, porque sabia bem o quanto aquilo era

242

verdade.

Quando a família se reuniu para cear, Zahra agradeceu Hator pelo convite, preferiu ficar ao lado da mãe, não achou certo deixá-la sozinha, jantando na cozinha. Naquela noite, o jantar transcorreu em profundo silêncio. O clima era tenso e triste ao mesmo tempo.

Depois de cearem, cada membro da família seguiu para o se respectivo quarto. Hator aproveitou o momento para conversar com Zahra, sobre o relacionamento dos dois.

– Foi por causa do nosso amor que tudo veio à tona – explicou o rapaz, à prima.

– Eu sei.

– Incrível, não? Com tanta gente para amarmos, fomos nos apaixonar justamente um pelo outro, culminando nesse desfecho surpreendente.

– Isso me faz pensar nos deuses, Hator. Que eles realmente existem. Se não todos, pelo menos um, que foi capaz de nos unir para que toda farsa fosse desmascarada e sua família pudesse reassumir o que era dela por direito. É sinal também de que esse deus não aprovava o que aconteceu.

– Sim, Zahra, você tem razão.

Breve pausa e o rapaz perguntou:

– Você sente raiva do seu pai? Pela afronta dele aos deuses?

– Não, Hator, sinceramente não! Meu pai foi sempre bom para mim e minha mãe. Um homem bom para os empregados e todos mais que cruzavam o seu caminho. Ainda custa-me acreditar que ele foi capaz de fazer o que fez. Se eu não tivesse ouvido de sua própria boca, não acreditaria em absoluto. Não digo isso porque ele é meu pai, não. Digo porque é mesmo verdade, ele sempre teve um coração generoso e fiel.

– Ele pode ter mudado com os anos. Por ter saído da miséria, melhorou seu jeito de ser. Tornou-se mais humano e solidário.

– Verdade.

No dia seguinte, pela manhã, Halima tomou a iniciativa de ajudar as mulheres na cozinha. Não achou justo ficar à parte dos serviços domésticos, ainda mais, depois de ter voltado para lá. Naquela mesma tarde, Tor passou mal e Halima, por ter aprendido muito sobre a arte da cura, nos anos que esteve fora dali, pôde ajudá-lo a melhorar.

Sua prestatividade para com o rapaz, fez Radamés voltar atrás na sua decisão.

– Halima – disse ele, ao procurá-la em seu quarto. – Você pode voltar a fazer as refeições conosco.

– Não quero causar contrariedades, Radamés. Sei que todos ainda guardam rancor de mim.

– Mesmo assim, junte-se a nós a partir de agora.

E quando Halima e Zahra chegaram para cear, Bes se enfureceu:

– O que é isso, Radamés?!

– Acalme-se, Bes. Eu consenti que elas ceiem conosco.

– Enlouqueceu? Só porque ela ajudou seu filho a melhorar, foi perdoada pelo que nos fez? Você pode ter perdoado a ela, eu não! Jamais farei! Se ela fica, eu saio!

E visto que o irmão mais velho não mudaria de ideia, Bes deixou a sala.

– É melhor eu voltar para cozinha – prontificou-se Halima, querendo evitar confusões. – Eu e Zahra ficaremos bem lá.

Radamés se opôs à decisão, rapidamente:

– Não, Halima, fique! Bes há de se acostumar com sua volta para esta casa. Ainda somos a família que o nosso pai quis ver unida eternamente. Honremos o seu pedido.

Depois de hesitar por uma, duas vezes, Halima acabou se sentando à mesa, na companhia da filha. Novamente o jantar se fez em silêncio.

Naquela noite, tanto Nathifa quanto os filhos do casal tentaram acalmar Bes e fazê-lo voltar atrás na sua decisão. Mas ele se manteve o tempo todo, uma fera, revoltado contra tudo, indisposto a dar o perdão tão necessário a ele próprio, para que, novamente pudesse ficar em paz consigo.

No dia seguinte, o clima entre todos estava melhor, Kissa, ao lado de Halima, contava para as filhas sobre os momentos divertidos que passaram em família quando eram meninas. Logo, os sobrinhos se uniram as duas, curiosos também para saber como havia sido o passado, naquelas terras abençoadas pelo sol, deus rei.

O surpreendente aconteceu ao cair da tarde do dia posterior. Na casa da família, todos foram despertos por uma voz de homem chamando por Halima. Quem seria? E por que berrava tanto e tão desesperadamente?

Mal puderam acreditar quando avistaram Haji em frente à casa, suando em profusão, com lágrimas nos olhos.

– Halima – disse ele, com voz chorosa. – Vim buscá-la! Você e a Zahra. Vocês são a minha família. Vivo por vocês. Voltem comigo, por favor.

Foi Bes o primeiro a reagir a sua chegada:

244

– Você não é bem-vindo a esse lugar. Vá embora daqui. Suma!

– Não sem antes convencer minha esposa a voltar comigo para casa. Preciso falar com ela. Com ela e com minha filha.

Bes, pareceu não ter ouvido uma só palavra do que Haji disse. Tanto, que sua voz interpelou a dele, cuspindo-lhe todo ódio que sentia por sua pessoa:

– Como você pode ter se atrevido a voltar para cá?

– Eu sei que todos vocês me odeiam e têm toda razão por me odiarem. Eu só quero minha esposa e minha filha de volta comigo.

– Você quer é? – zombou Bes, cheio de lascívia. – Só que antes eu vou lhe dar o que você merece.

E sem pesar, Bes saltou sobre o recém-chegado, levando-o ao chão e o esmurrando com toda a sua fúria.

– Eu vou matar você, seu desgraçado! Vou matá-lo! – berrava Bes, totalmente fora de controle.

Haji estava tão deprimido que sequer se defendeu dos socos. Foi preciso Acaran e Radamés segurarem Bes, antes que ele matasse Haji de tanto socá-lo e dar-lhe pontapés.

– Deixe-o, Bes. Por favor! – pediu Acaran com bom senso.

– Eu não aceito esse sujeito em nossas terras.

– Não vale a pena você sujar suas mãos de sangue por esse miserável – atalhou Radamés, também lançando um olhar hostil para Haji caído ao chão.

A seguir, Dilano levou o pai para dentro da casa acompanhado de Nathifa. Radamés então voltou a falar, se dirigindo severamente para Haji:

– Suma daqui, seu assassino.

– Não sou um assassino – retrucou Haji mal conseguindo articular a frase, tamanha dor em seus lábios socados.

– Você matou Selk – revidou Radamés, contendo-se também para não agredir o sujeito.

– Ela era uma pobre – respondeu Haji com olhos de piedade.

– Pobre tal qual você! – atalhou Radamés, tomado de indignação. – Se você é da opinião que os pobres não significam nada, por que não tirou a sua própria vida, ao invés de uma mulher como ela?

Radamés tomou um minuto para se recompor e falou, com toda autoridade de que dispunha:

– Converse com sua esposa e suma daqui. O quanto antes.

Sem mais, fez sinal para os familiares voltarem para dentro da casa. Foi então que Halima se pronunciou pela primeira vez, desde que o marido

245

ali chegara:

– Eu não voltarei com você, Haji. Esqueça. Se Zahra quiser ir, cabe a ela decidir.

Ao lhe dar as costas, o sujeito falou a toda voz:

– Eu vou ficar esperando por você, às margens do Nilo, Halima. No lugar em que antigamente costumávamos nos encontrar. Onde tantas vezes ficamos a conversar, onde nos apaixonamos um pelo outro.

Sem mais, o sujeito seguiu para lá, onde passou a noite, à luz do luar. Foi uma árdua madrugada para todos, quase ninguém na casa conseguiu dormir direito, muitos tiveram de sair ao pátio para respirar melhor o ar da noite. Somente na manhã seguinte é que Halima decidiu atender ao pedido do marido.

– Eu vou com a senhora, mamãe – prontificou-se Zahra.

– Não, filha. Vou só. Minha conversa com seu pai tem de ser em particular.

– Está bem, se a senhora prefere assim.

– Obrigada por me compreender.

Halima seguiu para as margens do Nilo, a passos concentrados, com a cabeça em redemoinho. Logo, avistou Haji sentado sobre uma das pedras, lindo como ela sempre o achou. Com tato, ela se aproximou e quando percebeu que ele não dera conta de sua chegada, chamou-o:

– Haji!

Nem um movimento da parte dele.

– Haji – insistiu ela, pacientemente.

E visto que ele continuava alheio ao seu chamado, ela o tocou no ombro. Ao seu toque, o corpo dele pendeu para o lado e só então ela viu que ele estava roxo.

Um grito irrompeu de sua garganta. Por um momento, ela se viu paralisada, totalmente sem ação. O marido estava morto e, dessa vez, não era encenação.

Ela se agarrou ao corpo dele, abraçando-o e chorou, convulsivamente.

– Não precisava ter sido assim... Eu o amava tanto... Passou tudo tão rápido... Nossos planos, nossa alegria de viver...

O pior naquilo tudo foi descobrir, uma hora depois, que ele havia sido esfaqueado na altura do abdômen. Dessa vez, Haji havia realmente sido assassinado, a sangue frio, e todos na casa poderiam ter cometido o crime.

Capítulo 16

Sim, todos ali poderiam ter cometido o crime. Muitos se ausentaram de seus aposentos durante a madrugada, por motivos diversos. Mas nem Halima nem Zahra pareciam preocupadas em descobrir quem havia feito aquilo a Haji. Sabiam que ele, por seus atos escusos, havia cavado sua própria cova.

Em menos de uma semana, Halima tomou uma decisão:

– Quero devolver a nossa família, tudo o que foi saqueado das tumbas. Certamente que não serão as mesmas coisas, pois muito foi vendido ou trocado por mercadorias diversas para não levantar suspeitas sobre o saque. Mesmo assim, acho mais do que digno de que todos recebam, o que é de cada um por direito.

A pergunta seguinte partiu de Radamés:

– Tem certeza de que é isso mesmo o que você quer, Halima?

– Sim, Radamés. O que é certo, é certo.

O irmão mais velho assentiu.

E assim foi feito, e tudo que foi encontrado na casa e conseguido com a venda dela, foi levado de volta para a família de Imhotep.

– Diante das joias que Haji me dava – comentou Halima com todos, ao voltar para casa. – Eu costumava dizer: mamãe tinha uma dessas, foi enterrada com ela. Mal sabia eu que era a mesma joia, saqueada do túmulo dela.

– Muita coisa ele deve ter trocado por servos – sugeriu Amunet –, vendida, para não dar tão na vista.

– Sim, certamente – concluiu Kissa. – Muito do que foi enterrado com o papai e a mamãe e os demais.

E foi assim que muito do que pertenceu a Nekhbet, Nailah, Imhotep e demais antepassados da família, foi devolvido aos túmulos de cada um, com as devidas honrarias. Preces foram proferidas e cultos também foram realizados.

– O que é certo é certo – repetia Halima a todo instante.

Não havia ali, quem não estivesse impressionado com sua determinação. Chegou, então, o dia em que ela anunciou sua partida a todos.

– Agora, que boa parte do que foi roubado daqui, foi devolvido aos seus verdadeiros donos, vou-me embora.

Foi Amunet quem perguntou:

– Não lhe interessa saber quem matou o seu marido?

– Como você mesmo disse, minha cunhada, ele teve o que procurou.

Sim, Amunet havia dito aquilo e fora por impulso, sem se aperceber.

Halima mirou os olhos de cada um dos familiares, e, mesmo que um deles tivesse assassinado Haji, ela já não se importava mais em saber quem foi.

– A barcaça está para chegar. Parto com ela, sem ter rumo certo. Zahra irá comigo.

– Mas, Halima... Nós lhe perdoamos. Não há por que você partir.

– Sei que me perdoaram e, por isso, sou muito grata a vocês, mesmo assim, não me sinto mais digna desta morada.

E ninguém mais ali ousou dizer alguma coisa.

Com a ajuda de dois criados, Halima apanhou seus poucos pertences e disse adeus a todos. Nem bem deixou a casa, Bes a chamou:

– Halima, espere!

Ela travou os passos, olhou para ele com pesar e aguardou por suas palavras.

– Não vá, Halima. Papai queria a nossa família unida, você sabe que, em seu leito de morte, ele fez Radamés jurar a ele que manteria todos unidos.

Ele estendeu-lhe a mão e insistiu:

– Fique! Eu lhe perdoo por todo mal que nos fez. Todos já lhe perdoaram, faltava apenas eu.

Ela começou a tremer por inteira e o irmão, então, abraçou-a forte e calorosamente, como se quisesse, por meio daquele abraço, protegê-la de todo mal. Ela chorava e Bes chorava com ela. Todos se emocionaram e estavam certos, no íntimo, de que ela deveria ficar. Que seu lugar era ali, ao lado de todos, como sempre fora.

– Se eu não tivesse sido tão ingênua... – declarou ela, em meio ao pranto agonizante. – Se na ocasião eu fosse mais experiente com a vida...

248

Nada teria acontecido.

– Mas você não era, minha irmã. Era apenas uma menina de 14, 15 anos de idade, nada mais do que isso.

E novamente ela se agarrou ao irmão, como se dependesse do seu corpo para sucumbir à dor que o sentimento de culpa e remorso provocava em seu interior.

Não demorou muito para que Halima subisse até as tumbas e de joelhos, pedisse perdão aos pais e aos demais sepultados ali, por tudo que fizera, mesmo não sabendo que estava tomando parte de um plano hediondo como aquele.

Nos dias que se seguiram, todos voltaram à vida cotidiana com redobrado entusiasmo. A vontade de recomeçarem suas vidas, parecia ter adquirido força redobrada.

Dias depois, quando a sós com a mãe, Zahra comentou:

– O papai só mentiu numa coisa, mamãe.

– No que filha?

– Ao dizer que envenenou a tal criada.

– Selk?

– Deve ser esse o nome.

– Sim. Por que diz isso, Zahra?

– Ora, mamãe, a senhora mesma sabe que o papai nunca foi capaz de matar uma mosca. Tanto que, sempre abominou ver abatimento de animais ou transitar pela feira em meio aos açougues.

– É verdade... Não havia me dado conta desse detalhe.

Foi num momento de sossego, de pausa no trabalho, que Kissa encontrou Halima sentada diante do Nilo, com o pensamento longe, bem longe.

– Pensando nele, Halima – indagou a irmã, achegando-se a ela.

– Sim, como sabe?

– Imaginei.

– Sabe, Kissa, Haji não era de todo mau. Foi Zahra quem me lembrou desse fato. Quando chegamos a Tebas, um dia, passeando pelos arredores da cidade, Haji encontrou a mulher que ajudou sua mãe a criá-lo com seu irmão. Ele a abraçou com vontade e chorou de emoção. Era muito grato a ela, por tudo que fez pelos dois. Isso é mais uma prova de que ele tinha bom coração. A tal senhora me disse, nesse mesmo dia: "Ainda me lembro dos dois quando crianças, brincando pelas ruas... Rindo e brincando, fazendo

249

meninices. Espíritos alegres, sempre dispostos a ajudar. Um, bondoso, o outro, um sonhador. Um, generoso, o outro, um inventor, sempre com ideias mirabolantes na cabeça. Unidos acima de tudo. Era admirável de se ver. Ele adorava o irmão, fazia de tudo o que ele lhe pedia, tudo o que ele lhe sugeria, estava sempre disposto a ajudá-lo e alegrá-lo." Por isso, Kissa, eu lhe digo que Haji não era de todo mau.

— Ninguém é de todo mau, Halima.

— Também acho.

— Acho bonito da sua parte, pensar nele, procurando ver algo de bom na sua pessoa. Algo é certo nisso tudo, Halima, Haji foi de uma ousadia tremenda, e de uma esperteza tamanha para arquitetar, sozinho, um plano tão mirabolante quanto aquele. Pena que usou toda a sua inteligência para o mal.

— Sim, uma pena. Se cada um soubesse usar seus dons divinos somente para o bem, viveríamos muito melhor.

— Sem dúvida.

Ao cair da noite, naquele mesmo dia, Halima se sentia inquieta sem saber ao certo por que. Algo se agitava em seu inconsciente, importunando desprezivelmente sua paz de espírito.

Na madrugada, acordou e não mais conseguiu dormir. Por mais que tentasse, não conseguia tirar Haji do pensamento. Visualizou ele se aproximando de Nekhbet em Tebas, quando se conheceram.

Depois, recordou-se do dia em que ele chegou àquela casa, provocando espanto em todos os membros da família, por ter se tornado o segundo marido da matriarca.

A seguir lembrou-se das palavras que ele usava para expressar todo o amor que sentia por ela.

— Haji, Haji, Haji... – murmurou Halima, entre lágrimas.

Recordou-se a seguir da observação que Zahra fizera sobre o pai:

"O papai só mentiu numa coisa, mamãe. Ao dizer que envenenou a tal criada... A senhora mesma sabe que o papai nunca foi capaz de matar uma mosca. Tanto que sempre abominou ver abatimento de animais ou transitar pela feira em meio aos açougues."

Veio, então, o que Kissa disse a respeito dele naquela tarde.

"Haji foi de uma ousadia tremenda, e de uma esperteza tamanha para arquitetar, sozinho, um plano tão mirabolante quanto aquele. Pena que usou toda a sua inteligência para o mal."

Porque suas palavras lhe marcaram tanto? Pontuavam sua mente sem parar? Foi duas horas depois, quando o sol já havia raiado de vez, e todos se levantavam, que Halima compreendeu a razão.

– Não pode ser... – empertigou-se. – Será?!...

Ela se sentia agora ainda mais agitada e inquieta, com a necessidade de partir dali, o quanto antes.

– Halima... – chamou Nathifa, ao vê-la com uma trouxa de roupas.

– Nathifa!...

– Aonde vai?

– À Tebas.

– Está tão agitada, o que houve?

– Pode ser bobagem da minha parte, mas... Preciso esclarecer algo. Só espero que eu ainda tenha chance. Tudo depende de uma pessoa, de uma única pessoa, uma senhora, precisamente. Se ela ainda estiver viva... O nome dela se me recordo bem é Izônia.

Sem demora, Halima partiu na companhia de Zahra e, chegando à Tebas, enquanto a filha foi rever Garai, o filho do faraó, de quem sempre fora muito amiga, Halima foi em busca de quem tanto queria encontrar. Por sorte, a mulher ainda estava viva e morando no mesmo local em que haviam se encontrado certa vez.

– Ola, Dona Izônia – disse Halima para a idosa. – A senhora não deve se lembrar de mim. Sou a esposa de Haji, nos encontramos certa vez.

A mulher, muito cordialmente, respondeu:

– Sim, agora me lembro. Como está o *pequenino?* Era assim que eu o chamava. Pobrezinho, tão fraquinho quando chegou aqui. Tão mir-radinho.

Halima preferiu omitir o fato de que Haji havia morrido. Por isso, disse simplesmente que ele estava bem e mandava lembranças.

– Estimo.

Halima então foi direto ao ponto, ao que tanto necessitava saber, por parte daquela mulher.

– A senhora me disse, no dia em que Haji me apresentou à senhora, que ainda se lembrava dele e do irmão, quando crianças, brincando pelas ruas de Tebas. Rindo e brincando, fazendo meninices. Espíritos alegres sempre dispostos a ajudar. Um bondoso, o outro, um sonhador. Um, generoso, o outro, um inventor, sempre com ideias mirabolantes na cabeça. Unidos acima de tudo. Era admirável de se ver. Ele adorava o irmão, fazia tudo o que ele lhe pedia, tudo o que ele lhe sugeria, estava sempre disposto a ajudá-lo, a alegrá-lo.

A mulher, muito emocionada, assentiu:

– Sim, é verdade...

Halima sorriu amavelmente para ela e perguntou, finalmente o que tanto queria saber:

– Se a senhora puder me dizer, qual dos dois meninos era o bondoso e qual era o sonhador e inventor, eu apreciaria muito.

– Ah, sim, é muito fácil. Haji era o bondoso e Abadi, o sonhador e o inventor.

Não houve espanto por parte de Halima, foi como se ela já soubesse da resposta.

– Eu presumi – disse ela, enfim. – Só mais uma pergunta. Por que a senhora se referiu a Abadi como um sonhador e inventor?

Dessa vez, a mulher não respondeu de imediato. Olhou Halima com certo interesse antes de revelar:

– Ora, meu bem... Porque era o que Abadi fazia o tempo todo. Sonhava, sonhava e sonhava um pouco mais. Sonhava alto e adorava inventar histórias, planos mirabolantes... Haji adorava suas ideias, ele tinha, na verdade, o irmão como o pai que não pôde conhecer. Abadi odiava a pobreza e a miséria e acabou incutindo na cabeça do irmão, o quanto era penoso para ele, ter nascido pobre. Haji não se importava com nada disso, acho que nunca se importou. Mas o irmão, sim! Sempre sonhou alto. E conseguiu atingir seus objetivos pelo que sei. Pois hoje é um dos braços direitos do faraó, não é mesmo?

– Sim, Sem dúvida.

Naquele instante, Halima se recordou do que Haji lhe dissera certa vez.

"Ao contrário do meu irmão que, sempre quis vencer na vida, eu nunca realmente me importei com a pobreza. Tampouco em admitir que fui um garoto de rua, criado com muito custo por uma mãe que, por muitas vezes me fez ter pena dela, por se esforçar tanto para ter com o que alimentar a mim e ao meu irmão a cada dia."

E se lembrou de mais.

"Quando criança, eu e meu irmão tínhamos o hábito de zombar da morte. Coisa de criança. Um de nós fingia-se de morto e voltava para apavorar todos. Era divertido. Mesmo sabendo que tudo não passava de brincadeira, sentíamos medo, sabe?".

E agora ela sabia.

Horas depois, Abadi estava regando as plantas quando ouviu passos atrás de si. Ao voltar-se para ver quem era, surpreendeu-se com a visita:

– Nefertari, você aqui?

– Não sou Nerfertari e você sabe bem disso, Abadi.

– Sim, eu sei. É que me acostumei a chamá-la assim. Você me parece nervosa, o que houve?

– Haji está morto.

– Haji?! Como?! Quando?!

– Isso não vem ao caso agora.

– Como não?! Você está falando do meu irmão adorado.

Ele chorou, enquanto ela se manteve firme, olhando desafiadoramente para ele. Só quando ele lhe pareceu mais controlado, é que ela voltou a falar, encarando-o profundamente:

– Foi você, não foi, Abadi?

Os olhos dele estudaram-na mais atentamente.

– Eu, o quê, Halima?

– Quem criou todo o plano mirabolante contra a minha família.

Somente as pálpebras do homem a sua frente tremeram, ligeira-mente.

Capítulo 17

Um diante do outro, foi como se o tempo os tivesse transformado em pedras. Ambos se duelavam pelo olhar, se desafiavam pelos sentidos.

– Perdeu o juízo, Halima? – disse Abadi, enfim, rompendo o profundo silêncio.

– Não, Abadi! Você sabe que não! – Ela continuava perfurando-lhe os olhos com seu olhar astuto e perspicaz. – É lógico que Haji não poderia ter agido sozinho. Seria impossível. Tinha de haver alguém para ajudá-lo a concretizar o plano. Um cúmplice. Você! Como fui estúpida! Tremendamente estúpida.

Ele suspirou e ela continuou, ácida:

– Você é o verdadeiro culpado por toda a desgraça que desabou sobre a minha família. Unicamente você!

– Ora, Halima...

– Admita, vamos!

Ele continuou a encará-la com seus olhos claros e lacrimejantes. Em seu rosto havia um pesar tamanho, uma tristeza profunda, uma amargura sem fim. Dava pena de olhar para ele. Mas então, ele se curvou, contorcendo-se todo, apertando as mãos contra a barriga e gemendo. Como se tivesse sido perfurado no estômago e a morte não tardasse a levá-lo para o além.

Quando Halima finalmente se sentiu condoída por ele e o tocou, na esperança de poder ajudá-lo de alguma forma, ele se voltou para ela como um raio, encarando seu rosto bonito, com seus olhos vermelhos e despudorados. Só então ela percebeu que ele estivera rindo, espalhafatosamente, chorando de tanto rir.

– Desculpe-me – disse ele, voltando a gargalhar.

Ela deu um passo para trás, assustada.

– Você! – exclamou, enojada. – Você ri de mim, de tudo!

Ainda gargalhando ele respondeu:

– Queria o quê, Halima? Que eu chorasse? Ah, por favor!

– Então foi você mesmo! Você mesmo quem...

Nova e retumbante gargalhada explodiu dos lábios do sujeito que, com a cara mais deslavada do mundo, admitiu:

– É lógico que fui eu, sua boba! Haji não tinha miolos para isso. Nunca teve! Foi sempre bobo demais, ingênuo demais, pobre demais, e o que era pior, pobre de espírito! Se contentava com pouco. Com migalhas, com a pobreza em que nascemos. Sim, Halima, Haji era pobre de espírito e isso, era o que mais me irritava nele.

Ele suspirou, endireitou o corpo e com orgulho voltou a falar:

– Sim, Halima, foi tudo eu! Tudo eu, tudo eu, tudo eu, quem arquitetou aquele plano estupendo nos seus mínimos detalhes. E sinto um baita orgulho de mim por isso!

Agora ele parecia um louco falando.

– Eu vim da miséria, fui largado na miséria, cresci naquela maldita miséria. Eu, sim, fui o verdadeiro amaldiçoado nisso tudo, Halima, não sua família. Fui amaldiçoado, sem dó nem piedade, desde o dia em que nasci.

Ele bufou e prosseguiu, com descaso:

– Por que eu tive de nascer na miséria, na pobreza, passando vontade das coisas? Desejando sempre, sem nunca poder ter? Eu tinha vontades, eu tinha lombrigas... Eu tinha raiva, ódio e inveja daqueles que tinham tudo o que eu gostaria de ter e a vida não me deu. Coisas pelas quais nem eles mesmos davam tanto valor.

Nova bufada, novo escarro e ele prosseguiu:

– Você não sabe o que é a pobreza, porque não nasceu dentro dela. Não sabe o que é passar fome, porque sempre teve um pai que nunca deixou faltar nada em casa. Um pai que lhe deu um teto sobre a sua cabeça, para protegê-la do sol e da chuva esporádica do Egito. Não, você não sabe o que eu passei. Jamais fará ideia.

Ele tirou o pigarro da garganta, cuspiu longe e prosseguiu:

– Eu quis dar um futuro melhor para o Haji. Quis tirá-lo das ruas da amargura. Ele não teria conseguido sem mim. Não saberia como. Por isso lhe dei uma mãozinha.

– Mentira! – retrucou Halima, enfurecida. – Você fez o que fez somente por você. Não foi por ele, disto estou certa.

Voltando a rir, cinicamente, ele respondeu com toda audácia:

– Quer saber de uma coisa? Você tem razão! Haji era um bobo que

255

se contentava com a vidinha besta que levava. Eu não, nunca me contentei, nunca me contentaria. E eu estava disposto a tudo pra mudar de vida. Tudo! Se a velha da sua mãe tivesse se interessado por mim... Por mim! Ah, teria sido tudo bem mais fácil! Mas não, a idiota gostou do Haji. Do bobo e do cretino do Haji. E ele teria perdido a oportunidade de ter se casado com ela, se eu não tivesse aberto seus olhos. Conduzido seus passos. Traçado seu futuro.

Ele novamente deu uma pausa, o tempo suficiente para localizar o passado em sua memória e dizer:

– Quando eu o alertei a respeito da velha e feiosa da sua mãe, Haji me respondeu:

"Mas ela é velha!"

"E daí, meu irmão? Pelo menos é rica!"

"Eu jamais me casaria por riqueza, Abadi".

"Eu sei. Mas se você se casar com essa "velha", como você mesmo se refere a ela, poderá ficar perto de Nathifa, de quem tanto gosta."

"De que me adianta, se Nathifa não me quer?!"

"Perto dela, você pode convencê-la do contrário."

"Será?"

"Não custa tentar."

"Tem certeza mesmo de que a velha me quer?"

"Absoluta! Vi nos olhos dela. Ela gostou de você, ficou deslumbrada. Ficou viúva há pouco, por isso anda triste e carente. Esse é o momento certo para você se casar com ela e, com isso, nos tirar da miséria."

"Como você tanto sonha, não é Abadi?".

"Sim, meu irmão. E quando você experimentar uma vida abastada, vai me agradecer por tê-lo feito se casar com uma velha endinheirada."

Abadi tomou um minuto para rir de suas próprias palavras. Por fim, prosseguiu:

– Foi assim que convenci Haji a se casar com Nekhbet. Então, um dia, ele me falou sobre a estranha mania que os egípcios têm de reverenciar a morte, enterrando com cada morto, seus pertences.

"Pra quê, se eles não necessitaram de bens materiais do outro lado da vida?", pontuou ele e com toda razão. Foram suas próprias palavras que me deram a ideia.

"Haji, ouça-me! A família da velha não vai gostar nem um pouco de vê-la casada com você. Especialmente por você ser bem mais jovem do que ela. Também porque terão de dividir a herança com sua pessoa. As mulheres poderão não se importar com sua entrada para a família, mas os homens...".

"Aonde você quer chegar, Abadi?"

"Numa forma de herdarmos tudo que é deles, sem que você tenha de viver escravizado à velha!".

"Roubar?!"

"Sim. Roubar!"

"Não vejo como."

"Você terá de provocar a ira de todos. A ponto de quererem vê-lo morto. Então, você se fingirá de morto. Como se tivesse sido assassinado."

"Impossível! Logo saberão que estou vivo. O embalsamador também."

"Você tomará uma poção que o deixará apagado por algumas horas. Vai parecer tal qual um cadáver. Eles então o levarão para a câmara do embalsamamento e deixarão seu corpo lá, à espera do embalsamador. Quando ninguém estiver ali, levarei o cadáver de um homem semelhante a você. Nesse período, você estará despertando do seu coma induzido. Lembre-se que o embalsamador não o conhece, espera apenas encontrar um cadáver de um moço na câmara embalsamamento e é o que ele vai encontrar. Só que não o seu, mas de outro rapaz. Vai embalsamá-lo, mumificá-lo e sepultá-lo como sendo você. Uma vez mumificado, ninguém da família suspeitará que por baixo das ataduras haja o corpo de outro rapaz. Enquanto isso, você vai aguardar por seu futuro papel, num lugar longe dali e seguro. Eu estarei sempre nas proximidades para evitar qualquer deslize."

"Você?!"

"Sim, ninguém da família me conhece. Nekhbet pode ter me visto pelas ruas de Tebas, mas jamais ligará meu rosto com o do seu irmão. Usarei barba se preciso."

"Nathifa o conhece."

"Não como a você. Há muito que não me vê. Tudo que você terá de fazer é representar o seu papel na hora certa. Eles sepultarão o corpo que pensam ser seu e, então, você voltará do reino dos mortos para atormentar a todos até que..."

"Diga Abadi, fale!"

"Até que pensem que o lugar foi amaldiçoado e partam de lá!"

Haji riu, mal podia acreditar que eu estivesse falando sério.

"Então, quando não mais restar ninguém ali, nem empregados, que serão os primeiros a correr do lugar, por medo de assombração, nós saquearemos tudo que resguardam as tumbas da família. Tudo!"

"Você só pode estar louco!".

257

"Não temos nada a perder!".

"E se alguém me descobrir vivo?"

"Acharão que essa pessoa está louca!"

"Será que vão acreditar nisso?"

"Garanto-lhe que sim".

Houve uma pausa até que Abadi retomasse sua narrativa.

– Foi difícil convencer Haji a tomar parte daquilo tudo, ainda mais, prosseguir, depois que a conheceu, Halima. Ele realmente se apaixonou por você. E eu mesmo a teria matado se você tivesse estragado os meus planos. Eu a teria matado e triturado por raiva...

Ele inspirou e cuspiu longe, com nojo.

– Só mesmo eu poderia matar alguém. Haji jamais faria, fôra sempre muito puro de coração para não dizer, fraco.

Ele riu sinistramente, deixando Halima novamente assustada com a sua transformação.

– Se você visse a sua cara, quando lá cheguei com nossa mãe de mentira... – ele riu. – Sim, Halima, aquela mulher não era nossa mãe. Estava apenas interpretando o papel de mãe.

– Mas eu a vi chorar, desesperada por saber que Haji estava morto.

– Tudo encenação e ela foi bárbara! Convenceria até a mim. A coitada era uma mendiga sem teto sem nada, uma qualquer que sonhava representar o maior papel de sua vida e conseguiu. Eu lhe dei esse papel. Graças a mim ela realizou seu maior sonho!

Ele novamente riu, satisfeito, sentindo-se mais uma vez vitorioso sobre tudo aquilo.

– Me diverti um bocado com você, Halima. Tentando se segurar diante de mim, para não revelar que Haji havia morrido, supostamente assassinado por um membro da sua família. Foi tão difícil não gargalhar na sua cara e na da sua família. Aquele bando de *panacas,* sentindo-se culpados pela morte de Haji, enquanto ele se mantinha tão vivo quanto eu ou qualquer um de vocês. Nas madrugadas, eu e ele nos encontrávamos e traçávamos mais detalhes do plano...

"Se eles o pegam aqui, meu irmão", alertava-me Haji, sempre apavorado.

"Que nada. São bobos demais para isso e estão apavorados com a possibilidade de eu descobrir tudo a respeito da sua suposta morte. Acalme-se!"

"Ninguém o reconheceu?!"

"Só uma das empregadas. Pensa ser eu, mas não tem certeza. Nunca terá!"

"Abadi..."

"Acalme-se Haji, não vamos pôr tudo a perder por causa de uma pobre miserável. Se ela me afrontar...".

– Foi você então quem envenenou Selk – concluiu Halima.

– Sei lá qual era o nome daquele tribufu. Não se perdeu muito, não é mesmo?

– Ela tinha o direito de viver assim como você, Abadi.

– Direito de viver uma ova. Só os inteligentes devem ser poupados da morte. Só os inteligentes assim como eu!

Pausa e ele prosseguiu, ardiloso:

– Essa tal de Selk, enquanto levava as oferendas aos mortos, pegou-me de surpresa, enquanto eu transpunha para a parede do túmulo de Haji, a inscrição que dizia que aquelas terras haviam sido amaldiçoadas. Inscrição a qual me custou um bocado, pois o escriba mau caráter que a reproduziu para mim num papiro, cobrou-me o olho da cara. Eu estava tão concentrado no que fazia que demorei para perceber que ela estava ali, a poucos metros de mim, observando-me. Assustei-me ao vê-la e, para evitar confrontos, saí dali de fininho, antes que ela me fizesse perguntas. Só sei que o curto período de tempo em que ela me viu, foi o suficiente para ela registrar minha fisionomia. Ainda que eu estivesse de barba nesta ocasião, ela percebeu, mais tarde, que Abadi, o irmão de Haji era o mesmo sujeito que ela viu diante de seu túmulo, transcrevendo os hieróglifos malditos. Quando visitei vocês pela segunda vez, ela veio me perguntar a respeito e apesar de eu ter desmentido, e ela ter parecido acreditar em mim, achei melhor silenciá-la antes que compartilhasse com alguém o que viu. Outro problema aconteceu com o embalsamador do corpo de Haji, ele me pegou dentro da câmara do embalsamamento, enquanto eu deixava ali o corpo que iria se passar pelo do Haji. Só que Haji ainda se encontrava em coma induzido, eu pretendia tirá-lo dali antes de o sujeito chegar, mas me atrasara para fazer aquilo. Disse então para o embalsamador que meu colega de trabalho, o que me ajudara a levar o cadáver do marido de Nekhbet para lá, passara mal e, por isso, encontrava-se desacordado. Ele pareceu-me acreditar. Acho que ele jamais pensaria que o meu suposto colega de trabalho era na verdade, o real marido de Nekhbet. Foi enquanto eu reanimava o Haji, para sairmos dali o mais rápido possível, que o embalsamador estranhou o fato de o morto não ter uma cicatriz na testa, pois soubera que ele tivera uma, ao cair nas pedras ou ser atingido por uma. Dei-lhe uma desculpa qualquer e ele pareceu acreditar-me até notar a mancha de sangue na cabeça de Haji. O sangue de animal que havíamos posto ali para fazer parecer que ele havia batido com a cabeça, continuava no local, nitidamente. Inventei mais uma mentira e parti com Haji o mais rápido que pude, a fim de evitar maiores suspeitas. Todavia, fiquei de olho no embalsamador para saber se estava correndo tudo nos conformes. Foi então que o sujeito comentou comigo, que havia algo de errado com o cadáver do marido de Nekhbet, ele mais parecia ter morrido por envenenamento do que propriamente por uma pancada na cabeça. Ao mencionar que iria chamar um médico para apurar os fatos, lembrei-o de que a pessoa que poderia ter envenenado Haji, poderia querer fazer o mesmo com ele ou com qualquer membro da sua família, caso ele desse com a língua nos dentes. O sujeito compreendeu rapidamente aonde eu queria chegar e, por isso, calou-se diante do fato e acelerou o processo de mumificação como eu exigi que fizesse. Por fim, tive de silenciá-lo. Não correria o risco de ele pôr todo o meu plano a perder.

Breve pausa e Abadi continuou:

– Chegou o dia então de Haji falar de você.

"Você conheceu Halima? Ela não é tudo o que lhe falei?"

"Haji, seu bobo, sua Halima não passa de uma qualquer. Depois de rico, você poderá ter a mulher que quiser na palma da sua mão, tomando parte do seu harém."

"É dela que eu gosto, Abadi. Eu realmente a amo."

"Como um dia você amou Nathifa e ela lhe deu um pontapé."

"Assim fez Nathifa, não Halima."

"De qualquer modo, você superou a paixão que sentia por Nathifa. Da mesma forma que irá superar a que sente por Halima. Que gosto mais pobre o seu... Ela é tão sem graça. Tão chocha."

Ele parou, enfrentou Halima mais uma vez com seu olhar malévolo e disse, com todas as letras:

– E eu ainda continuei achando você sem graça, insossa e o que é pior, feia!

Halima não mais se calou:

– Por isso Haji insistiu tanto para eu ir embora de lá e aguardá-lo num vilarejo ali próximo. Disse-me que comigo ali, eu poderia pôr seus planos a perder. Não era por isso, era para que eu não visse você, ali, ajudando-o.

– Exato! Eu não queria. Não confiava em você. De uma hora para outra você poderia fraquejar, entregar-nos a sua família e pôr tudo a perder. Por isso exigi que Haji a mantivesse longe dali e nunca lhe dissesse que

260

tomei parte naquilo. No futuro, ele lhe diria que se encontrou comigo, por acaso, que me contou tudo o que fez e eu lhe perdoei, como exatamente fingimos ter acontecido pra você.

Halima novamente se enfureceu:

– Você vai pagar por tudo o que nos fez. Por tudo!

– Você não tem como provar nada contra mim. – Ele riu, satânico. – Não tem! Nem faraós, nem sacerdotes vão acreditar numa palavra sua. Pensarão que Haji fez tudo sozinho. Quem o matou? Ora, um membro da sua família, por vingança.

Ela se segurou para não saltar sobre ele e unhá-lo com toda fúria. Severamente, ele prosseguiu:

– Você até pode tentar me destruir, Halima, mas não conseguirá. E eu vou lutar com todas as forças para me manter onde estou. Porque eu suei um bocado para chegar aqui, aonde tanto ambicionei. Abuse da minha paciência que você e sua família hão de se arrepender novamente, por terem cruzado o meu caminho.

– Você não vale nada... Zomba de todos, zomba dos deuses.

– Como eles sempre zombaram de mim. Deixando-me na vida miserável em que eu nasci.

Os dois se encararam por mais um minuto até ele a expulsar de sua casa:

– Agora, suma daqui e nunca mais volte. Fora, vamos!

Halima quis se mover, mas não conseguiu.

– Eu disse: fora! Suma! – berrou ele, histérico.

Só então ela pareceu cair em si outra vez. Diante dos seus olhos flamejantes, ela se indignou mais uma vez com sua pessoa. E ele não deixou por menos, usou de agressividade novamente para com ela:

– Sua feia!

A moça, sentindo-se ainda mais horrorizada com sua conduta, partiu muda e assustada. Ao ganhar a rua, mesmo de longe, ela ainda pôde ouvir o dono da casa gargalhando, ardido e loucamente. Aquilo a fez apertar o passo.

Ao chegar à estalagem, onde se hospedara, sentia-se trêmula e chocada com tudo que descobrira. Nunca, em toda vida, ela se sentira tão incapaz diante de algo que carecia de urgência. Abadi sairia vitorioso de toda aquela história? Não seria justo. Ela tinha de fazer alguma coisa, mas o quê?

Capítulo 18

No palácio horas depois, em meio a um pileque, o faraó desabafou com Abadi.

— Meu fiel amigo, estou mais do que certo de que minha esposa me trai.

O comentário surpreendeu Abadi.

— Não, meu faraó. Sua mulher é fiel a Vossa Majestade, sim! Tire isso do pensamento.

— Por mais que eu tente, não consigo, meu fiel amigo. Ela já não me deseja mais como antes. Quando a possuo, é fria como gelo.

Olhando mais atentamente para o sujeito a sua frente, o faraó perguntou, tornando-se sério:

— Você sabe de alguma coisa e quer me poupar, não é, Abadi?

— Eu, meu faraó?! Não! Juro a Vossa Majestade que não! Penso que o senhor está imaginando coisas. Não é de bom agouro duvidar de sua esposa adorada.

— Sei que não é, mas...

— Confia nela. Thermuthis o ama.

— Obrigado pelo conselho.

Zahra, por estar nas proximidades, pôde ouvir a queixa do faraó. Não era a primeira vez que ela o ouvia se queixando da esposa. Ao encontrar a mãe, na estalagem, Zahra contou à mãe o que ouviu e Halima também falou seriamente com ela:

— Tome muito cuidado com Abadi, filha. Ele é um homem muito perigoso.

— A senhora acha mesmo, mamãe? Pois ele me parece uma pessoa tão bondosa... Tão amigo do faraó. A senhora sabe o quanto o faraó lhe é grato, por ele ter salvado sua vida, não sabe?

– Sim, eu sei... – os olhos de Halima se arregalaram. – Espere! Só pode ter sido isso!

– Do que a senhora está falando, mamãe?

– É uma longa história. Preciso tirar a limpo.

Sem delongas, Halima foi se banhar, caprichosamente e depois se arrumou impecavelmente, vestindo a melhor roupa que dispunha para uma ocasião especial.

– Como estou? – perguntou a filha, girando de um lado para o outro.

– Muito linda, aonde vai?

– Depois lhe conto. Até mais!

Dali, Halima seguiu decidida até a casa de Abadi, onde pediu a um criado seu que informasse o patrão que a rainha o aguardava aos fundos da casa, junto à piscina com palmeiras. O funcionário, prontamente foi dar o recado ao patrão.

– Você disse, a rainha?

– Sim, senhor.

– Aguarda pelo senhor no jardim.

– Está bem...

Abadi ainda continuava achando estranho a rainha tê-lo procurado em sua casa. Só estivera lá com o faraó, e em ocasiões muito especiais. De qualquer modo, ele precisava tirar aquilo a limpo. Ajeitou sua vestimenta em frente ao espelho e seguiu para o local estipulado.

Halima estava de costas para ele e, por isso, ele a confundiu com Thermuthis, a esposa do faraó.

– Thermuthis – chamou ele, articulando cuidadosamente o nome. – A que devo a honra?

Só então Halima se voltou para ele, provocando lhe risos.

– Eu sabia que tinha alguma coisa errada nessa história.

– Olá, Abadi... – ela cumprimentou-o com ironia e prazer.

– O que quer aqui sua feia? Já lhe disse para nunca mais me procurar.

– Sim, você disse. Mas eu precisava vir. Tenho algo importante a lhe dizer.

– Desembucha.

– Farei.

Mesmo assim, Halima fez grande suspense antes de dizer ao que vinha:

– Agora sei por que você nunca se casou.

– Sabe, é? Por quê? – o tom dele também era inflado de deboche.

– Porque é amante da rainha.

– Não diga sandices.

– Não são sandices. Thermuthis é sua amante, sim!

– Cale essa sua boca e suma daqui, sua inútil!

– Não, Abadi, ainda não! Sei muito bem que o faraó suspeita da fidelidade da esposa há tempos e que você tenta fazê-lo pensar diferentemente a respeito. Faz isso porque é você mesmo o amante da rainha. Sei também que foi você quem inventou tudo aquilo que lhe permitiu se aproximar do faraó e ganhar sua confiança. Foi tudo uma armação para que pudesse salvá-lo e ele ficar agradecido eternamente a sua pessoa.

– Lá vem você com suas conclusões mirabolantes...

– Tão mirabolante quanto a sua cabeça, cheia de ideias para alcançar seus objetivos, concretizar suas ambições.

– Não tenho mais tempo para perder com você, Halima. Desapareça, vai!

Ele deu-lhe as costas, bem no momento em que ela impostou ainda mais a voz para dizer:

– Estamos de olho em você, Abadi. Bem de olho!

O tom dela e a própria frase o fez travar os passos e se voltar para ela.

– Estamos?... – perguntou, fingindo pouco caso. – Quem? Você e sua família de bobos?

– Não, Abadi. Eu e os deuses. Os deuses.

Pela primeira vez ela viu transparecer medo nos olhos dele. Mesmo assim ele se fez de forte.

– Nem os deuses podem me deter, Halima. Sou mais forte do que eles. Sou eu, o verdadeiro deus sol.

Sem mais, ele voltou para o interior de sua casa e pediu aos seus criados que expulsassem aquela mulher de seu jardim e não mais permitissem sua entrada ali. Mas não foi preciso chegar a tanto, Halima deixou a morada por si só.

Ao reencontrar a filha, contou-lhe tudo o que descobriu naquele dia, as conclusões a que chegou e junto dela tentaram encontrar uma forma de desmascarar Abadi perante o faraó.

No dia seguinte, na companhia de Zahra, Halima chegou ao palácio para ver o faraó. Diria a ele tudo o que sabia sobre Abadi, pondo fim ao seu jogo sujo e sua ambição desmedida.

Ela seguia à sombra da filha, por um dos corredores tomados de colunas, quando avistou Abadi conversando descontraidamente com o rei, a rainha e Garai, o herdeiro do trono. Por confiar plenamente em Abadi, o faraó o deixava sempre muito à vontade no palácio, sem jamais suspeitar do seu mau-caratismo.

Mais um passo e Halima se ouviu dizendo: não adianta, Halima, o faraó não acreditará numa palavra do que você disser a respeito de Abadi. Ele confia plenamente nele. Não é dessa forma que você vai conseguir desmascará-lo.

Outro passo e ela parou, chamando novamente a atenção da filha para ela.

– O que foi, mamãe?

A mulher respirou fundo, levando a mão ao peito.

– A senhora está passando mal?

– Não, está tudo bem.

– Podemos continuar?

– Não, Zahra. Mudei de ideia. Acho que encontrei uma forma muito mais eficaz de desmascarar o safado do Abadi perante o faraó, do que contar ao rei, tudo o que sei a seu respeito, sem ter como provar nada.

Halima segurou firmemente Zahra pelo braço e disse:

– Vamos embora daqui, filha. De volta para as terras de minha família. Preciso encontrar Acaran, só ele pode nos ajudar agora.

Sem delongas, as duas partiram.

Capítulo 19

Dias depois, foi entregue uma carta ao faraó.

– Uma carta para Vossa Majestade, meu faraó – anunciou um dos serviçais do palácio.

O escriba real, rapidamente leu seu conteúdo:

– É sobre aquele lugar às margens do Nilo, que fôra amaldiçoado anos atrás, pela morte de um jovem. Diz aqui que não há mais maldição alguma no local. A família, proprietária do lugar, voltou para lá e agora reside novamente em paz ali.

– Sim, eu me lembro bem dessa história. Correu os quatro cantos do Egito na ocasião...

– Sim, foi marcante.

– Pois eu sempre tive curiosidade de visitar o lugar – empolgou-se o faraó. – Papai nunca me deixou, por receio da maldição. Mas agora... Eu bem que poderia visitar o local.

– É disso exatamente que fala esta carta – continuou o escriba. – A família convida Vossa Majestade para ir até lá.

– Um convite? Mas que lisonjeiro da parte deles... – O faraó refletiu por instantes e disse: – Pois aceito! Escreva a eles que irei.

– Vossa Majestade tem certeza? Não será perigoso?

– Não creio. Hoje sou o faraó, na época eu era apenas o filho do faraó. Os deuses estão comigo, saberão me proteger.

Em seguida, o rei mandou chamar Abadi e lhe contou sobre a carta.

– Você vai comigo, Abadi.

– O quê?! – o homem se assustou tanto com a determinação do faraó, que chegou a dar um passo para trás.

– Eu disse que você vai comigo, Abadi. O convite é também extensivo a sua pessoa.

– A mim?!

– Sim!

– Meu faraó... Tenho medo de maldições.

– Mas não há mais maldição alguma no lugar. Se não há, não há também o que temer.

– Ainda assim...

– Você está tenso. O que há?

– É que...

– Não se esqueça, Abadi, de que estará em minha companhia. Junto de mim, o escolhido dos deuses para comandar o Egito, você estará bem protegido.

– Sim, sim, é claro...

Abadi estava transtornado, querendo muito encontrar uma desculpa para se safar daquilo. Por fim, adotando um tom de coitadinho, explicou-se:

– Sabe, o que é Majestade..

– Diga, Abadi... O que é?

– Eu sei por que essa gente me quer lá, acompanhando de Vossa Majestade.

– Sabe?! Explique-se melhor, Abadi. Não estou entendendo nada.

O sujeito inspirou o ar e, só então, soltou a voz:

– Eu conheço aquela família, sabe? Foi há muito, muito tempo atrás. Vou contar tudo a Vossa Majestade, se tiver paciência para ouvir toda história.

Com lágrimas fingidas a rolar pela face e, com voz forçosamente entristecida, Abadi contou tudo sobre o envolvimento de seu irmão com Nekhbet, a matriarca da família cujas terras, acabaram sendo amaldiçoadas.

– Foi uma paixão avassaladora, a que meu irmãzinho sentiu por aquela mulher, com quem acabou se casando. Mas seus filhos jamais o aceitaram, quiseram vê-lo longe de lá, jogado aos crocodilos do Nilo. Revoltado, meu amado irmão decidiu se vingar da família, fingiu-se de morto para depois assombrá-los, fazê-los pagar, de algum modo, pelo mal olhado que tinham dele. Só que nesse ínterim, ele se apaixonou pela filha caçula de sua própria esposa e quando fugiu daquelas terras, fugiu com ela e mudaram o nome para não serem reconhecidos futuramente. Ele passou a se chamar Hassani e ela, Nefertari.

– Quer dizer que Hassani e Nerfertari, pais de Zahra, são seus parentes?

267

– Sim, Majestade. Mas eu só vim a saber de toda a trama criada por meu irmão, ao me reencontrar com ele, por acaso, à beira do Nilo, anos depois do que ele aprontou por lá. O repreendi severamente pelo que fez, onde já se viu torturar aquela gente, ainda mais sendo uma família tão digna? Ele foi de uma infantilidade... Mas ele era meu irmão querido, meu único irmão, e, por isso, lhe perdoei. Se fiz bem, não sei. Apenas fiz o que ditou o meu coração naquele momento.

Pausa e ele enxugou as lágrimas, dissimuladas.

– Pois bem – continuou, fingido como nunca. – A família descobriu tudo e conseguiu fazer a esposa de Haji voltar-se contra ele. Por isso, ela o abandonou e voltou para junto deles. Meu irmão, inconformado com a decisão da esposa, foi atrás dela e da filha que também seguiu com a mãe... Então...

Abadi pausou um minuto, apertou o nariz como quem faz para conter o choro e, só então, na maior dramatização possível, prosseguiu:

– Então, meu faraó... Eu nem consigo falar, dói demais em mim. Eles mataram o pobre coitado do meu irmão.

O faraó se arrepiou.

– Mataram?!

– Sim.

E sem pudores, Abadi desabou em prantos, obrigando o faraó a lhe servir algo para tomar e acalmar os nervos.

– Ele errou, sim! – prosseguiu Abadi, entre lágrimas. – Mas seu erro haveria de ser acertado com Osíris, além da morte... Não já, quando ainda tinha tanta vida pela frente.

– Eu sinto muito. – O faraó estava verdadeiramente tocado pela história. – Você disse que a família o assassinou, mas certamente não todos, foi somente um deles, correto?

– Sim, sim...

– Qual deles, você sabe?

– Ainda não! Acho que nunca ninguém descobrirá, porque será sempre acobertado pela família.

– Sem dúvida... Que história.

– Pavorosa, não?

– Sim, sem dúvida.

Breve pausa onde o faraó meditou a respeito do que ouviu. Só então, voltou-se para Abadi e questionou:

– Por que o querem lá?

A resposta do sujeito foi imediata e, em tom ainda mais dramático:

– Porque também me julgam culpado pela desgraça que lhes aconteceu. Pensam que eu sabia, o tempo todo, dos planos diabólicos do meu irmão. O que não é verdade, eu jamais compactuaria com algo tão estúpido e cruel quanto aquilo.

– Entendo.

– Eles querem me desmoralizar perante Vossa Majestade. Vão lhe dizer que não sou de confiança, se fosse, eu já teria lhe dito de quem eu era irmão e coisas do tipo.

– Acha mesmo que eles farão isso?

– Sim! Para eles, a morte de Haji não foi o suficiente para pagar por todo mal que lhes causou. Eles querem me atingir, também, por eu ter o mesmo sangue que o dele nas veias. Eles não devem estar bem da cabeça. Acredite! Por isso, aconselho Vossa Majestade a desistir de sua ida até lá. Antes que essa gente insana faça a cabeça de Sua Majestade contra mim, a pessoa que mais prezo e respeito em todo Egito, não só por ser rei, um deus encarnado, mas também por ser meu melhor amigo.

Abadi novamente conseguiu comover o faraó que, determinado, falou:

– Se o objetivo deles é realmente me pôr contra você, Abadi, não conseguirão, pois não sabem que já estou a par de tudo o que aconteceu. Por isso, fique tranquilo, o plano deles falhou antes mesmo de ter sido posto em ação.

– Obrigado, Vossa Majestade. Muito obrigado!

Rapidamente o sujeito se ajoelhou perante o rei, tomou-lhe as mãos e as beijou, enquanto voltava a se derramar em lágrimas fingidas e dissimuladas. Todavia, o faraó não desistiu de seus planos:

– Mesmo assim, desejo ir até lá, Abadi.

– Mas, Vossa Majestade...

– Quero ir para mostrar a essa gente que eles estão enganados quanto a sua pessoa e que doravante devem deixá-lo em paz.

– Não é preciso...

– Eu insisto! Além do mais, há um assassino entre eles que merece pagar pelo que fez ao seu irmão.

Abadi suspirou.

– Bem, se Vossa Majestade insiste...

E os olhos do sujeito brilharam de alegria por ter conseguido virar o jogo a seu favor. Halima e sua família pensaram que ririam dele por último, quando, na verdade, seria ele quem riria e triunfaria sobre todos, novamente.

No dia seguinte, o faraó e seu séquito seguiram na barcaça real em direção às terras de Imhotep. Chegando lá, grande furor causaram entre os moradores do lugar. Logo a família toda estava reunida para recebê-los com grande honraria, crentes de que haveriam de ter êxito no plano de desmascarar Abadi perante o faraó. Ao verem o sujeito, Bes teve de se segurar para não esmurrá-lo ali, bem na frente de todos. Foi preciso os filhos conterem o pai, discretamente, para que ele não perdesse as estribeiras.

No grande salão da casa, a família se reuniu em torno do faraó que muito cordialmente falou:

— Estou deveras surpreso com o fato de vocês, Nefertari e Zahra, serem parentes da família que, por tanto tempo viveu longe de suas terras, por causa de uma suposta maldição.

— Pois é, Majestade, inclusive, meu nome não é Nerfertari. É Halima...

A moça nem precisou continuar, o faraó disse por ela:

— Eu já sei de tudo, Halima. Abadi já me contou em detalhes tudo o que o irmão dele fez à sua família. E também o que vocês fizeram a ele.

— Sabe?!

O burburinho foi total entre todos.

— Sim. Agora entendo por que você me pediu tão encarecidamente que, eu libertasse aquele sujeito que desrespeitou Hassani, aquela vez na casa de vocês, em Tebas. Porque ele era seu irmão.

Halima concordou e ambos olharam na direção de Radamés. Um minuto e o faraó voltou a falar:

— Apesar do seu marido ter feito o que fez, sua morte por assassinato ainda é considerado um crime perante a sociedade. Portanto, quem o matou deve pagar pelo crime cometido.

— Mas... — Halima, assim como todos de sua família, não esperavam por aquilo.

O faraó prosseguiu:

— Sei também que culpam o meu fiel Abadi e sei que ele é inocente, diante de tudo isso.

— Inocente... — murmurou Halima, ainda mais pasma.

— Sim! É por este motivo, inclusive, que venho a sua morada. Para desfazer todo e qualquer mal-entendido entre vocês.

E novamente a família se viu perplexa diante dos rumos que a situação havia tomado, especialmente diante da face de Abadi, tomada de pureza, inocência e ingenuidade.

– Bem... – Halima voltou a falar. – Se Vossa Majestade crê nisso, quem somos nós para contestar, não é mesmo?

Abadi pediu permissão para falar e quando recebeu consentimento, disse, com voz embargada e lágrimas a escorrer pela face:

– Aproveito este momento, para pedir perdão a todos os membros desta família tão digna, pelos atos escusos de meu amado irmão. O que ele fez foi errado, não devia, mas, certamente, ele já deve ter ajustado as contas perante Osíris.

E todos ali ficaram ainda mais perplexos com sua cara de pau, lábia e talento para dissimulação. A seguir, o assunto foi pausado, porque o almoço foi servido.

Foi durante o banquete que Radamés tomou a palavra:

– Muito nos orgulha ter o faraó almoçando conosco. Por isso, quero propor um brinde a Sua Majestade e outro a Abadi, por ter nos pedido desculpas em nome de seu irmão.

E gentilmente Radamés entregou um cálice de vinho para o faraó, enquanto Acaran se incumbiu de entregar outro para Abadi. Ao perceber que o sujeito, receava tomar o vinho que lhe foi servido, Acaran lhe perguntou, olhando desafiadoramente para ele:

– Algum problema?

– Não, não... – respondeu Abadi, endereçando novamente um olhar preocupado para o líquido em seu cálice.

– Então, beba! – insistiu Bes, fazendo voz de bom moço. – Ou o senhor está receoso de que sua bebida, por acaso, contenha veneno? Ninguém ousaria fazer uma coisa dessas, não depois de o senhor ter nos pedido perdão com tanta sinceridade. Tampouco fariam diante do nosso amado faraó.

Abadi continuou enfrentando-o pelo olhar, ainda incerto se deveria tomar o líquido ou não. Halima falou a seguir:

– Dizem que as pessoas só temem nos outros, aquilo que elas próprias são capazes de fazer ao próximo.

Abadi então sorriu e disse, retomando o seu tom alegre de sempre:

– Que bobagem a minha! É óbvio que nenhum de vocês, membros dessa família tão digna e respeitosa, ousaria me fazer mal, mesmo porque, sou uma pessoa boa. Os deuses, ah, sim, os deuses, sabem bem que eu nada tive a ver com o que houve aqui no passado.

– Exato! – afirmou Bes, ainda encarando desafiadoramente o sujeito. – Então, beba! Brindemos a Vossa Majestade!

Voltando-se para o faraó, Abadi novamente abriu um sorriso, ergueu o cálice de cobre cheio de vinho para o alto e disse, animado:

– Brindemos ao faraó!

Sem mais delongas, entornou o líquido, bebendo até o fim.

– Eita! Muito bom!

E o faraó sorriu para ele, gostando da sua empolgação. Em meio à conversa que se estendeu a seguir, Abadi subitamente sentiu fortes dores no estômago.

– Tudo bem com você? – preocupou-se o faraó.

– Um pouco enjoado, só isso.

– Será que o vinho estava realmente envenenado? – brincou o faraó, provocando riso em todos.

Abadi também riu, um sorriso forçado e novamente levou a mão até a boca do estômago e pressionou a região. Então, curvou-se, grunhindo estranhamente e caiu ao chão.

– Abadi! – agitou-se o faraó, curvando-se sobre o sujeito.

– Chamem o médico real, por favor!

Rapidamente o homem foi chamado, enquanto Abadi espumava estranhamente pela boca. Todos imediatamente ficaram perplexos com o acontecido.

– Ele... Ele realmente foi envenenado... – balbuciou Kissa, horrorizada.

– Só pode – exclamou Amunet, pasma.

Bes e Radamés também se entreolharam, demonstrando espanto. Não demorou muito para que o médico confirmasse o que todos suspeitaram, Abadi havia sido mesmo envenenado, mas por ter sido socorrido a tempo, ainda tinha chances de sobreviver. Quem teria feito aquilo? A culpa certamente cairia sobre a família ali.

Depois do repouso necessário para o restabelecimento do fiel amigo, o faraó se preparou para partir daquelas terras. Agradeceu a todos pela hospitalidade, mas garantiu que mandaria um responsável até lá, para investigar o assassinato de Haji.

Antes de partirem, Halima foi até o quarto onde Abadi se mantivera acamado, aproximou-se dele com o olhar cheio de pena e disse, com voz de lamento:

– Que pena, isso ter acontecido a você, Abadi...

Os olhos dele brilharam, estranhamente, diante dos dela. A seguir, Halima mudou de tom:

– Você pensa que me engana, seu ordinário? Você pode até ter convencido a minha família e o faraó do que lhe aconteceu, mas a mim, você não engana. Sei bem que foi você mesmo quem colocou o veneno na sua bebida, só para culpar a minha família por isso. Para lhe dizer a verdade, nem sei se você chegou a tomar veneno algum, para mim, fingiu ter passado mal para provar que havia de fato. Depois, deu um agrado para o médico afirmar que você realmente havia ingerido certo líquido envenenado.

Os olhos dele novamente brilharam.

– Você não me engana mais, Abadi. Nunca mais!

Então, ele lhe respondeu à altura, também baixinho, para que somente ela pudesse escutá-lo, ninguém mais:

– E você pensou que iria me destruir, trazendo-me para cá na companhia do faraó? Coitada de você, Halima. Você perdeu mais uma vez. E vai perder sempre. Porque você é sonsa, feia e burra!

Ela, encarando-lhe sem titubear, retrucou:

– O resto que foi saqueado das tumbas da minha família, está com você, não é, seu salafrário? Sua casa, todas as suas mordomias, joias, grande parte daquilo foi comprado com o que você e Haji roubaram desse lugar, não é mesmo? Não vou sossegar enquanto não recuperar cada preciosidade.

– Pois puxe um banquinho, sente e espere. Pois vai se cansar de esperar.

– Veremos!

Nisso, o faraó se juntou a eles.

– Podemos ir?

Rapidamente Abadi recuperou seu estado deplorável por causa do que havia lhe acontecido.

– Sim, sim... – concordou com o rei.

– Então, vamos!

Diante de Halima, o faraó voltou a falar, seriamente:

– Sei muito bem, Halima, que um membro da sua família ou toda ela, em comum acordo, tentou matar Abadi por continuar pensando que ele tomou parte nos planos do irmão... Se ele tivesse morrido, saiba que vocês estariam em maus lençóis. Seriam acusados de dois assassinatos.

Halima assentiu, sentindo o ódio corroer suas veias, por não ter conseguido desmascarar quem ela tanto precisava, diante do rei. O que Abadi disse a seguir, foi mais uma vez, prova definitiva de seu total desvio de caráter:

– Eu não quis falar antes, Majestade, mas...

– O que é, Abadi?

– È que... Bem... Será que o veneno era realmente para mim?

– Aonde quer chegar, Abadi?

– Ora, meu faraó! Talvez tivesse sido destinado a Vossa Majestade e eu o bebi por engano.

As sobrancelhas do homem se arquearam.

– Não, isso não!

– Por que, não, Majestade? Se um deles ou todos, em comum acordo, mataram Haji...

– Mas por que haveriam de fazer isso comigo, Abadi?

– Ora, porque Vossa Majestade ficou do meu lado.

Halima estava novamente de olhos arregalados, jamais pensou que Abadi poderia chegar a tanto.

– Acho que Vossa Majestade deveria pensar melhor a respeito – continuou Abadi no seu tom mais convincente. – Conversaremos mais a respeito durante a viagem a Tebas.

– Está bem, Abadi.

Sem mais, os dois partiram, deixando a família de Halima, impressionada, mais uma vez, com a habilidade de Abadi tirar proveito das situações e enganar as pessoas em benefício próprio.

– Ele triunfou mais uma vez sobre nós – falou Bes, desacorçoado.

– É mesmo um ladino – argumentou Radamés, furioso.

– Há de haver justiça, um dia – desejou Kissa.

Halima, por sua vez, permaneceu quieta.

Capítulo 20

De volta a Tebas, o faraó abraçou a esposa, louco de saudade dela.

— Thermuthis, minha rainha!

— Como vai, meu faraó?

— Bem, muito bem. E nosso filho, onde está?

— Pelo palácio.

— Estou com saudades dele.

— E como foi lá? Na visita a tal família?

— Péssimo.

— Péssimo?!

— Sim! Abadi, por pouco não morreu envenenado.

A mulher deu um grito.

— Acalme-se, minha querida – acudiu-lhe o faraó. – Como vê, Abadi continua vivo, os deuses o protegerão.

— Ainda bem – ela uniu as mãos em louvor, voltando a olhar atemorizadamente para o sujeito. – Tive mesmo, um mau pressentimento de que algo de ruim iria nos acontecer.

A reação da esposa chamou a atenção do faraó que lhe perguntou, observando atentamente seus olhos:

— Você disse: nos acontecer?!

Ela rapidamente abaixou os olhos e respondeu:

— Modo de dizer.

Abadi interveio:

— Como vê, minha rainha, estamos todos bem! Não há por que se preocupar.

Garai chegou a seguir e, ao ver o pai, correu ao seu encontro.

— Meu filho! Que bom revê-lo – exclamou o faraó, verdadeiramente feliz por estar novamente na companhia do jovem.

No dia seguinte, o faraó partiu rumo ao local onde sua pirâmide estava sendo erguida, Abadi, dessa vez não foi com ele, por ainda estar se recuperando do que lhe acontecera dias antes.

Já era bem tarde da noite e o palácio repousava em silêncio quando, Abadi discretamente invadiu o quarto da amante para ter com ela mais uma noite de amor.

— Estava louco de desejo por você, Thermuthis — declarou ele, enquanto a beijava fervorosamente. — É tão difícil para mim ter de ficar longe de sua pessoa por tanto tempo. Querer tocá-la e não poder, ter de aturar, calado, o faraó fazendo-lhe gracejos quando, na verdade, era eu quem deveria estar no lugar dele.

— Acalme-se, meu amor... Acalme-se!

— Isso está mais do que na hora de acabar, Thermuthis. O faraó tem de morrer, e já sei como farei para me livrar dele, sem que as suspeitas caiam sobre qualquer um de nós. Vamos jogar a culpa num dos membros daquela família estúpida. Mandarei um comunicado a eles, convidando-os para uma visita, e, então... Os mais próximos do faraó já sabem que a família me odeia e que tentaram me matar, quando o faraó morrer, envenenado, bem diante deles, pensarão que foi morto por engano. O alvo da família era eu, mas o rei tomou o cálice com vinho envenenado destinado a mim, por engano. Será perfeito. Simplesmente, perfeito!

— Você sempre pensa em tudo, Abadi.

E sem mais palavras, os dois se entregaram ao delírio da paixão.

Foi então que a porta do quarto se abriu, por meio de um forte empurrão por parte de duas sentinelas e o faraó entrou. Ao vê-lo, Thermuthis deu um grito, enquanto Abadi saltou da cama, olhando horrorizado para o recém-chegado.

— Você... — balbuciou o rei, trêmulo de raiva.

— Majestade, eu posso explicar — tentou se defender Abadi, mas foi rapidamente detido pelas sentinelas.

— Ela estava certa... — continuou o faraó, olhando seriamente para o traidor. — Pediu-me apenas para lhe dar um voto de confiança e dei.

— Ela? Ela, quem, Vossa Majestade? — perguntou Abadi, querendo esganar quem o havia denunciado.

— Halima. — Respondeu o faraó sem rodeios. — Ela me disse: se Vossa Majestade quer realmente saber se sua esposa o trai, finja que vai viajar, mas volte, assim que o palácio ficar em silêncio. Agora, se Vossa Majestade quer viver eternamente à sombra de uma dúvida, deixe tudo como está.

— Halima... — murmurou Abadi, implodindo por dentro.

276

Nada mais foi dito, pois as sentinelas levaram Abadi, juntamente com a rainha, para o calabouço que ficava no subsolo do palácio.

Diante do filho, horas depois, o faraó contou-lhe tudo o que havia descoberto.

– Sua mãe me traiu, Garai! Traiu-me despudoradamente. Sinto ódio dela. Muito ódio!

O filho abraçou o pai, procurando-lhe transmitir algum conforto.

– Ah, meu filho, ainda bem que você está aqui do meu lado...

– Eu o amo, papai. Amo-o muito.

– Eu sei. Eu também o amo.

Breve pausa e o jovem quis saber:

– Mas, afinal, papai, o que foi feito deles?

– Eu os teria matado com as minhas próprias mãos, filho, mas, isso não me deixaria bem diante dos deuses. Por isso, mandei-os para o calabouço do palácio, onde terão algum tempo para se arrependerem do que me fizerem, antes de morrerem por falta de sol e desespero. Não há nada pior do que o confinamento. Nada pior!

Voltando a mirar os olhos do filho, o pai, ternamente falou:

– Garai, sei bem que ela é sua mãe, e que vê-la aprisionada deve doer muito em você, mas entenda, o que ela fez para mim foi uma afronta, um desrespeito tal qual para um deus.

O rapazinho assentiu com novas lágrimas rompendo de seus olhos.

Enquanto isso, aprisionados, Abadi e Thermuthis já estavam prestes a roer as próprias mãos por desespero, ódio e fome.

Inconformado por ver a mãe prisioneira, prestes a sucumbir a morte, o príncipe de apenas 14 anos de idade, tomou uma grande decisão. Iria libertá-la, a todo custo.

Já era começo de madrugada e, por isso, o palácio estava silencioso àquela hora. Apenas o som da batida de suas sandálias, ecoando nos pisos de pedra podia ser ouvido naquele momento e por um ouvido muito apurado. Ainda que tonto de medo, Garai entrou no local que dava acesso ao calabouço construído no subsolo do palácio. Com uma oração silenciosa para Ísis, o garoto se obrigou a seguir em frente.

Diante da sentinela, adormecida, ele parou. Ao notar sua presença, o sujeito rapidamente endireitou o corpo e lhe fez uma reverência, por estar diante do príncipe. Garai então explicou que precisava ver a mãe, pois ti-

277

vera um sonho com Ísis em que a deusa lhe pedia para ver sua progenitora naquele exato momento. Sem levantar questões, a sentinela permitiu sua entrada, mas ao fazer menção de acompanhá-lo, Garai lhe impediu:

– Quero ir só. Você fique aqui.

– Pode ser perigoso, meu príncipe.

– É minha mãe, ela nada de mal me fará. Fique tranquilo.

– E quanto ao sujeito que está com ela?

– Confio nele também. Apesar de ser um traidor, jamais me faria mal.

– Está bem. Se Vossa Alteza assim deseja. Qualquer emergência é só gritar.

Sem mais, Garai seguiu caminho, levando consigo uma tocha para iluminar o lugar. Ao rever Abadi e Thermuthis, ficou imediatamente impressionado com a mudança na fisionomia dos dois. Meros dez dias não poderiam explicar aqueles rostos tão abatidos e aqueles olhos tão opacos e moribundos. Até mesmo o corpo de cada um parecia ter encolhido, como acontecia aos cadáveres após serem embrulhados em natrão.

– Filho! – exclamou Thermuthis, ao vê-lo diante da porta do calabouço.

– Mamãe – respondeu o jovem muito emocionado.

Ela imediatamente abraçou o rapazinho, chorando convulsivamente.

– O que faz aqui, filho?

– Precisava vê-la, mamãe.

– Oh, meu querido...

– A senhora não merece morrer num lugar desses. A senhora é minha mãe, apesar de ter errado, continua sendo minha mãe.

– Eu sei, meu filho, mas...

– Se houvesse um modo de eu tirá-la daqui... Juro que faria!

Abadi que, até então permanecera calado, olhando com atenção para o recém-chegado, finalmente se pronunciou:

– Há sim, um jeito de você livrar sua mãe desse lugar horrendo, Garai.

Só então o rapazinho olhou para ele.

– É isso mesmo o que você ouviu, Alteza. Você a quer livre, não quer? Então ouça o meu plano, é muito simples de ser executado.

O rapaz abaixou os olhos e, negando com a cabeça, respondeu:

– Não! De você não quero nenhuma ajuda. Você traiu meu pai, desrespeitou o faraó.

278

– Mas se você quer tirar sua mãe daqui, vai precisar da minha ajuda para isso.

Thermuthis interveio:

– Ouça-o, filho. Por favor!

– Mas, mamãe...

– Abadi pode ajudar todos nós.

Breve reflexão e o jovem assentiu:

– Está bem. O que devo fazer?

Ao ouvir o plano, Garai se opôs terminantemente:

– Não, isso não!

– Por que não? – indignou-se Abadi, já impaciente com o garoto.

– Porque assim você também ganhará a liberdade. Liberdade que você não merece! Só minha mãe deve ficar livre daqui. Somente ela. Você, não!

– Sinto muito, Alteza. Mas para vê-la livre, eu também terei de ficar.

Thermuthis voltou a falar:

– Não posso deixá-lo aqui, filho. Ele tem de vir conosco.

– Mas ele é um traidor, mamãe!

– Mas foi sempre amoroso com você, Garai. Você sempre o amou tanto quanto ele a você.

– Mas...

– Eu e ele iremos embora desta cidade, filho. Recomeçaremos a vida noutro lugar. Será melhor assim!

O garoto refletiu e, por fim, concordou com Thermuthis:

– Está bem. Vou apanhar uma faca e volto já.

Sem mais, Garai partiu deixando Abadi ansioso por sua volta. Nunca os minutos lhe pareceram demorar tanto para passar. A impressão que tinha é de que o jovem príncipe não cumpriria o trato. Acabaria desistindo de soltar sua mãe e, consequentemente, ele.

– Acalme-se Abadi. Ele volta. Garai sempre cumpre o que promete.

E de fato, o garoto voltou mesmo munido de uma faca. Ao revê-lo, o rosto de Abadi voltou a sorrir, radiante. Sem mais, eles partiram e, no momento certo, Abadi subjugou o príncipe, segurando-o pelo pescoço e afirmando, para qualquer um que os visse, que o mataria se não lhes dessem passagem. Garai sabia que tudo aquilo era apenas encenação, mesmo assim acabou sentindo medo da situação, como se estivesse realmente acontecendo.

Assim que deixaram o local, Abadi voltou a falar:

— Vamos agora em busca do faraó.

Thermuthis e Garai se opuseram áquilo no mesmo instante. Foi ela quem disse:

— Não, Abadi! Precisamos ir embora, fugir daqui o quanto antes.

A resposta dele foi imediata e severa:

— Não sem eu acertar as contas com aquele sujeito.

— Não! — explodiu Garai. — Do meu pai você não se aproxima mais.

Nem bem o jovem deu um passo para ir pedir ajuda, Abadi o agarrou e o dominou novamente, impondo a faca em direção ao seu pescoço.

— Faça o que eu digo, Vossa Alteza e nada de mal lhe acontecerá.

— Abadi! — exaltou-se Thermuthis.

— Quieta! — respondeu ele que, sem mais retardos, seguiu em direção aos aposentos do rei. Ao adentrarem o local, o faraó despertou, assustado.

— O que é isso?!!

Só então Abadi soltou Garai que, imediatamente correu até o pai e lhe pediu perdão.

— Eu só queria soltar a mamãe, papai, não achei justo ela morrer naquele lugar...

O faraó estava furioso.

— Seu moleque inconsequente! Sua mãe me traiu!

— Eu sei, mas...

— Tivesse soltado ela então, não esse demônio!

— Sem o Abadi, eu não teria como libertá-la. Pelo menos foi o que ele me disse.

E novamente o faraó peitou o traidor pelo olhar. Abadi, soltando um risinho cínico pelo canto da boca, indagou, cheio de ironia:

— Sua Majestade me odeia, não é? Mas saiba que eu o odeio muito mais. Vossa Majestade e sua raça nojenta. Mas agora acabou, Vossa Majestade vai morrer, seu filho vai assumir o trono e, finalmente minha raça tomará o poder que já deveria ser dela, há muito, muito tempo.

— Do que você está falando, seu louco?

— Preciso mesmo explicar, Majestade?

O rosto do homem desmoronou.

— É tarde demais, faraó... Eu ganhei! Ganhei sua esposa, seu filho e seu império. Filho, não, porque nem filho você foi capaz de fazer. Foi sempre um bobo, tão bobo quanto qualquer um dos seus.

Ao atingir o ápice da revolta e do ódio, o faraó voou para cima de Abadi que estava pronto para se defender com a faca em suas mãos. Nesse exato momento, Garai entrou na frente do pai e Abadi atingiu o menino em cheio, no peito.

Diante do que havia feito, Abadi recuou, desesperado, enquanto o garoto era amparado nos braços pelo faraó.

– Perdão, papai... – murmurou o rapazinho. – Perdão...

E essas foram as suas ultimas palavras. Thermuthis deu um grito e tentou reanimar o filho, aos berros. Quando percebeu que de nada adiantaria, caiu sobre ele, chorando, desconsoladamente.

Só então o faraó voltou a encarar Abadi que, também chorava a morte do filho que tivera com Thermuthis.

– Você se enganou, Abadi – tornou o faraó, também chorando a morte de Garai. – Pensou que tinha ganho, mas não... Você perdeu. Porque os deuses estão do meu lado. Ao lado do meu povo.

Sem se deixar abater, recuperando sua audácia de ser, Abadi foi para cima do faraó e o segurou pelas costas, pressionando a faca contra ela.

– Você vai me ajudar a sair daqui – disse ele a seguir.

– Pode me matar, eu não me importo – respondeu-lhe o faraó sem medo.

– Vossa Majestade se importa, sim! Porque não tem um herdeiro para ocupar seu trono. Se morrer, seu povo ficará à míngua e isso Vossa Majestade não quer, eu sei...

Sem mais, eles deixaram o quarto e, diante das sentinelas que apareciam pelo caminho, Abadi impunha distância ameaçando matar o faraó, caso tentassem detê-lo. Dessa forma, conseguiram chegar ao estábulo onde Abadi forçou o faraó a preparar um cavalo para sua fuga. Então, voltou-se para ele e disse, com toda fúria:

– Acabou, faraó! Você já viveu muito. Chega!

E foi o relincho de um dos garanhões dali, que distraiu a atenção do algoz, fazendo-o, sem querer, deixar cair a faca. Ao perceber, o faraó se soltou dos seus braços, acotovelando-o e pisou sobre o punhal. Abadi, tomado de novo e súbito desespero, achou melhor fugir, antes que fosse detido.

Logo, as sentinelas acudiram o rei e o levaram de volta para o palácio.

Capítulo 21

Ao cair da noite daquele mesmo dia...

Halima estava só, sentada no seu lugar habitual de admirar o Nilo, quando uma brisa gostosa soprou mais forte e a fez relaxar. Então, seus olhos se voltaram para o leito do rio onde um barco, mais parecendo uma barcaça fantasma, singrava pelas águas, em direção a sua morada. Aquilo a fez se recordar do dia em que Haji chegou ali, acompanhado de Nekhbet. O dia em que a vida de todos os seus familiares começou a mudar, por causa de sua ida para lá.

Apesar de todo mal que ele lhes causara, ela ainda o amava, lhe perdoara por tudo e procurava se lembrar só dos bons momentos que passou ao seu lado.

Então, Halima avistou a silhueta de um sujeito seguindo na sua direção. Se Haji não estivesse morto, ela poderia jurar que era ele. O porte físico e o jeito de andar eram muito semelhantes.

– Haji! – exclamou ela, pondo se de pé.

Só então ela pôde perceber que se tratava de uma pessoa completamente oposta a ele.

– Olá, Halima – saudou-a o recém-chegado.

– Abadi?! – exclamou ela, sentindo um súbito aperto no coração.

– Eu mesmo, Halima. Veja você, nós dois, novamente, frente a frente. Só que, desta vez, sob a luz intensa do luar.

Diante do seu cinismo e de sua sujeira, ela disse, com satisfação:

– Pelo visto o faraó aceitou a minha sugestão. Fez o que eu lhe pedi.

– Sim, Halima, ele fez! Exatamente como você lhe sugeriu.

– Que bom! Agora me sinto verdadeiramente bem, pois justiça foi feita, pelo menos em relação ao faraó.

Ele também riu, cinicamente e disse:

– Há uma pergunta que não me sai da cabeça, Halima. Por que, criatura, você tinha de cruzar os nossos caminhos? Por quê? Teria sido tudo tão perfeito, exatamente do jeito que eu planejei desde o início. Mas não, você tinha de estragar tudo. Ah, Halima, eu a odeio tanto, tanto, tanto... Por sua causa, eu perdi minha mulher, meu filho, o poder e meu irmão.

– Não, Abadi. Haji morreu única e exclusivamente por sua causa. Você o matou. Eu sei. Eu sinto.

– Prove.

– Não preciso provar nada. Eu sei. E justo você que dizia amá-lo tanto...

Ele novamente sorriu, perverso e disse:

– Haji devia tudo a mim. Até mesmo você, Halima. Se eu não tivesse insistido para que ele se casasse com a feiosa da sua mãe, ele não a teria conhecido.

– Eu sei... Mesmo assim, você o matou. O matou sem dó nem piedade.

Houve um leve estremecimento da parte dele que se repetiu ao ouvi-la dizer:

– Sabe qual é o seu problema, Abadi? É que você não ama ninguém. Só ama a sua ambição. Sua ânsia pelo poder.

– Que seja... – retrucou ele, recuperando sua audácia. – Ainda assim, eu por pouco não cheguei lá. Por muito pouco. E só não consegui por sua causa. Por isso estou aqui, Halima, para acertar as contas com você.

– Eu sei... Veio descontar em mim toda sua revolta, todo o seu ódio... É natural que seja assim. Eu o entendo.

– Entende mesmo, Halima?

– Sim, Abadi, entendo. Entendo também que eu vou morrer, você também, de desgosto por ter perdido tudo, e daí? Você não acredita nos deuses que eu sei... Não deve também acreditar em vida após a morte, portanto, tudo que você sonhou e pelo que tanto se esforçou, vai simplesmente virar pó, cair no esquecimento, tornar-se um nada, como se nunca tivesse existido. Seus esforços, seus sacrifícios e lutas serão todas em vão... E isso me faz sentir muita pena de você, por ter se esforçado tanto e ter terminado tão pobre e miserável como iniciou sua vida.

As palavras dela o feriram e o revoltaram ainda mais.

– Eu odeio você, Halima... Simplesmente odeio!

A resposta dela o desestruturou mais um pouco:

– Por que nasci rica? Por que fiz Haji se apaixonar por mim? Por que consegui finalmente fazer o faraó pegá-lo em flagrante? Por tudo isso ou tem mais?

Ele novamente estremeceu e ela foi em frente, sem dó:

283

– Haji o amava, Abadi. Ele realmente o amava... Falava de você com gosto... Por isso ele foi capaz de tudo por você... De tudo para fazê-lo feliz. No entanto... Só agora percebo que, a verdadeira maldição de Haji caiu mesmo foi em você, Abadi, pois foi você quem mais saiu perdendo com sua criação. Perdeu sua amante, o filho que teve com ela, o poder que você tanto sonhou alcançar e o que é pior: o irmão que você tanto amava. Sabe de uma coisa? A pessoa que poderia ter lhe ensinado tudo de melhor para viver foi seu próprio irmão, pena que você não se inspirou nele, pena também que ele se deixou inspirar por você.

E as palavras dela o acertaram em cheio novamente. De fato, ele é quem mais havia saído prejudicado diante da maldição que ele próprio criou para atingir seus objetivos de grandeza.

Ao encarar Halima novamente, ele viu nos olhos dela transparecer os olhos de Selk, a criada que ele matou envenenada, para impedi-la de dar com a língua nos dentes. E como num passe de mágica, já não eram mais seus olhos que ele via e, sim, os do embalsamador que ele afogou no Nilo para impedi-lo de desmascará-lo.

A seguir, ele avistou os olhos de Nekhbet que, por sua trama, morreu de desespero e, depois, os olhos de Nailah que também sucumbiu pelos mesmos fins. No segundo seguinte, Abadi viu os olhos da mulher que ele contratou para se passar por sua mãe e do homem que pediu para subjugar o faraó e ele poder salvá-lo, ganhando assim sua amizade e confiança. Mais duas das pessoas que ele matou, despudoradamente, para não o delatar mais tarde.

Surgiu então, os olhos do médico que afirmou para todos que ele havia sido envenenado quando, na verdade, tudo não passara de encenação da sua parte. Sujeito que ele também matou, antes que ele revelasse a mentira ao faraó.

Por fim, Abadi viu os olhos do filho que ele teve com a amante, o qual matou sem querer e, por último, os olhos do irmão que ele matou, antes que ele revelasse toda trama, como afirmou que faria, antes de deixar Tebas, em direção da propriedade da família da esposa.

Todos os olhares estavam contidos num único olhar, estampados nos olhos de Halima. E ele sabia que doravante, ele viveria com a lembrança daquele olhar, aonde quer que fosse e, a qualquer momento do dia, até mesmo em seus sonhos. Não havia escapatória. Ele fora, verdadeiramente, o maior amaldiçoado em tudo aquilo. E só havia uma escapatória, uma só fuga, a própria morte. Por isso, ele cravou o punhal em si mesmo.

Final

Quando tudo teve fim, nenhum membro da família se permitiu falar ou relembrar o passado que os fez sofrer tanto, mas, que também lhes ensinou muito. O lema agora era, olhar pra frente, sempre pra frente, mantendo a fé no melhor.

Vendo toda sua família reunida, Radamés brindou com cada um dos membros, a alegria de poderem estar juntos, como ele havia prometido ao pai em seu leito de morte.

– Consegui, meu pai. Consegui cumprir-lhe o prometido. Que os deuses o abençoem onde o senhor estiver.

E novamente ele ergueu a taça, fazendo um brinde a todos.

Tor se casou com a filha de um dos proprietários de terras da região, e Hator com uma jovem que conheceu em Tebas, enquanto se tornava um escriba profissional.

Kanope também se casou com a filha de um dos proprietários de terras da região, e Dilano se tornou um dos mais elogiados desenhistas egípcios da época. Do senhorio que o criou, recebeu sua propriedade de herança, na qual acabou indo morar para poder administrar tudo com a ajuda de Bes.

Sagira se casou com o faraó e com ele teve o filho que ele tanto precisava deixar como herdeiro do trono. Tempos depois, Zahra se casou com um dos assessores do rei.

Radamés e Amunet, Nathifa e Bes, kissa e Acaran continuaram sua vida em ritmo normal.

Halima, por sua vez, terminou seus dias sendo prestativa aos irmãos, cunhadas, netos, sobrinhos e sobrinhos netos. Apurou sua fé junto aos sacerdotes e diariamente se incumbia de levar as oferendas aos mortos. Nunca mais houve outro homem em sua vida. Para ela, era como se Haji ainda estivesse ao seu lado, só que invisível aos seus olhos.

Participaram dessa fase da história os seguintes personagens:

Imhotep (O patriarca da família) Citação
Nekhbet (A matriarca da família) Citação
Nailah (A irmã solteira de Nekhbet) Citação

Radamés (Filho mais velho de Imhotep e Nekhbet)
Amunet (Esposa de Radamés)
Tor (Filho mais velho de Radamés com Amunet)
Hator (Filho caçula de Radamés com Amunet)

Kissa (filha de Imhotep e Nekhbet)
Sagira (Filha de Kissa com o marinheiro)
Farik (O escriba com quem Kissa se casa)

Bes (Segundo filho de Imhotep e Nekhbet)
Nathifa (Esposa de Bes)
Kanope (Filho mais velho de Bes com Nathifa)
Dilano (Segundo filho do casal, rejeitado pelo pai)
Senhorio (Do local onde Bes e a família residem. Não aparece seu
nome)

Halima (Filha caçula de Imhotep e Nekhbet)
Haji (O segundo marido de Nekbet)
Acaran (O escriba)
Selk (Criada de confiança de Nekhbet) Citação

Abadi (Irmão de Haji)
Sabah (Mãe de Haji e Abadi) Citação
Izônia (Vizinha de Haji e Abadi em Tebas)

Zahra (Namorada de Hator/Filha de Hassani e Nefertari)
Nefertari (Mãe de Zahra)
Hassani (Pai de Zahra)

Amenophis (Faraó)
Thermuthis (Esposa do faraó)
Garai (Filho do faraó)

286

Esse livro é dedicado a Imhotep, o primeiro grande arquiteto da humanidade, que desenhou a primeira pirâmide do mundo. Também à civilização egípcia e ao período faraônico que marcou para sempre a história da humanidade.

Quando se conta uma história ocorrida há cerca de dois mil anos antes de Cristo, durante o glamour da civilização egípcia ao longo do Nilo, é preciso simplificar sua narrativa para que não se torne um emaranhado de explicações sobre os costumes, crenças e modo de se expressar da época.

Por isso, esta obra foi modernizada ao máximio, focando basicamente o enredo que pode ter algo de bom a nos ensinar.

Por outro lado, sugiro a todos que queiram saber mais sobre a vida no Egito Antigo, seus deuses, crenças, costumes, etc. a procurarem livros ou reportagens de TV especializadas no assunto. Foi, sim, um mundo fascinante, cercado de mistérios que até hoje intrigam a humanidade.

Voltar a essa época, por meio de um livro, foi, de certa forma para mim, que sempre fui fascinado por esse período histórico, uma eletrizante viagem no tempo.

Certamente vivi lá, pois desde garoto me identificava com pirâmides, faraós, múmias e sarcófagos. Também tive diversos sonhos e visões com o povo dessa época.

De qualquer modo, o que podemos aprender com uma história que se passou há tanto tempo, é que não importa o período da história da humanidade, o mundo, assim como no passado, continua sofrendo por inveja, cobiça, ciúme e paixão.

Américo Simões

www.barbaraeditora.com.br

OBRAS DO AUTOR

1. A ETERNIDADE DAS PAIXÕES
2. AMANDO EM SILÊNCIO
3. AS APARÊNCIAS ENGANAM
4. A OUTRA FACE DO AMOR
5. A VIDA SEMPRE CONTINUA
6. A SOLIDÃO DO ESPINHO
7. A LÁGRIMA NÃO É SÓ DE QUEM CHORA
8. AS PAZES COMIGO FAREI
9. DÍVIDAS DE AMOR
10. DEUS NUNCA NOS DEIXA SÓS
11. DEPOIS DE TUDO, SER FELIZ
12. E O AMOR RESISTIU AO TEMPO
13. ENTRE O MEDO E O DESEJO
14. FALSO BRILHANTE, DIAMANTE VERDADEIRO
15. HORA DE RECOMEÇAR
16. MULHERES FÊNIX
17. NENHUM AMOR É EM VÃO
18. NEM QUE O MUNDO CAIA SOBRE MIM
19. NINGUÉM DESVIA O DESTINO
20. O QUE RESTOU DE NÓS DOIS
21. O AMIGO QUE VEIO DAS ESTRELAS
22. O DOCE AMARGO DA INVEJA
23. O AMOR TUDO SUPORTA?
24. O LADO OCULTO DAS PAIXÕES
25. PAIXÃO NÃO SE APAGA COM A DOR
26. POR ENTRE AS FLORES DO PERDÃO
27. POR UM BEIJO ETERNO
28. POR AMOR, SOMOS MAIS FORTES
29. PAIXÕES QUE FEREM
30. QUANDO E INVERNO EM NOSSO CORAÇÃO
31. QUANDO O CORAÇÃO ESCOLHE
32. QUEM EU TANTO AMEI
33. SE NÃO AMÁSSEMOS TANTO ASSIM
34. SEM VOCÊ, É SÓ SAUDADE
35. SEM AMOR EU NADA SERIA
36. SÓ O CORAÇÃO PODE ENTENDER
37. SUAS VERDADES O TEMPO NÃO APAGA
38. SOLIDÃO, NUNCA MAIS
39. VIDAS QUE NOS COMPLETAM
40. SEGREDOS
41. O AMANTE CIGANO
42. CASTELOS DE AREIA
43. DEPOIS DE TER VOCÊ